KB211163

객지의 꿈

신외숙 소설집

도서출판 한글

작가의 말

나는 어릴 때부터 꿈쟁이였다.

현실과 동떨어진 꿈을 무한정 꾸고 또 꾸었다. 그중 하나는 시골 초등학교에 근무하는 것이었고 또 하나는 소설가가 되는 것이었다. 그런데 하나님은 이 두 가지 소원을 모두 들어주셨다. 가난하고 핍절하고 무지하고 험난한 환경 속에서 내가 죽지 않고 살아날 수 있었던 것은 모두 꿈 덕택이다. 꿈은 나의 버팀목이자 삶의 이유였다.

등단한 지가 엊그제 같은데 벌써 십여 년의 세월이 비껴갔다.

그 동안 나는 원 없이 나의 작가 인생을 살았다. 모두 20여 권에 달하는 분량의 원고를 써냈고 150회에 걸쳐 작품발표를 하면서 호평과 악평도 여러 번 받았다. 그러나 감사하는 것은 그들 모두가 내 글에 관심을 가져 주었다는 사실이다.

이번에 내게 되는 '객지의 꿈'은 나의 7번째 저서이다.

객지의 꿈 외에 9편의 단편이 실렸다. 심리소설이 주류이지만 독자와의 공감대를 위해 재미있게 쓰려고 노력했다. 매번 책을 낼 때마다 조심스러운 것은 독자들의 반응이다. 호평이든 악평이든 무반응보다는 낫다. 독자들의 많은 반응과 관심을 기대하며 나는 또 한 차례 꿈을 꿀 작정이다. 열악한 출판 환경에도 불구하고 책을 내 주신 도서출판 "한글"의 사장님(아동문학가)께 감사드리며 독자들께도 머리 숙여 감사드린다.

작가 신외숙 배상.

목 차

객지의 꿈

객지의 꿈은 아직 살아 있었다.

역(驛) 광장 건너편 전자 상가와 극장 변두리 주변으로 사람들이 모여 웅성대는 모습이 보였다. 야바위를 하는지 이따금씩 고함이 터져 나왔다. 거리미디 핸드폰이 울러대고 아스팔트에서는 뜨거운 기운이 아지랑이처럼 피어올랐다.

성희는 중앙시장이 보이는 파라다이스 호텔 쪽으로 자동차를 몰았다. 주변 골목길에 자동차를 파킹하고 돌아서는데 강 쪽에서 시원한 바람이 불어왔다. 목 줄기를 휙 감는데 속에서 울컥하고 정욕이 끓어올랐다. 객지는 여전히 골목마다 웅크린 어둠과 함께 음모처럼 낯선 감정이 숨어 있었다.

반가웠다. 그런 느낌조차 성희는 너무 반가웠다. 그녀는 중앙시장 먹자 골목길로 들어섰다. 노상 음식점이 이쪽에서 저쪽까지 곧게 뻗어 있었다. 전등불을 밝힌 코너마다 안개처럼 하얀 김이 모락모락 피어올랐다. 그녀가 지나가자 나무 의자에 걸터앉아 술잔을 기울이던 중년 남자가 말했다.

"아가씨! 아닌가? 아주머니 어디서 많이 본 듯한 인상인데 같이 한 잔합시다. 기분 내키면 이차 삼차도 좋고."

그러자 옆에서 오뎅 꼬치를 먹던 남자가 되받았다.

"오늘밤 우린 모두 프리하단 말씀이야."

그러자 한잔하자던 남자가 가소롭다는 듯이 말했다.

"자식 프리 좋아하네, 얌마! 니 마누라 애 낳으려고 오늘 내일 한다며."

"아참! 그 이야기는 왜 또 꺼내슈."

그녀는 못 들은 척하고 옆 골목 포목점으로 들어섰다. 돌아서는 그녀의 등 뒤에 대고 남자들은 마지막 조준 사격을 가했다.

"거참! 몸매 하나 섹시한 게 끝내주게 생겼는데 말야."

포목점과 건어물 상가를 지나자 목로주점이 나타났다. 십 년 전에 비해 규모가 약간 커진 것 같다. 페인트로 써 갈긴 간판이 번쩍이는 네온사인으로 바뀌었다. 미닫이문도 투명한 강화도어로 바뀌었다. 문을 열고 들어서니 칸막이 사이로 젊은이들이 맥주잔을 부딪치며 왁자하게 웃고 있는 모습이 보였다. 자욱한 담배 연기 사이로 요즘 한참 유행하는 음악이 태풍처럼 홀 안에 흘렀다.

장식으로 매달아둔 호롱불 아래 키스하는 남녀의 모습도 보였다. 음악에 맞춰 몸을 뒤로 제키며 어깨춤을 추는 남자도 있었다. 그녀는 구석진 곳으로 가 자리에 앉았다. 음악과 알코올, 적당한 어둠과 웃음, 쾌락과 모종의 협의가 진행되고 있었다.

주문을 받으러 온 종업원이 물었다.

"일행이 있으신가요?"

성희는 고개를 외로 꼬며 말했다.

"맥주는 카스로 주세요, 안주는 기본으로."

선팅된 창문 밖으로 젊은 연인들이 팔짱을 끼고 지나갔다. 대학생으로 보이는 그들은 어디론가 향해 급히 발걸음을 옮기고 있었다. 그들 뒤로 어둠이 강한 힘으로 달려들고 있었다.

객지는 어둠에 포획된 암수의 쌍들이 쾌락의 끝을 향해 질주하고 있었다. 쾌락에 중독된 영혼들은 미래를 명예와 함께 내팽개친 채 아슬아슬한 외줄타기를 하고. 모험처럼, 신(神)을 두려워하지 않는 대담한 감정놀음을 즐기고 있었다.

객지는 모두 외로움에 병들고 그래서 영혼마저 병든 사람들이 곳곳에 숨어서 모습을 나타냈다. 고통 속에 허무와 어둠이 쾌락과 맞잡고 있었다. 미래를 멈추게 하는 무기력과 은밀하게 타협을 진행하고 있었다.

그녀는 한동안 병적인 외로움을 앓은 적이 있었다. 외로움은 끝없는 불안과 함께 그녀를 괴롭혔다. 급기야 감정 조절이 안 되고 사고(思考)체계가 헝클어지기 시작했다. 그러다 어느 날인가부터 그녀는 게임중독에 빠졌다. 게임을 하는 동안만큼은 집중이 잘돼 밤낮 없이 게임에만 매달렸다. 그러나 도중에 컴퓨터가 바이러스에 걸리는 바람에 포기하고 말았다. 동네에 PC방이 있었지만 겁이 많은 그녀는 찾아갈 용기를 내지 못했다. 그 다음부터는 이상한 열기에 휩쓸려 정신없이 돌아다녔다.

그녀는 단 하루도 집에 붙어 있는 날이 없었다. 그러다 어느 날 거리를 헤매다 클럽이란 곳을 알게 되었다. 그곳에는 이상한 사람들이 모여 말도 안 되는 해괴한 논리를 펼치며 광분하고 있었다. 서로 침방울을 튀기며 싸우다가도 어느 순간에 이르면 옷을 벗어 제치며 술을 마셨다. 술에 취하면 광란의 분위기가 연출됐다.

언제 왔는지 여자 무용수가 술상 위에 올라가 춤을 추었다. 물론 완전 나체였다. 남자들은 여자를 끌어안고 함께 뒹굴었다. 술과 마약과 음란의 도가니가 밤새도록 이어졌다. 그리고 어느덧 그녀도 그들 곁에 합류하게 되었다. 전직이 발레리나였던 그녀는 타락한 천사가 되어 그들 물결에 휩쓸렸다.

파라다이스 호텔 건너편 도로에 음습한 골목이 이어졌다. 노래방, 단란주점, PC방, 속옷 가게, 그리고 집창촌이 있었다. 유리창 안에 치부만 간신히 가린 여자가 다리를 꼬고 앉아 있다 남자만 지나가면 휘파람을 불었다. 그 옆 골목으로 지하 술집이 보였다. 계단이 끝나는 곳에 붉은 조명등과 흐느적거리는 음악이 묻어났다. 여자들의 웃음소리와 음탕한 남자의 목소리도 들렸다.

그 구석진 자리에 그녀는 널브러진 채 누워 있었다. 알코올 기운과 환각 현상이 그녀의 전신을 휘어 감았다. 몽롱한 정신이 무방비 상태로 몸을 허문다. 누군가의 손길이 그녀의 가슴을 더듬는다. 왁자한 웃음이 귓가에 와 머문다. 어깨에 강한 힘이 느껴진다. 누군가 뒤에서 껴안는 모양이다. 가는 허리 곡선 밑으로 두툼한 손이 와 닿는다. 갑자기 폭풍 같은 음악이 홀 안에 흐른다.

「나는 누군가, 무엇을 꿈꾸는가 나는 누군가……」

남자 가수의 목소리가 사람들의 마음을 들썩인다. 그녀는 자리에서 일어서다 말고 도로 바닥에 쓰러진다. 환호성이 울린다. 누군가 그녀를 들쳐 업었다. 검은 손이 그녀의 엉덩이를 쓰다듬는다. 긴 블랙홀을 지나며 그녀는 나른한 쾌락에 젖어든다.

매번 생경한 느낌의 낯선 쾌락.

미래를 방기한 철저한 나락 앞에 그녀는 매일 새로운 아침을 맞는다.

"내 정신이 아냐, 도저히……."

그러나 육신은 정신을 거스른다. 사람들은 그녀를 보고 말한다. 백치미에다 섹시미를 곁들였다고. 게다가 그녀는 마음과 몸이 헤펐다.

누군가 자신에게 조금만 관심을 보이면 금세 달려가 옷을 벗었다. 그런 그녀를 남자들은 장난감 가지고 놀 듯했다. 아무 책임 의식 없이 말 몇 마디로 그녀의 영혼을 낚아채면서 가지고 놀았다. 부끄러움을 상실한 그녀는 낯선 풍경을 좋아했다.

처음 가보는 낯선 객지, 처음 보는 낯선 사람들 속에서 손님처럼 살았다.

「마음은 집시」라는 옛날에 유행하던 노래가 있었다. 그녀는 집시처럼 유랑하면서 세월을 보냈다. 육체가 이끄는 대로 한 번의 계산이나 망설임 없이 되는 대로 살았다. 이미 황폐해진 정신은 조정 능력을 상실했고 휴지처럼 육신은 망가지기 직전이었다. 바로 그때 또 다른 마수가 뻗쳐왔다.

계룡산 산자락에 있는 기도원 교주가 그녀를 알아본 것이다. 자칭 신(神)의 계시를 받았다는 그는 40대 중반의 우람한 체격을 한 호색한이었다. 그는 산속 깊숙한 기도원에 칩거하면서 주로 젊은 여자만을 탐닉했다. 이상한 마력을 풍기는 그는 지진이 나도 꿈쩍 않을 것 같은 굳건함이 있었다.

가끔씩 이상한 주문을 외우며 예언을 하는데 신통하게도 잘 맞았다. 예언이 맞으면 신도들은 거금을 희사했다. 그는 때에 따라 자신을 재림주라고도 표현했다. 그곳에선 매일같이 성회가 열리곤 했는데 특별 성회 기간 중에는 전국에서 몰려온 사람들로 인해 발 디딜 틈이 없었다. 그들은 온갖 문제를 안고 찾아 왔는데 그의 영력을 통해 해결 받고자 원했다. 개중에는 TV에 자주 등장하는 얼굴도 있었다.

특별 성회 기간 중에 교주는 더욱 근엄하고 만면에 미소가 가득했다. 그는 정장 차림을 즐겨 입었는데 특유의 제스처로 청중을 사로잡았다.

한쪽 팔을 번쩍 들었다가 그대로 사선을 그으며 허리를 약간 비트는 것이었다. 그가 하는 설교 내용은 늘 똑 같았다. 사랑과 용서, 자비와 긍휼이었다. 영적인 문제나 온갖 질병의 근원이 마음에서 비롯된다는 것이다. 원한의 쓴뿌리가 마음을 파괴하고 신체의 면역기능을 떨어뜨려 결국은 온갖 질병의 온상이 된다는 것이다.

마음이 평정을 잃고 분노에 사로잡히게 되면 그때부터 사탄이 내안에 터 잡고 활동하는 주무대가 되니 그런 사람은 속히 회개하고 자복하라고 했다. 자신 안에 있는 모든 죄를 낱낱이 고하고 회개하고 사랑의 마음을 가지라고 강조했다. 구구절절이 옳은 말씀이었다. 어디한 구석 틀린 데가 없었다.

진리를 이용한 그의 설교는 청중을 감동시키고도 남았다. 사람들은 모두 소리 높여 울면서 자신들의 죄를 회개했다. 도중에 교주가 시끄럽게 방언으로 말할 때면 기뻐 춤을 추며 강대상으로 뛰어 오르는 사람도 있었다. 병이 나았다는 것이다. 심장에 느껴지던 통증이 사라지는가 하면 우울증과 정신병이 나았다고 즉석에서 간증하는 사람도 있었다.

흔한 경우는 아니지만 암이 사라졌다고 하는 사람도 있었다. 그럴 때면 그들은 모두 아멘!을 외치며 서로 병 낫겠다고 아우성을 쳤다. 설교가 끝나면 모두 가방을 열어 거액을 헌금했다. 그리고 교주에게 나아가 안수기도를 받았다. 무릎 꿇고 앉아 눈물을 흘리며 기도 받는 여자도 많았다. 교주에게는 항상 이상한 마력이 풍겼다. 특히 180 센티가 넘는 건강한 체격에 비교적 잘 생긴 편인 그는 카리스마와 함께 여자를 끄는 특유의 매력이 있었다.

많은 여자들이 그의 쾌락의 종이 되었다. 일단 그의 마수에 걸려들면 여자들은 스스로 옷을 벗었다. 남편과 자식을 버리고도 모자라 가진 재산을 몽땅 헌납하고 현금카드까지 바쳤다. 마침내 신용불량자가 된 그들은 교주의 몸종이 되거나 거리의 창녀가 되었다.

또 남자들은 바닷가로 가 배를 타거나 기도원 확장 공사에 동원돼 몸값을 대신했다. 그들은 교묘한 수법으로 신도들의 재산을 갈취했다. 갖가지 명목으로 헌금을 강요하는가 하면 일부러 기도원 내에 있는 합숙소에서 공동 생활할 것을 요구하기도 했다. 현금이 없는 자에게는 카드로 대납하는 형식으로 돈을 갈취했다.

때에 따라 교주는 은밀하게 폭력배와도 손을 잡았다. 그것은 자신의 비리를 폭로하거나 이단이라는 구실로 소문을 낸 경우다. 신도들의 재산을 가로채고 여자들을 유린한 그를 세상에 알렸다가 교살 당한 사람도 있었다. 행불자로 처리된 그의 시체는 나중에 기도원 뒷산에서 발견되었다. 언젠가는 인터넷 청부 살해업자에게 부탁했다가 경찰 수사망에 오른 적도 있었다.

그때 찾아온 형사를 교묘하게 따돌린 사람이 있었다. 그가 무슨 방법을 동원했는지 잘 모르지만 그때 이후로 다시 형사가 찾아오는 일은 없었다. 그곳에서는 귀신 곡할 노릇이 수없이 벌어지곤 했는데 한 마디로 그곳은 치외법권 지대나 마찬가지였다. 폭력과 강간, 협박과 고문이 공공연하게 자행되는 데도 누구 하나 나서서 말하는 사람이 없었다. 그랬다간 쥐도 새도 모르게 사라지기 때문이었다.

그러나 아무리 철통같이 경비를 하고 입막음을 해도 소문은 나기 마련이었다. 어느 날 기자가 찾아왔다. 그들은 처음에는 거금을 내놓으며 회유하는 분위기로 나갔다. 그래도 안 되자 그에게 술을 먹인 다음 침실로 끌어들였다. 사실 그가 마신 건 술이 아니라 마약이었다. 환각 상태에 들어간 그는 밤새 극한 쾌락의 극치를 맛보았다. 다음날 아침 그는 자리에서 일어나자마자 건장한 어깨들을 만났다.

"약은 얼마든지 구해 드릴 테니 다음에 또 들르슈, 아참! 간밤의 일은 없었던 걸로 할 테니 안심하쇼, 그리고 또 한 가지 입조심 하는 것 잊지 말고."

어깨들은 아직도 멍한 표정으로 서 있는 그에게 마치 선심 쓰듯 말했다. 기자는 그제야 정신을 차린 듯 기도원을 빠져나와 숲길로 내리달렸다. 그 다음 번에도 기자가 몇 찾아온 일이 있었지만 그때마다 그들은 교묘한 방법으로 그들을 따돌렸다.

그러니까 그곳은 종교를 빙자한 하나의 거대한 범죄 집단이나 마찬가지였다. 영력(靈力)과 신의 은총을 빙자한 사기 집단이었다. 그들은 신도들의 영혼을 좀먹고 점점 그 힘을 강하게 뻗치고 있었다. 나중에는 지부까지 설치해 그 세력을 확대해 갔다. 따라서 폭력과 말할 수 없는 끔찍한 사건도 자주 발생했다. 그러다 어느 날 덜미가 잡히고 말았다. 그의 조직에 은밀히 침투한 기자에 의해 그들의 실상이 밝혀진 것이다.

그들은 공권력의 힘에 의해 와해되는 듯싶었다. 뉴스 시간에 그들의 비리가 낱낱이 파헤쳐지고 뒷산에 묻힌 신도들의 주검도 발견됐다. 그러나 해가 바뀌고 공판 날이 다가왔을 때 판세는 뒤바뀌어져 있었다. 증거 불충분으로 무죄 판결이 난 것이다. 악마의 손을 들어준 판사는 도대체 어떤 인물이었을까.

피해자들은 분노로 잠을 이루지 못했다. 법원 앞에 나가 통곡을 하다 실신한 사람도 속출했다. 텔레비전 기자가 마이크를 들이댔을 때 그들은 너무 분통해서 기절하기까지 했다.

일주일이 지났다. 뉴스 시간에 교주의 사망 소식이 보도되었다. 그것을 두고 신의 승리라고 외치는 사람도 있었다. 기뻐 춤을 추며 우는 사람도 있었다. 그들 중에 성희도 끼어 있었다. 그때 이후로 그들은 다시 세를 규합해 복원 움직임을 보였지만 더 이상 세를 확장하지는 못했다.

그러나 후유증은 대단했다. 일단 교주의 마수에 걸렸던 사람들은 정신과 치료와 함께 물리치료도 받아야 했다. 과거라는 기억의 잔재가 아직도 그들의 행동을 제약하고 있었기 때문이다. 성희는 이미 그 기도원에서 알려진 인물이었다. 교주의 가장 총애 받는 여인 중의 한 사람이었기 때문이다. 그녀를 탐내는 남자들의 눈길이 많이 있었지만 교주의 눈길이 무서워 감히 접근을 못했다.

그중 교주의 보디가드 역할을 했던 뒷골목 출신의 강석두가 있었다. 전과 8범 출신인 그는 별명이 해머였다. 그는 다양한 범죄 경력답게 독사 같은 눈빛에다 근육질의 탄탄한 체격에 힘이 장사였다. 웬만한 장정 서넛은 거뜬히 해치우고 남을 만큼 늘 힘이 넘쳤다. 따라서 성욕도 왕성해 그의 눈에 띄는 여자는 강간 대상이 되곤 했다.

게다가 성격이 얼마나 난폭한지 걸핏하면 주먹을 휘둘러 부상자가 속출하곤 했다. 그러나 교주에게는 워낙 우직한 충성자였기에 아무도 어쩌지를 못했다. 교주가 늘 그를 감싸고돌았기 때문이다. 그는 교주의 말에 불순종하거나 반항하는 사람이 있으면 무지막지하게 린치를 가했다. 거의 초주검이 되어 병원으로 실려 가거나 그대로 사지를 뻗고 죽어버린 사람도 있었다.

기도원 내에서 교주를 둘러싸고 측근 간에 알력이 벌어질 때도 그가 나서서 해결했다. 그는 항상 가슴속에 가느다란 끈 서넛과 비수를 품고 다녔다. 그 끈과 비수의 용도를 아는 사람은 다 알았다.

성희는 천안으로 가던 도중 그의 손에 포획되었다. 교주가 좋아하는 타입이란 게 그 이유였다. 그녀는 강석두에 의해 여름날 보신탕집에 끌려가는 개처럼 힘없이 끌려 계룡산에 닿았다. 산 입구에 미리 대기해 놓은 오토바이를 타고 기도원 내로 들어섰을 때 그녀는 아찔한 현기증을 느꼈다.

자신조차도 알 수 없는 그 강력한 힘에 이끌려 기도원까지 가게 된 것이다. 그때 교주는 주변에 있던 여자들을 모두 물리치고 내려와 손수 그녀를 맞았다. 그녀의 외모에 넋이 나간 것이다. 발레리나 출신답게 완벽한 곡선미를 자랑하는 그녀의 몸매는 황홀함 그 자체였다.

교주의 입가에서 만족한 미소가 흐르고 있었다. 강석두를 향해 고개를 끄덕이고는 곧바로 침실로 들어갔다. 그날 밤 그녀는 밤새 육체의 향연에 빠졌다.

간신히 정신을 차리고 났을 때 그녀는 사방이 꽉 막힌 감옥 안에 있는 자신을 보았다. 올무에 갇힌 것이다. 자신의 의지로는 단 한 발짝도 움직이지 못했다. 감시의 그물 안에서 그녀는 로버트처럼 움직였다. 교주가 인도하는 집회에 참석하는 게 고작이었다. 집회에 참석하면서 그녀의 영혼은 더욱 황폐해졌다.

그리고 그곳 생활에 익숙해지면서 갖가지 끔찍한 사건을 목격하게 되었다. 일부러 공포 분위기를 조성하기 위함인지 강석두는 기도원에 있는 식구들을 모두 한 자리에 모아 놓고 이탈자들을 응징했다. 그의 무자비한 폭력은 영화 스릴러물을 방불케 했다.

그가 던진 유리파편을 맞고 두개골이 파손되는가 하면 생이빨이 그대로 옥수수 알 빠지듯 빠지는 일도 있었다. 임신한 여자를 아이와 함께 그대로 사경에 빠뜨린 일도 있었다. 뼈가 부러지고 창자가 빠져나온 채로 기도원 밖으로 사라지는 경우도 있었다. 그들은 그런 식으로 이탈자들을 무자비하게 처치했다. 교주의 가장 충직한 하수인인 강석두는 그렇게 잔인하고 포악했다.

그러던 어느 날이었다. 교주가 강원도에 있는 지부를 일 주일간 방문하기 위해 떠났다. 그날은 기도원에 특별 경계령이 내려진 날이었다. 정보가 외부로 누출된다는 소문이 기도원 내에 퍼지고 있었다. 그래서인지 교주는 가장 신임하는 강석두에게 기도원 경비를 맡긴 채 측근들만 데리고 떠났다.

바로 그날 밤이었다. 성희는 한밤중에 자신의 방에 든 검은 그림자를 보고 기겁할 듯이 놀랐다. 그는 다름 아닌 강석두였다. 그는 밤새 그녀를 농락했다. 평상시에 그녀를 눈여겨보고 있다 마침 기회라 싶었던 모양이었다. 다음날도 또 다음날도 연이어 농락은 이어졌다. 그녀뿐만이 아니었다. 교주의 다른 여자들도 마찬가지였다. 그는 여자가 반항하면 비수를 겨누며 말했다.

"누구든 나발 불면 이 칼로 사시미를 떠 줄 테다."

그리고는 곧바로 칼을 들어 허공을 가르는 시늉을 했다.

"이렇게 칼로 무 자르듯 토막질을 해줄 테니."

평소 그의 성격대로 하면 그러고도 남았다. 아마 시체까지도 토막내 뒷산에 파묻거나 태워버릴 인간이었다. 여자들은 겁이 나서 벌벌 떨었다. 강석두는 안심하는 표정이었다. 그러나 안심은 금물이었다. 그 소문은 여자들이 아닌 강석두의 옆에서 그림자처럼 따라다니던 또 다른 경비책인 최성철에 의해 발각되고 말았다. 그는 교주가 일주일간

지부 집회를 마치고 돌아오던 날 그 사실을 교주에게 낱낱이 고하고
만 것이다.

그 일로 인해 강석두와 기도원 내에 경비를 맡고 있는 경비대들 간
에 피비린내 나는 혈투가 벌어졌다. 강석두는 우선 본보기로 밀고자인
최성철을 잔인한 방법으로 살해하는 치밀함을 보였다.

그는 비겁하게도 기도원 뒷산에 숨어 있다 화장실에서 볼일을 마치
고 나오는 최성철을 뒤에서 급습했다. 부지불식간에 허를 찔린 최성철
은 그대로 뒤로 넘어졌다. 그 사이 강석두는 비수를 휘둘러 급소를 찔
렀다. 그런 다음 그의 시체를 난자하는 잔인함을 보였다. 시체를 집회
장소 앞에 내려놓은 다음 그는 큰소리로 외쳤다.

"너희들 최성철 봤지, 누구든 죽고 싶거든 나와서 한판 붙어 보잔
말야, 이 씨펄 놈들아."

삽시간에 어깨들이 새까맣게 그의 주변에 몰려들었다. 일단 피에
취한 그는 제 정신이 아니었다. 광기가 흐르는 눈빛으로 그는 괴이한
미소를 내뿜었다. 그의 양손에는 어느새 뽑아든 회칼이 번득이며 빛을
발하고 있었다. 그는 만약을 대비해 가슴에 호신용 조끼도 입고 있었
다. 그가 빠른 몸놀림으로 사방을 휘둘러보자 어깨들은 약간 겁먹은
눈치였다. 그가 한발 앞으로 다가서자 뒤로 물러서기까지 했다.

그러나 그들은 여러 명이었다. 그가 단신으로 해치우기엔 역부족이
었다. 그럼에도 그는 비호처럼 나르며 여러 명을 당장 때려눕혔다. 그
는 적진을 분열시키는 방법을 동원했다. 다시 전열을 가다듬으려 하면
어느 사이엔가 달려들어 그 중의 한 명을 거꾸러뜨렸다. 한 번 쓰러진
사람은 다신 일어나지 못했다. 급소를 맞았기 때문이다. 그에게는 상
대의 급소를 당장 알아차리는 특출 난 재주가 있었다.

양손에 칼날을 쥐고서 정신없이 휘둘러대면 웬만한 주먹은 피하는 척 하다가 그대로 도주하고 말았다. 잘못 달려들었다간 최성철처럼 포를 떠 죽을 것 같았기 때문이다. 강석두는 독사 같은 눈길을 번뜩이며 공중에 붕 솟았다가 착지하는 묘기마저 보여 주었다. 유단자 출신의 나머지 어깨들도 차츰 쓰러졌다.

강석두의 얼굴에 미소가 흐르기 시작했다. 승리의 확신에 찬 미소였다. 그 모양을 멀리서 지켜보고 있던 교주가 옆에 서 있던 성희에게 안에 들어가 흰 플라스틱 물병을 가지고 나오라고 지시했다. 그녀가 물병을 들고 나왔을 때 어깨들은 모두 죽은 듯이 마당에 쓰러져 있었다. 강석두가 교주를 향해 일갈했다.

"야! 이교주 이 새꺄 니가 나한테 이래도 되는 거야, 엉 오늘날 이 기도원이 누구 덕으로 이만큼 컸는데 내가 그동안 너한테 벌어준 돈이 얼만데 그깟 계집 좀 가지고 놀았기로서니."

그는 아직도 선혈이 흐르는 비수를 들고서 이번에는 교주를 찌를 듯이 잔인한 눈빛으로 노려봤다. 교주마저 해치우겠다는 태도였다. 그가 비호같이 교주를 향해 달려드는 순간이었다. 교주가 강석두를 향해 플라스틱 물병을 던졌다. 그리고 어느새 꺼냈는지 라이터에 불을 붙여 함께 던져버렸다.

펑!

폭발음과 함께 뜨거운 불길이 강석두의 온몸을 휘감았다. 시너를 뿌린 뒤 불을 붙인 것이다. 불길에 휩싸인 강석두는 그대로 바닥에 쓰러지면서 뒹굴었다.

으아아악! 교주! 너 이 새끼.

그가 쓰러지자 교주가 손을 털고 일어섰다. 강석두는 산 채로 불고 기처럼 구워져 밖으로 끌려 나갔다. 그는 엉뚱하게도 교주의 권위에 도전한 희생자가 되어 온몸에 화상을 입은 채 기도원에서 쫓겨났다. 밖으로 끌려나간 그는 그 후 어떻게 되었는지 아무도 모른다.

그곳에선 한번 기도원 밖으로 나가면 그것으로 종무소식이었다. 만일 쓸데없는 입소문을 냈다간 그도 똑같은 신세가 될 것이기 때문이었다. 그런데 신도 중 어떤 여자가 성희에게 다가와 말했다.

강석두가 얼굴은 반은 다 타버린 데다가 팔과 다리에도 심한 부상을 입고 있었는데 가끔씩 기도원 근처에 나타나서는 그녀의 소식을 묻더라는 것이다. 거의 반병신이 되어서 신도들에게 돈을 구걸하면서 그녀의 소식만큼은 빼놓지 않고 묻더라는 것이다. 성희는 그 말을 들으면서 온몸에 소름이 끼치는 전율을 느꼈었다.

무소불위의 권력을 가지고 영원불멸할 것 같던 교주도 결국은 죽음에 이르는 사건이 발생했다. 진리를 왜곡시키고 영적 사기꾼이 되어 영혼을 갈취하고 파멸로 이끈 그에게 신(神)의 준엄한 심판이 내려진 것이다. 신(神)은 결코 그의 방만한 죄악을 방관하지 않고 침묵하지 않았다. 그에게 철퇴를 가하기 위해 오랜 시간 준비과정을 거치고 교묘하게 일을 진행시켰던 것이다.

그의 이단 시비는 이미 한 종교 지도자에 의해 판정 나 있었다. 이단 파행적인 행위야 그 증거는 충분했고 그에 다른 범죄적인 측면이 더 크게 부각돼 있었다. 그럼에도 그를 재판정에 세우지 못한 것은 워낙 그의 인맥이 각계 다방면에 걸쳐져 영향력을 발휘하고 있었기 때문이다. 사람은 잘났든 못났든 영적 권위자 앞에 추종한다. 영적인 능력이 그 어떤 능력보다 앞서기 때문이다.

그래서 그는 그 다방면에 걸친 능력으로 재판정에서 증거 불충분으로 무죄 판결까지 받을 수 있었던 것이다. 그러나 그에 맞서는 또다른 세력이 있었다. 비리와 폭력, 암투와 기만에 맞서는 세력은 정의와 진리로 세상을 밝히려는 집단이었다. 그들은 어둠에 얽매인 자들을 빛으로 인도하는 사명을 가진 자들이었다.

그들은 진리의 파수꾼답게 약자의 고통에 귀를 기울였다. 모두가 외면하는 약자를 향해 자신의 기득권마저 포기하는 그에 따른 불이익을 두려워 않는 자들이었다. 그들에 의해 교주의 죄상은 온 세상에 밝혀졌고 일시적으로 정의가 승리하는 듯 보였다. 그랬다가 부정한 재판관에 의해 그 죄상이 다시 가려졌다. 그러나 그는 심장마비라는 결정적인 신의 심판을 받았다.

신(神)은 결코 침묵하지 않는다.

성희는 희미한 정신 속에서 진짜 신(神)의 정체를 깨닫는 듯했다. 진짜 신(神)이 살아 있긴 있는 모양이었다.

교주가 사라졌다고 해서 피해자들의 마음속에 자유가 찾아온 건 아니었다. 그들은 끝없이 피해의식에 시달렸고 미로를 헤매었다. 지난날의 공포가 현실의 염려와 함께 찾아온 것이다. 그들은 이미 빈털터리가 되었고 새로운 삶의 터전을 만들기엔 역부족일 만큼 심하게 정신과 몸이 손상돼 있었다. 또 부지불식간에 찾아오는 어둠의 세력에 대한 긴장감 때문에 꿈속에서조차 시달려야 했다.

성희는 길을 걸을 때면 누군가 자신의 뒤를 밟지 않을까 늘 뒤를 돌아보는 습관이 생겼다. 불안이 꼬리처럼 발걸음과 뇌를 친친 동여매고 있었다. 따라서 그녀의 방황은 밑도 끝도 없이 이어졌다. 길거리를 지나다가도 아는 얼굴이 보일라치면 얼른 돌아서 갔다.

혹시나 기도원에서 만났던 사람이면 어떡하나 하는 의구심에서였다. 그래서 그녀는 한군데 오래 머물지 못하고 떠나는 습관이 생겼다. 낯이 익을라치면 보따리를 싸 무조건 새로운 도시를 향해 떠나는 것이다. 객지는 언제나 새로운 느낌으로 그녀의 가슴을 설레게 했다. 처음 보는 낯선 풍경은 두려움으로부터 해방되는 느낌을 주었다. 한번 머물렀던 객지는 다시는 가지 않았다.

아는 얼굴을 만나게 될까봐 늘 새로운 객지를 찾아 떠났다. 정신은 늘 방황과 혼미를 거듭했다. 몸은 기도원에서 풀려나 자유가 되었는데 정신은 늘 어디엔가 얽매여 있었다.

천안으로 가는 열차 안에서 강석두에게 영혼이 포획돼 간 것처럼, 그녀는 늘 무엇엔가 홀린 듯한 기분이었다. 자신의 의지가 아닌 타의에 의해 삶이 결정돼 가는 느낌이었다. 때로는 수렁 맨 밑바닥에 처박혀 바퀴처럼 맴돌다 그대로 나뒹구는 것 같았다. 어떨 땐 나이 어린 소녀처럼 행동하며 사랑을 갈구하기도 했다.

아무 남자의 품에나 안기고 누군가 손짓하면 금세 달려가 몸과 마음을 던졌다. 잦은 임신 중절 수술로 하혈이 심해 실신해 쓰러진 적도 많았다. 그럴 때면 주변에 있던 사람들이 하나도 보이지 않았다.

비 오는 날, 하혈이 너무 심해 시장 바닥에 쓰러져 누워 있을 때였다. 청소년들이 그녀 곁을 지나며 말했다.

"저 여자, 저 사거리 단란주점에 있는 화영이 맞지?"

늘 새로운 객지를 떠돌 때마다 그녀는 가명을 썼었다. 그곳에서의 가명은 화영이였다.

"또 술 취해 누군가와 싸운 모양이군 저렇게 널브러져 있는 것 보니."

"그게 아닌 것 같은데 저 치마 밑에 흐르는 피 좀 봐, 혹시 애기가 유산된 것 아닐까."

"세상에 저 얼굴 좀 봐 꼭 백짓장 같다."

"어디가 아픈 모양이네 어쨌든 안됐다. 이 비 오는 날 저렇게 쓰러져 누워 있는데 아무도 거들떠도 안 보니."

그녀는 점점 의식이 희미해졌다. 빗줄기가 세차게 쏟아 붓기 시작했다. 그녀 곁을 지나는 사람들의 발자국 소리도 점점 높아졌다. 어디선가 희미하게 여자들의 울음소리가 들리는 것 같았다. 노래 소리도 들리는 것 같았다. 온기도 느껴졌다. 마음속으로 잔잔한 평화의 물결이 넘쳐났다. 그때 눈앞에 이상한 광채가 비쳤다. 누군가 그녀를 향해 손을 내밀고 있었다.

"자매님 이제야 정신이 듭니까."

그녀는 그 손길의 주인공을 바라보다가 아득히 정신을 잃었다. 그리고 곧 꿈속으로 함몰되었다. 꿈속에서 그녀는 무수히 치도곤을 당하고 있었다. 발길질과 주먹질이 그녀의 작은 몸뚱이를 향해 칼날이 되어 꽂히고 있었다. 사십 킬로도 안 나가는 여린 몸뚱이는 금세 피투성이가 되어 나뒹굴었다. 정신이 깨어나 눈을 뜨면 검은 눈동자들이 악마의 미소를 머금은 채 그녀를 내려다보고 있었다. 그 중의 하나가 말했다.

"교주는 이미 끝난 목숨이야, 차세대는 바로 나라구."

그가 품속에서 가느다란 끈과 비수를 뽑아 들었다. 그리고 비수를 높이 들어 내리 치려는 순간이었다. 아악! 하고 그녀는 꿈에서 깨어났다.

"자매님 이제야 정신이 듭니까."

똑같은 소리가 들려오자 그녀는 목소리의 주인공을 향해 입을 열었다. 50대쯤으로 보이는 아주 온화한 인상의 여자였다.

"조금 전에도 들은 것 같은데."

"네, 제가 아까부터 쭉 지켜보고 있었습니다. 어디 불편하신 데는 없으십니까."

"어떻게 제가 여기에…… 그리고 댁은 누구신지."

"예 여긴 자매님이 쓰러져 있던 바로 옆 건물입니다. 그보다도 시장하지 않으세요? 죽을 좀 끓여 놨는데 일어나서 드세요."

"불편을 끼쳐 드려 죄송합니다. 살다 보니 살다 보니……."

그녀는 말을 흐리며 눈물을 쏟았다. 방황 이후 처음으로 느끼는 온정이었다. 여자가 그녀의 팔을 부추겨 일으켜 주었다. 맛있는 깨죽이었다. 정신없이 퍼먹었다. 어느새 그릇을 깨끗이 비우고 나자 여자가 눈물이 글썽한 눈빛으로 물었다.

"상처가 많으신 분 같아요, 편히 쉬시고 기력이 회복되면 가세요."

"고맙습니다."

돌아서 나가는 여자의 뒷모습에서 향기로운 냄새가 났다. 그녀는 안락한 소파에 누워 TV를 보다가 또다시 잠이 들었다. 꿈에 그녀는 안전하고 튼튼한 팔에 안겨 있었다. 사랑과 능력과 권세가 무한한 팔에 안겨져 있는 그녀의 모습은 너무나 행복해 보였다. 흐뭇한 표정으로 자신을 내려다보는 얼굴은 가장 아름답고 신비로운 모습이었다.

사랑의 온기가 그의 팔에서부터 온몸으로 전해지고 있었다. 희미하긴 했지만 어머니의 모습이 보이기도 했다. 가슴속에서 뭔가 울컥하고 치밀어 오르는 것이 있었다. 뜨거움과 함께 쏟아지는 것은 눈물이었다. 그녀는 꿈속에서 낙원을 걷고 있었다. 물소리와 새소리가 음악처럼 들리고 각종 실과나무가 가득한 온통 초록의 동산이었다.

어디선가 어린아이들의 웃음소리도 들려오고 흰옷 입은 천사들의 모습도 보였다. 그곳엔 온통 밝음뿐이었다. 어둠은 존재하지 않았다. 탄식이나 울음 섞인 소리도 없었다. 그녀는 발걸음을 옮겨 수정으로 만든 계단으로 올라섰다. 거기에 빛나는 십자가가 보였다. 너무도 밝고 환한 광채에 온몸이 부서져 내리는 것만 같았다. 그녀는 강한 빛에 놀라 그만 혼절하고 말았다.

잠에서 깨어나니 주방 쪽에서 음식 냄새가 몰려왔다. 보글보글 끓는 것으로 보아 찌개가 틀림없었다. 입안에 군침이 돌았다. 자신도 모르게 발걸음이 저절로 주방으로 갔다. 앞치마를 두른 여자가 바쁘게 움직이고 있었다. 그녀를 보자 온화한 미소를 지으며 말했다.

"일어 나셨나 보군요, 우렁을 넣고 된장을 끓이고 있어요. 잠시 후면 완성되니까 기대하세요."

내가 왜 이리도 염치가 없는 걸까. 생판 모르는 남의 집에서 잠을 자지 않나, 음식을 얻어먹지를 않나, 그녀는 자신의 또 다른 모습에 놀랐다.

"왜 저에게 생면부지인 저에게 이런 친절을 베푸시는 건가요?"

그녀는 용기를 내 물었다.

"저도 옛날에 길거리에 정신을 잃고 쓰러진 적이 있었어요, 그때 삼일 만에 깨어났는데……."

여자는 울먹이는 것 같았다. 어깨를 들썩이며 흐느끼던 여자가 주방에서 나와 소파에 앉으며 말했다.

"죽은 시체처럼 길거리에 널브러져 있었다고 하더군요 그것도 비가 오는 날…… 전 그때 아이를 임신 중이었어요, 그것도 씨도 모르는 아이를…… 아이와 함께 이틀 밤을 길거리에 쓰러져 있었죠, 그때 지나던 어느 노인부부가 저를 들쳐업고 병원으로 뛰었다고 합니다. 응급조치 후 링거를 맞고 깨어났지요 그분들이 아니었더라면 전 벌써……."

"아이는 어떻게 되었나요."

"아이는 그날 밤 유산되고 말았죠."

울먹이던 여자가 안타까운 눈빛으로 말했다.

"동병상련이라고 쓰러져 있는 자매님을 보니까 그때 제 모습이 떠올랐어요."

그제야 그녀는 고개를 끄덕끄덕했다.

"찌개가 다 된 것 같아요. 식사하면서 천천히 이야기해요."

우렁 된장찌개가 뚝배기 안에서 보글보글 끓고 있었다.

"이상하죠 사람들은 현재의 모습보다 과거의 모습을 더 중시해요. 성경에도 나와 있잖아요. '이전 것은 지나갔으니 보라 새것이 되었도다' 그런데 현실은 안 그런 것 같아요. 사람들은 과거라는 꼬리표를 달고 다니면서 뭔가 끊임없이 과시하고 싶어 해요. 과거가 현재를 만든다고 생각하기 때문인 것 같아요."

성희는 기도원에서 두려움에 떨던 자신의 모습을 떠올렸다.

과거 과거의 모습이라……

"사실 인간은 죄악투성이 아닌가요. 그런데 겉모습만 보고 서로 손가락질하고 비난하고…… 전 사실 교도소를 두 차례나 갔다온 죄인이랍니다. 나쁘게 말하면 운이 없었던 거죠. 남들 같으면 그냥 지나칠 수도 있었던 문제인데 다른 사람의 죄까지 몽땅 뒤집어쓰고 복역하고 말았죠. 그때 전 감옥 안에서 깨달은 게 있었어요."

감옥이라니…… 성희는 순간적으로 강석두를 떠올렸다. 자신의 전과 기록을 무슨 훈장처럼 자랑하던 그가 아니었던가. 그는 감옥 안에서 대학원 과정까지 마쳤다며 그 안에서 배운 범죄 실력을 떠버리곤

했었다.

"사람들은 말이지 범죄자를 감옥으로 보내면 개선될 줄로 아는데 천만에 만만에 말씀, 요는 범죄 수법이 더 지능화되고 다양화한단 말씀이야 새로운 신종 기술을 익히게 된다 그 말이지."

그가 가느다란 끈과 비수를 내보이며 한 말이었다.

"아무도 저를 사람 취급하지 않았어요, 흡사 중죄인 다루듯 하고 따돌리고, 성경에는 간음한 여인을 향해 죄 없는 사람이 먼저 돌로 치라고 했잖아요, 그런데 전 그 돌을 너무 많이 맞았어요, 그렇게 만신창이가 되어 살아가는데 어느 날 문득 그런 생각이 들더군요, 과거로부터 벗어나자, 과거와 이별하자, 새로운 삶을 위해 떠나자 그때부터 전 낯선 고장을 떠돌며 살기 시작했어요, 장사도 하고 식당 종업원도 하고 그러다 얼마 전 이곳에 안착했답니다."

그녀는 어느새 찌개 그릇을 비우며 말했다.

"아참! 제가 아까 감옥 안에서 깨달은 게 있다고 했죠, 그건 아무와도 원수 맺지 말고 살자는 것이었어요, 내게 상처 주고 해 끼친 사람일지라도 무조건 용서하자, 나 자신을 위해 용서하며 살자, 그것이 나를 위로하고 내가 견디는 유일한 방법이었어요."

용서…… 과거…….

"자매님은 천성이 착하고 좋으신 분 같아요, 살면서 남에게 싫은 소리 해코지 한번 해본 적 없으시죠, 그래서 더 상처가 많고 외로우신 거예요."

그제야 그녀는 안심이 된 듯 조용한 목소리로 말했다.

"전 어릴 때부터 발레리나가 꿈이었어요, 정신없이 춤을 추었죠, 대학 시절에는 너무 많이 연습해서 발목을 삔 적도 있었어요, 그런데 어느 날인가부터 정신이 산만해지면서 마음이 외롭고 참담하고…… 아마 제 정신이 아니었던 것 같아요. 정신없이 방황하면서 마음속에 상처와 분노가 쌓이기 시작했어요. 그렇게 세월을 흘려보내다가……."

"자매님 제가 아까 말씀드렸죠. 이전 것은 지나갔으니 보라 새것이 되었도다. 이제 과거와 화해하세요. 용서하고 잊어버리세요. 그 길만이 살길이에요."

성희는 그녀와 이야기하는 동안 알 수 없는 평안에 사로잡혔다. 과거의 상처가 하나로 뭉뚱그려지면서 생각이 단순해지는 것 같았다. 가슴속에 있던 악한 기운이 빠져나가면서 그 어떤 힘과 위로가 느껴졌다. 그녀는 과거의 혼돈과 번민, 상처와 굴욕이 뒤범벅된 고통의 터널을 지나 새로운 길목으로 들어섰다.

그곳에는 어둠이 물러가고 빛이 시나브로 스며들고 있었다. 마음이 감옥에서 풀려 나와 누군가에 의해 점점 높은 곳으로 올려지고 있었다. 어디선가 잔잔한 물소리가 들려왔다. 맑은 선율의 음악도 들렸다. 폭풍 치는 듯한 함성도 들려왔다. 그러다 그녀는 아주 낯선 감정에 부딪쳤다.

그건 기쁨이었다. 안정되고 황홀한 기쁨이었다. 흡사 물위에 둥둥 떠 있는 느낌이었다. 수많은 빛이 온몸으로 쏟아졌다. 평안과 자유가 넘쳐났다. 상처 난 감정은 사랑으로 치유되고 진리의 영이 그녀의 앞길을 인도하고 있었다.

그녀는 객지를 떠나 서울로 돌아왔다. 그리고 오랜만에 만난 가족들과 담소를 나누며 긴 방황을 마무리했다.

가족들은 회개하고 돌아온 탕자를 아무 일도 없었던 것처럼 반겼다. 아무 이유도 없이 그녀에게 무조건적인 사랑을 베풀었다. 어느덧 그녀의 병든 심령은 앞날에 대한 새로운 소망으로 바뀌어져 있었다. 어느 날이었다.

그녀는 발레리나로 활동했던 옛 동료들을 만나기 위해 명동 거리를 걷고 있었다. 거리는 건물마다 내쏟는 음악소리로 풍파를 만난 것 같았다. 폭풍우 같은 음악은 사람들의 발길에 채이고 넘쳐났다. 그녀는 잠시 혼돈을 일으켰다. 사람들은 이상한 흥분에 들떠 사납게 떠들고 있었다. 속옷 같은 얇은 옷을 걸친 여자들이 길거리에서 남자들과 가위 바위 보를 하며 웃었다.

그런가 하면 중앙 우체국 앞길에서는 비키니 차림의 여자들이 온몸을 흔들며 춤을 추었다. 이벤트 행사에 동원된 도우미들이었다. 그녀들은 배꼽에 배찌를 달고 정신없이 엉덩이를 흔들었다. 그 곁을 지나는 남자들은 그녀들의 둔부를 훔쳐보며 낮은 웃음을 흘렸다. 뒤돌아서면서도 계속 눈길을 멈추지 못하는 남자들도 있었다.

성(性)의 상품화는 길거리에서조차 사람들의 눈을 버려놓고 있었다. 요염한 눈빛을 흘리며 속살을 드러내 놓고 시선을 유혹하는 여자들도 있었다. 리어카 위에 싸구려 중국 제품을 올려놓고 큰소리로 호객 행위를 하는 상인들도 많았다. 길거리는 예나 지금이나 사람들로 홍수를 이루고 있었다. 무엇보다 소음이 문제였다.

건물마다 리어카마다 음악과 사람들의 말소리로 정신이 없었다. 그 모두가 살아있는 동작이었다. 움직임의 표시였다.

아! 산다는 건 그렇게 바쁘고도 절실한 것이었다. 길을 지나는데 건물 유리창에 붙인 글귀가 보였다.

「지루하게 사는 것은 젊음에 대한 죄다」

역설적인 표현도 떠올랐다.

「젊은 날 시간을 낭비하며 사는 것은 더 큰 죄악이다」

그녀는 옛 코스모스 자리를 지나 KFC와 롯데리아를 지났다. 그리고 명동 성당 쪽으로 급히 발걸음을 옮겼다. 그곳에 그녀가 다니던 옛날 아지트가 있었다. 오늘은 그들을 만나 오랜만에 회포도 풀 겸 작품 구상도 할 요량이었다. 그녀가 건물 오른편으로 돌아설 때였다.

갑자기 그녀 귓가에 엄청난 소리가 들려왔다.

"수고하고 무거운 짐 진 자들아 다 내게로 오라, 내가 너희를 쉬게 하리라."

전도자가 확성기에 대고 안타까운 듯 부르짖고 있었다. 행인들은 그의 부르짖음에 가던 발걸음을 멈추고 일시에 그를 바라보았다. 그때였다. 우레와 같은 함성을 지르며 달려드는 남자가 있었다. 그는 무쇠 같은 주먹을 휘두르며 그대로 전도자의 면상을 휘갈겼다.

그가 내지른 주먹에 전도자는 힘없이 뒤로 나자빠졌다. 한번 쓰러진 전도자는 미동도 못하고 실신해버렸다. 그러자 남자는 승리의 쾌감을 만끽하듯 갑자기 낄낄대고 웃기 시작했다.

으핫핫핫 으핫핫핫……

흡사 광기에 찬 듯 그는 한동안 웃음을 멈추지 못했다. 그 모양을 보고 있던 행인들은 일시에 공포와 전율을 느꼈다. 특히 그가 화상으로 일그러진 얼굴을 꿈틀거리며 쏘아 볼 때마다 섬뜩한 두려움을 느꼈다. 자세히 보니 남자의 팔뚝에도 화상 자국이 심하게 일그러져 있었다.

쓰러진 전도자의 입가에서 피가 흘러 나왔다. 그때였다. 행인 중의 한 젊은이가 나서더니 큰소리로 외쳤다.

"당신 무슨 권리로 이 사람에게 이러는 거요?"

젊은이는 키가 크고 체격이 좋았다. 두 눈에 총기와 의분이 가득했다. 그는 분노를 못 이기는 듯 몸이 덜덜 떨리고 있었다. 자칫 잘못하면 난투극이 벌어질 상황이었다. 그러자 이제껏 말 한마디 없이 그 상황을 지켜보던 사람들이 일제히 남자에게 다가가 야유를 퍼붓기 시작했다.

무관심의 사각지대에 살아가는 사람들에게 그건 놀라운 반전이었다. 그건 누구도 예측 못한 돌발적인 행동이었다. 그러자 남자의 얼굴이 괴물처럼 꿈틀거리면서 또다시 악마 같은 웃음이 터져 나왔다.

으핫핫핫 으핫핫핫……

악한 기운이 남자의 전신을 뒤덮고 있었다. 웃음소리와 더불어 남자에게서 이상한 공포 분위기가 풍겨났다. 사람들은 모두 남자에게서 물러나며 두려움을 나타냈다. 기세 좋게 나가던 젊은이도 뒤로 물러났다. 그 순간, 괴물같이 꿈틀거리며 웃던 남자가 문득 성희에게로 돌아서더니 손가락질을 했다. 동시에 성희의 입가에서 외마디 비명이 터져 나왔다.

강, 강석두…….

그녀의 비명이 채 가시기도 전 그의 단단한 주먹이 그녀의 멱살을 움켜쥐고 있었다.

"오랜만이군. 이렇게 만날 줄 알았지."

"엄마아아……."

그때였다. 호루라기 소리가 들리면서 전도자의 몸이 꿈틀거렸다. 그러더니 그는 어느새 비호같이 강석두를 향해 달려들었다. 그와 동시에 경찰의 손이 강석두를 향해 덮치고 있었다. 강석두는 몇 차례 반항하는 듯했으나 소용없었다. 이미 그의 두 손은 수갑에 차여 있었고 잠시 후, 그는 경찰에 의해 힘없이 호송차에 올랐다.

그는 호송차에 오르면서도 아쉬운 듯 계속 성희를 뒤돌아보았다. 그러면서 성희를 향해 한쪽 눈을 찡긋해 보이는 여유마저 보였다. 순간 성희는 공포에 질려 온몸이 얼어붙는 것 같았다. 마음속에 찬바람이 한차례 횡 돌고 지나갔다. 그녀는 오던 길을 되돌아 걷기 시작했다. 저절로 안도의 숨이 나왔다.

이상하게 거리가 조용했다. 폭풍처럼 흐르던 음악이 어디론가 사라져 버리고 명동 거리에 갑자기 빗방울이 듣기 시작했다. 빗방울은 삽시간에 굵은 장대비로 변했다. 사람들은 쏟아지는 비를 피하기 위해 전속력으로 달리기 시작했다. 성희도 그들 뒤를 따라 정신없이 달렸다. 약속도 잊은 채 한참 달리다 보니 버스 정류장이었다.

그때서야 그녀의 정신 속으로 강한 정체성이 와 닿았다.

아! 내가 누구였더라?

마음속에서 자존감이 회복되고 있었다. 마음을 얽매고 있던 수많은 끈들이 풀려 나가면서 담대한 의지가 소망과 함께 생겨났다. 그건 미래를 향해 힘찬 발돋움이자 이제까지와는 다른 또 다른 예표를 암시하고 있었다. 그녀는 길을 돌이켜 도로 반대편을 향해 힘차게 뛰어가기 시작했다. 빗방울이 그녀의 가슴속으로 마구 엉켜 들었다. 주변에서 환호성이 들리는 것 같았다. 그때 그녀는 안에서 들려오는 세미한 음성을 들었다.

"내가 세상 끝날까지 늘 너와 함께 있겠노라."

언젠가 느꼈던 기쁨이 충만하게 가슴 가득 피어올랐다.

(2007년도 한류문예 봄호)

사탄은 죽지 않는다

고속도로 인터체인지에서 ○○시로 빠지는 길목으로 들어섰다.

도로 양편에 가로수가 빽빽이 둘러서 마치 숲 속 한 가운데를 지나는 것 같았다. 차량들은 거미줄처럼 뒤엉켜 정체 현상을 빚었다. 어둠이 내리면서 차량이 뚫리기 시작했다. 어둠의 기세가 짙을수록 차량은 빠른 속도로 질주했다. 직선 코스로 난 도로를 한참 달리자 직사각형의 아파트 단지가 나타났다. 운무 속에 보이는 아파트는 마치 공중에 떠있는 애드벌룬 같았다.

그곳을 조금 지나자 마치 성곽 같은 모양의 큰 군락이 나타났다. 그곳은 모든 길이 미로로 연결돼 차량으로는 도저히 지날 수 없었다. 사람들은 일단 그곳에서 내린 다음 성곽으로 통하는 대형 철제문 앞에 섰다. 문 앞에는 짐승의 형상을 한 천사들이 사람들의 머릿수를 세고 있었다. 사람들은 그들의 지시에 따라 핸드폰과 시계를 내놓았다. 가지고 있던 돈과 귀중품도 다 내놓았다. 입고 있던 옷도 다 벗어버리고 푸른 수의복으로 갈아입었다. 마지막으로 신을 벗고 바닥에 구슬이 박힌 검은 구두로 바꿔 신었다. 그러자 현재는 사라지고 영겁으로 바뀌고 말았다.

어둠이 금세 그들을 에워쌌다. 그들은 이마에 표를 받고 손에 인장을 찍은 채 성곽 안으로 들어섰다.

성곽은 이미 모여든 사람들로 빽빽이 들어차 있었다. 그들은 점점 붉은 색조를 띠어 가는 하늘을 바라보며 두려움에 떨었다. 당장이라도 귀기스런 공포가 덮쳐올 것 같았다. 싸아한 추위가 전신을 감싸는 순간, 그들은 꽈꽝거리는 굉음에 놀라 모두 뒤로 나자빠졌다. 폭풍우 같은 음악과 함께 하늘에서 커다란 용이 춤을 추며 내려오고 있었다. 어둠의 세력이 질식할 듯이 사람들의 마음을 덮쳤다. 그들 귓가로 우렁우렁한 목소리가 들려왔다.

"너희들은 모두 자발적인 선택에 의해 이곳에 들어온 자들이다. 따라서 너희들은 우리의 명령에 절대 순종해야 하며 이곳에 들어온 이상 절대 밖으로 나갈 수 없다. 이곳에선 사탄의 법칙만 통할 뿐, 그 어떤 법도 통용되지 않는다."

"사탄의 법칙이란 도대체 어떤 것이오?"

"법칙이란 따로 없다. 너희들은 무조건 우리의 명령에 순종하는 것이다."

사람들은 극도로 흥분하며 두려움을 나타냈다.

"그렇다면 우리에겐 선택할 자유도 없다는 것이오?"

그러자 용은 여유 있는 목소리로 말했다.

"아! 이곳에서도 선택할 자유는 있다. 여러분은 각자의 자유의지에 따라 단 한번 선택할 기회가 주어질 것이다. 기회는 단 한번뿐이다. 더 이상 사용할 기회는 없다. 그러니 신중을 기해 주기 바란다. 그리고 또 한 가지 이곳에선 통성명은 물론 모든 대화를 금지한다. 단, 문장을 제외한 단어는 말할 수 있다. 그것도 단 일회뿐이다. 그럼 모두 다음을 기약하며……."

용은 입에서 불길을 내뿜으며 엄청난 기세를 토했다. 그는 입김을 사람들 머리 위에 쏟아 놓고는 하늘로 사라졌다. 그러자 자유가 사람들 마음속에서 일시에 사라졌다. 대신 불안과 공포, 속박과 지겨움이

마음을 차지했다. 이제 그들에겐 몸을 움직이거나 말할 자유가 없어졌
다. 깊은 그물 속에 갇힌 그들은 퍼덕이는 물고기와 같았다. 그들 중
에는 후회라는 단어를 생각하며 극한 공포를 나타내는 사람도 있었다.

갑자기 남자들이 깔깔대며 미친 듯이 웃기 시작했다. 비명을 지르
며 뒤로 넘어지는 여자도 있었다. 얼굴이 화상으로 이지러진 여자는
고통에 못 이겨 바닥을 데굴데굴 굴렀다. 용의 입에서 나온 불로 그녀
는 완전히 구운 시체처럼 변한 것이다. 한 젊은 남자는 스스로 몸을
난자하며 분노를 터뜨렸다. 그들은 모두 사방을 휘둘러보며 정신없이
울부짖었다. 그러나 그들의 고통에 관심을 갖는 사람은 아무도 없었
다.

타인에게 절대 무관심, 그건 그곳에서의 또 다른 계율이었다.

갑자기 그들 앞에 커다란 화면이 나타났다. 화면의 한 가운데가 갈
라지면서 문이 나타났다. 황금으로 장식된 선택의 문이었다. 편법과
불의와 술수로 가득 찬 사람들이 제일 먼저 안으로 들어섰다. 화려한
보석으로 장식된 실내는 마치 낙원과 같았다. 부드러운 카펫과 각종
실과나무는 사람들의 마음을 평온과 기쁨으로 이끌었다.

그들이 발길을 옮길 적마다 온갖 칭찬과 격려와 찬사들이 쏟아졌다.
그들 눈앞에 무대가 보였다. 무대 중앙엔 금빛 찬란한 왕관들이 있었
다. 가까이 갈수록 명예와 이익과 유혹이 봇물 터지듯 터져 나왔다.
팡파르가 계속 터져 나왔다. 마음속에 축하 메시지가 들려왔다.

그들에겐 어느새 화려한 드레스가 입혀져 있었다. 천사 같은 몸짓
으로 정상으로 올라섰을 때 환호와 열광은 극에 달했다. 그들에겐 지
상에서 누릴 수 있는 최고의 영예가 주어졌다. 각종 상패와 트로피 메
달과 금빛 찬란한 봉투가 손에 쥐어졌다. 그들의 입에서는 만족의 미

소가 흘렀고 얼굴에서는 광채가 비쳤다.

축하 음악이 끝나자 갑자기 하늘에서 검은 손이 나타났다. 검은 손은 사람들 머리마다 금빛 찬란한 왕관을 씌워 주었다. 왕관은 청보석 홍보석 다이아몬드 루비로 장식돼 지상에서 볼 수 없는 가장 화려한 것이었다. 왕관을 쓴 사람들은 만족한 미소를 지으며 서로를 바라보았다. 또다시 요란한 팡파르와 함께 함성이 터졌다. 그들은 정상에 서서 아래를 내려 보았다. 거기에는 환호하는 무리가 있었다. 두 팔을 들고 환호하는 무리들은 어느 사이엔가 칼을 들고 서 있었다. 그것을 본 그들은 모두 놀라 두려움에 떨었다.

"어서 내려가라."

용의 음성이 들려왔다.

못 내려가겠소, 아니 난 안 가겠소. 그러나 그들은 그 말을 할 수가 없었다. 그들에겐 침묵만 있을 뿐 말할 자유가 없었다. 명령에 대한 순종만 있을 뿐이었다. 마음은 움직이지 않는데 몸은 벌써 계단을 향해 한걸음씩 내려서고 있었다. 한 계단 한 계단 내려설 때마다 질시와 모멸감과 수모가 그들 위로 쏟아졌다. 야유와 욕설과 저주도 함께 쏟아졌다. 이윽고 마지막 계단을 내려섰을 때 그들의 왕관은 잿더미로 변했고 가슴에는 칼날이 깊숙이 꽂혀 있었다.

그 광경을 보고 있던 나머지 사람들은 다음 관문으로 들어섰다. 그곳에는 넓은 목욕탕이 보였다. 뜨거운 김이 피어오르는 목욕탕에는 아름다운 여인들이 온갖 자태를 뽐내며 앉아 있었다. 우유 빛 살결과 탐스런 몸매는 남자들의 탄성을 자아내게 했다. 여인들은 한껏 가슴을 부풀리고 미끈한 다리를 쳐들면서 음욕을 내뿜었다. 목욕탕은 그녀들이 내뿜는 체취로 가득했다. 마력에 이끌린 듯 남자들은 벗은 몸이 되어 탕 안으로 들어갔다. 교태 어린 웃음소리가 남자들의 정신을 삼켜 버렸다. 그들의 정신과 육체는 한 덩어리가 되어 쾌락의 절정으로 치달았다.

여기저기서 짐승들의 웃음소리와 통곡소리가 들려왔다. 바로 그 옆, 한 어둠의 공간 속에서 어디론가 계속 전화번호를 누르는 소리가 있었다. 칸막이 된 그곳에서는 수많은 남자들이 누군가에게 끊임없이 메시지를 보내며 의사를 타진하고 있었다. 그런가 하면 한쪽에서는 메시지를 주고받는 신종 채팅이 이루어지고 있었다. 대형 화면에서는 계속 음란 쇼가 벌어졌다. 전화가 연결될 때마다 술병을 든 여자가 문을 열고 나타났다. 음습한 세균과 검은 바람도 함께 따라 들어왔다.

술이 부어질 때마다 쾌락이 음란을 부채질했다. 쾌락의 절정에 달할 때마다 각색 병균이 그들의 몸과 뇌리 속으로 침투했다. 혼란과 광기에 휩싸인 그들이 문 밖으로 나서자 곧바로 미로가 나타났다. 미로는 휘황찬란한 네온과 함께 각종 아크릴 간판으로 뒤덮여 있었다. 취객들이 쏟아 놓은 오물과 시끄러운 음악이 그들의 발걸음과 정신을 어지럽혔다. 이윽고 한 골목길로 접어들자 유리 케이스에 앉아 있는 여자의 반나 모습이 보였다. 짙은 화장에 담배까지 꼬나 문 여자는 긴 다리를 쳐들며 일부러 선정적인 포즈를 취했다.

여기저기서 휘파람 소리가 들려왔다.

"이상하다. 이상하다. 전에는 이렇지 않았는데."

사람들은 사방을 휘둘러보며 뇌까렸다. 어디선가 여자의 찢어지는 듯 비명이 들려왔다. 유리병 깨지는 소리와 함께 쾅! 하는 폭발음이 들렸다. 자욱한 연기가 사방에서 몰려왔다. 사람들은 출구를 찾아 헤매었지만 사방이 미로였다. 앞 뒤 사방에서 계속 폭발음이 들려왔다.

어디선가 새까만 날짐승들이 날아와 그들의 머리를 덮었다. 독수리였다. 죽은 시체를 먹기 위해 날아온 것이다. 사람들은 계속 출구를 찾았지만 아무 소용없었다. 미로는 모든 길을 차단한 채 사람들을 외면했다.

갑자기 와! 하는 함성이 들려왔다. 어디서 나타났는지 여자들이 남자들의 팔을 낚아채고 있었다. 그들은 하나씩 채집 당하듯 어둠 속으로 끌려갔다. 그리고 다시는 그곳에서 나오지 못했다.

또다시 넓은 목욕탕이 보였다. 그곳에서는 여자들이 뱀과 뒤엉켜 온갖 쇼를 다 연출하고 있었다. 뱀이 혀를 날름거리며 여자의 몸과 정신을 핥았다. 여자뿐만이 아니었다. 언제 달려 왔는지 남자들도 하나가 되어 뒤엉켰다. 뱀은 여자의 입과 자궁 속에 깊은 혀를 들이밀었다. 치명적인 독소도 함께 빨려 들어갔다. 남자의 사타구니를 핥고 있는 뱀도 있었다.

뱀의 차가운 감촉이 지날 때마다 그들은 깊은 전율을 일으켰다. 그리고 자신도 모르게 음욕의 기운을 따라 점점 더 깊숙이 탕 안으로 끌려 들어갔다. 뽀글뽀글…….

물이 빠지면서 그들은 모두 깊숙한 곳에 수장되었다. 두 팔을 내저으며 허우적거리던 그들은 마지막으로 '허무'를 외쳤다. 그러나 그 소리마저도 그 어떤 기운에 가로막혀 이내 잠잠해졌다. 쾌락의 절정을 향해 내지르던 교성도 음욕의 향기도 함께 사라졌다. 정적이 한동안 그곳을 맴돌았다.

사람들은 다음 관문을 향해 발걸음을 옮겼다.

그곳에는 온갖 무시무시한 살인도구가 보였다. 날이 선 칼과 창, 탄약이 장착된 각종 총포와 화약이 무더기로 쌓여 있었다. 그리고 시한

부 폭탄을 장착한 여자가 무대에서 춤을 추고 있었다. 가운데에는 유
황불이 치솟고 있었다. 춤을 추던 여자가 가끔씩 그곳에 입김을 하얗
게 불어넣었다. 그럴 때마다 유황불은 하늘 높이 치솟아 올랐다. 죽음
의 축제를 앞두고 마지막 경연대회가 시작되고 있었다.

머리에 검은 두건을 쓴 남자가 어린아이의 손을 잡고 나타났다. 춤
을 추던 여자는 그들 주변을 맴돌며 창을 휘둘렀다. 남자가 아이의 손
을 끌고 유황불 가까이 갔다. 그리고는 아이를 번쩍 안아 올렸다. 아
이는 완전히 공포에 질려 있었다. 다음 순간 아이는 제단에 타오르는
불길 속으로 사라졌다.

"아악! 아빠."

악마들의 웃음소리와 함께 축제는 계속 이어졌다. 다음 순간 그들
눈앞에 동물 형상의 수많은 조각상이 보였다. 해와 달과 별 모양의 조
각상도 보였다. 그 조각상 앞에서 사람들은 무엇인가 잔뜩 차려놓고
이상한 주문을 외웠다. 그러다 신명이 나면 한바탕 춤을 추었다. 기괴
한 복장을 하고서 피를 뿌려 대면서 너풀너풀 춤을 추는 사람도 있었
다.

울긋불긋한 옷을 입은 수많은 여자들은 커다란 짐승 형상 앞에서
춤을 추었다. 날카로운 창끝을 딛고서 사뿐사뿐 춤을 추는가 하면 불
이 활활 타오르는 계단을 올라서며 자유자재로 춤을 췄다. 그들의 몸
은 새털처럼 가벼웠다. 시퍼린 갈날 위에서 무쇠칼을 휘두르며 춤을
추는 여자도 있었다.

그러다 신명이 나면 용이 불을 뿜듯 엄청난 말을 했다. 그들은 그
말을 예언이라 했다. 사람들은 그 예언 앞에 숨도 제대로 못 쉬었다.
춤이 계속될수록 어둠의 기세는 점점 커졌다. 사람들의 몸과 마음도

점점 결박되어 갔다. 그리고 마지막 예언이 선포되었을 때 그들의 영혼은 땅속에 깊이 매장되었다.

한쪽 방향을 향해 끝없이 절을 하는 사람들도 보였다. 몸을 앞뒤로 흔들면서 그들은 계속 무어라 주문을 외워댔다. 촛불 앞에서 머리를 숙인 채 흐느껴 우는 여인들도 있었다. 해와 달과 별 형상 앞에서 자신의 몸을 칼로 자해하며 주문을 외우는 무리도 있었다. 그들은 몸에서 피가 흐르는 데도 조금도 그 동작을 멈추지 않았다. 불이 타오르는 제단 앞에서 난삽한 섹스를 벌이는 사람들도 있었다.

짐승이 흘레붙듯 돌려가며 짝짓기를 하는데 갑자기 큰 천둥소리와 우레가 들렸다. 번개가 치면서 그들은 더욱 광란에 취해갔다. 그들이 누운 바닥 위로 빗물이 차올랐다. 빗물은 점점 거대한 물줄기로 변해 그들은 광란과 함께 깊은 수렁 속으로 함몰되었다.

밧줄에 묶인 여자를 커다란 짐승 형상 앞에 내려놓고 함성을 지르는 무리가 있었다. 여자는 공포에 질린 채 아예 눈도 뜨지 못했다. 짐승들의 포효 소리에 갇혀 여자의 숨소리는 점점 가늘어졌다. 여자가 놓인 제단은 이미 피로 얼룩져 있었다. 그 주변에는 칼과 쇠갈고리와 창이 보였다. 짐승을 잡을 때 쓰는 기구였다. 함성이 끝나자 높은 계단 위에 앉아 있던 우두머리로 보이는 남자가 내려왔다.

그는 여자 곁에 다가서더니 익숙한 솜씨로 그녀를 묶고 있는 밧줄을 잘랐다. 여자가 눈을 떠 남자를 바라보았다. 남자의 입가에서 잔인한 미소가 피어올랐다.

천천히 아주 천천히 죽여주마. 죽음의 의미를 실감하도록.

남자가 창을 높이 쳐들었다.

와우!

　다시 함성이 울려 퍼졌다. 남자가 창을 힘껏 내리 꽂는 순간 피가 분수처럼 튀어 올랐다. 여자의 동맥을 끊은 것이다. 제단 위로 피가 흥건하게 고이기 시작했다. 잠시 정적이 흘렀다. 사람들은 다음 장면을 주시했다. 남자가 기묘한 표정을 짓더니 창을 다시 높게 쳐들었다.

　팍!

　여자의 가슴에 창이 꽂히면서 또다시 피가 분수같이 뿜어져 나왔다. 터진 심장 혈관에서 흘러나온 피가 제단 주변으로 퍼져 갔다. 남자가 잔인한 미소를 짓더니 여자를 향해 입김을 불어넣었다.

　확!

　불길이 타오르기 시작했다. 붉은 불꽃이 악마의 혓바닥처럼 여자의 몸을 사르기 시작했다. 순간이었다. 여자의 몸이 꿈틀거렸다. 감았던 눈이 다시 떠지면서 여자의 입에서 비명이 터져 나왔다.

　아이악 아악……

　처절한 여자의 비명은 끝도 없이 이어졌다. 여자는 아직 살아 있었다. 불이 계속 타오르는 데도 여자는 죽지 않고 고통에 몸부림치고 있었다. 남자가 다시 한 번 여자를 향해 입김을 하얗게 불어넣었다. 그러자 아까보다 더 새빨간 불꽃이 여자의 몸을 사르기 시작했다. 그런데도 여자는 죽지 않았다.

　넌 영원불멸의 고통 속에 떨어진 거다. 넌 죽지 않는다. 절대로.

　여자는 꺼지지 않는 불꽃 속에서 천천히 잿더미가 되어갔다.

　사람들은 몸서리를 치면서 다음 선택의 문으로 들어섰다. 휘황찬란한 무대가 보였다. 뽀얀 안개가 무대를 덮으면서 비키니 차림의 여자와 온몸이 쫙 조이는 옷을 입은 남자가 나타났다. 그들은 두 팔을 벌려 관객을 향해 정중하게 인사했다. 관중석에서 환호와 함께 박수갈채가 터져 나왔다. 남자가 한켠으로 물러서더니 여자에게 커다란 유리병을 건넸다.

여자는 유리병에 계속 물을 따랐다. 물이 가득 채워지자 여자는 두 팔을 활짝 벌렸다. 그러자 가슴 중앙에 커다란 별이 보였다. 금빛 찬란한 왕별을 보자 관객들의 입에서 탄성이 나왔다. 이상하다. 좀 전까지는 보이지 않았는데.

다음 순간 여자가 유리병을 가슴에 대자 물이 포도주 색으로 바뀌었다. 관객들의 눈이 휘둥그레지면서 탄성이 터져 나왔다. 병뚜껑을 따자 포도주 향기가 진동을 했다. 여자가 잠시 향기를 맡더니 언제 준비했는지 투명한 크리스털 술잔을 꺼냈다. 그리고 한잔씩 술을 따르기 시작했다. 그것을 골고루 사람들에게 나누어주었다. 붉은 액체는 짙은 포도주 향기가 되어 사람들의 가슴에 안겼다. 유리병에서는 끝도 없이 포도주가 나왔다. 마침내 포도주를 다 받아 마신 사람들은 "포기"라는 단어를 외치며 쓰러졌다.

여자가 무대에서 사라진 다음 아까부터 그 장면을 보고 있던 남자가 무대 중앙에 나타났다. 그는 긴 쇠막대기 두 개를 가지고 나타났다. 그것을 공중으로 집어 던지더니 가볍게 되받았다. 와우! 관중석에서 탄성이 터져 나왔다. 놀라운 힘이었다. 쇠막대기는 보기에도 육중할 만큼 큰 것이었다. 남자는 다시 한 번 쇠막대기를 공중으로 집어 던졌다. 그러자 쇠막대기가 공중에서 붕 뜬 채 똑바로 서는 게 아닌가.

사람들은 저마다 자신의 눈을 의심했다. 남자는 이어 화살촉과 권총 단검을 꺼내 차례로 공중에 던졌다. 그때마다 똑같이 공중에서 물구나무 서기를 했다. 그러자 관중석에서 한 남자가 무대 위로 뛰어 올라왔다. 그는 공중에 서 있는 화살촉에 손을 갖다 댔다. 전혀 움직이지 않았다. 이어 권총과 단검에도 손을 갖다 댔다. 역시 움직이지 않았다.

이게 어찌 된 노릇이지. 의아해 하는 순간 얍! 하는 소리와 함께 화살촉과 권총, 단검이 바닥에 내리 꽂혔다. 그것을 지켜보던 관중석에서 올라온 남자는 제 눈을 의심했다.

분명 내가 만졌을 때 공중에 얼어붙은 듯 서 있었는데.

그가 내려가자 새로운 쇼가 벌어졌다. 역시 이번에도 비키니 차림의 젊은 남녀가 나타났다. 그들은 바퀴가 달린 투명한 플라스틱 박스를 무대 중앙에 가지고 나왔다. 남자가 박스 뚜껑을 열자 여자가 몸을 안으로 들이밀었다. 여자의 작은 몸이 플라스틱 안에 갇히자 남자가 박스를 한 바퀴 빙그르르 돌렸다. 그리고 다시 여러 번 계속 반복하여 돌렸다. 그러자 투명했던 박스 색깔이 까맣게 변하기 시작했다.

아! 관객들 사이에 짧은 신음소리가 흘러나왔다. 박스가 돌기를 멈추고 드디어 멈춰 섰다. 남자가 박스를 향해 손짓을 했다. 그러자 위쪽에서 여자의 손이 불쑥 튀어 올랐다. 다음 순간 박스 양옆에서 손이 아니 여자의 팔이 뻗쳐 나왔다.

이게 도대체 어찌된 일이지. 관객들은 또다시 자신의 눈을 의심했다. 다음 순간 남자는 날이 시퍼런 칼을 가지고 나타났다. 그 칼로 박스를 사정없이 찔러댔다. 핏물이 박스에서 점점 흘러내렸다. 바닥에 흥건하게 흘러내린 핏물을 보는 순간 관객들은 눈을 돌려 외면했다. 핏물이 흐르는 칼날을 높이 쳐들며 남자가 기괴한 웃음을 흘렸다. 남자가 다시 박스를 손으로 돌리기 시작했다.

반복해서 돌아가는 동안 박스를 점점 투명한 색깔로 변해갔다. 박스를 점점 빠르게 돌리던 남자가 갑자기 박스를 움켜쥐더니 기염을 토했다.

얍!

박스가 멈춰 서더니 여자가 처음에 들어갔던 그 모습 그대로 나왔다. 비키니 차림으로 다시 나타난 여자는 두 팔을 벌려 관객들의 환호에 답했다. 이어 남자가 무대 뒤로 사라지더니 잠시 후에 작은 박스를 가지고 나타났다. 박스를 여는 순간 동전이 우르르 쏟아졌다. 그것을 여자의 손바닥 위에 쏟아놓은 다음 남자는 다시 무대 뒤로 사라졌다. 동전을 받아 쥔 여자는 그것을 손안에 들고 몇 번인가 흔들었다. 그러더니 다시 손을 펴는 순간 동전이 깜쪽같이 사라지고 말았다.

이게 어찌된 일이지 그 많던 동전이 어디로 사라진 걸까. 관객의 의아심에 답하기라도 하듯 여자가 하늘을 향해 손을 흔들었다.

여자가 다시 손을 쥐었다 폈다를 반복했다. 그러더니 또다시 손을 펴 보이는데 이번에는 깜쪽같이 사라졌던 동전이 다시 보이는 게 아닌가.

사람들은 자신들의 눈을 의심하며 다음 순간을 기대했다. 여자는 동전을 손에 넣고 한참을 쥐었다 폈다를 반복했다. 이윽고 여자가 만족한 미소를 보이더니 손을 쫙 펼쳐 보였다. 그러자 금빛 찬란한 반지가 보이는 게 아닌가. 그것도 영롱한 다이아몬드가 박힌 것으로 동전 수와 똑같은 반지의 숫자가.

여자는 반지를 들고 객석으로 가 하나씩 나누어주었다. 계속 나누어주는 데도 반지는 그녀의 손끝에서 끊임없이 묻어 나왔다. 사람들은 모두 환호성을 질러댔다. 그들 중 일부는 기쁨에 들떠 반지를 들고서 출입구 쪽으로 마구 뛰어갔다.

무대 위로 다시 올라온 그녀는 이번에는 흰 백지를 가지고 나타났다. 백지는 어른 키 만한 매우 큰 것이었다. 그녀는 그것을 여러 번 접은 다음 칼을 대고 정확하게 등분하여 잘랐다. 그런 다음 그것을 두 손에 들고 공중에 흩날렸다. 그런 다음 사뿐히 종이 위에 내려앉았다. 그리고는 손을 머리 위에 얹고는 이상한 주문을 외우기 시작했다. 종이의 색깔이 점점 변하기 시작했다. 또다시 관객들 사이에서 탄성이 터져 나왔다. 종이가 지폐로 변한 것이다.

주문을 끝낸 여자는 지폐로 변한 종이를 관중들에게 다가가 뿌리기 시작했다. 사람들이 정신없이 돈을 주웠다. 그들은 돈을 줍느라 정작 자신들에게 다가오는 어둠을 깨닫지 못했다. 어둠이 그들을 휩쓸고 낮은 계단으로 끌고 갔다. 계단이 끝나는 마지막 지점에서 그들은 돈을 머리 위로 흩날리며 깊은 수렁으로 떨어졌다.

나머지 사람들은 다음 선택의 문을 향해 걸어갔다.

들어서는 순간 사람들은 낙담과 우울에 사로잡혔다. 슬픔과 애통과 절망이 그들의 심령을 꿰뚫고 지나갔다. 자포자기가 미래를 삼키면서 그들은 점점 더 벼랑 끝으로 달려갔다. 발밑에는 깊은 강이 흐르고 있었다. 이따금 악어 떼가 출몰하는 걸로 보아 그곳은 수심 깊은 바다인지도 몰랐다. 때마침 폭풍우가 거세게 몰아 닥쳤다. 그리고 그들의 귓가에 엄청난 소리가 들려왔다. 그들은 그 소리에 따라 추풍낙엽처럼 물속으로 떨어졌다. 그들의 육신을 삼켜 버린 물은 악어의 집합소였다. 육신이 떨어지자마자 악어는 단번에 삼켜버렸다.

타오르는 불길 속으로 가스통을 지고 뛰어드는 사람들도 있었다.

그들 역시 귓가에 들려오는 강력한 음성에 따라 프로판 가스를 가슴에 안은 채 정신없이 불길 속으로 뛰어들었다. 그들에게는 실패라는 멍에가 복수심으로 활활 타오르고 있었다. 직장에서 쫓겨나고 애인에게 버림받은 분노로 가슴이 불길이 되어 활활 타오르는 사람도 있었다. 버림받았다는 상실감과 분노로 그들은 자신마저 버렸다.

콰광!

폭발음과 함께 그들의 육신은 한줌의 재가 되어 사라졌다. 권총을 자신의 머리 위에 대고 쏘는 사람도 있었다. 그의 뻥 뚫려버린 두개골 사이로 흥건한 핏물이 흘렀다. 숨죽인 어둠 속에서 목을 메는 사람도 있었다. 그가 발 밑에서 의자를 걷어차는 순간 죽음이 그의 목을 물고 늘어졌다. 그의 입가에 희미한 미소가 흘렀다. 목욕탕에 물을 틀어 놓은 채 동맥을 끊는 여자도 있었다. 그녀의 손목에서 분수같이 피가 뿜어져 나왔다. 여자는 웃다 울다를 반복하며 무언가를 향해 강력하게 호소하며 서서히 죽어갔다.

달려오는 전철을 향해 뛰어드는 남자도 있었다. 꿍음이 남자의 몸뚱이를 삼키는 동안 다른 사람들도 다투어 뛰어 들었다. 죽음에도 러시현상이 이는 모양이었다. 전염병처럼 번져 가는 죽음 앞에 사람들은 속수무책으로 뛰어들었다. 죽음의 비명과 살아남은 자의 탄식소리가 레일 위에서 아스라이 번져갔다. 사람들은 왜 죽음의 장소로 하필이면 전철을 택했을까. 왜 죽어가면서까지 그런 식으로 자신의 존재를 알리고 싶어 했을까. 그건 일종의 알 수 없는 자기 투시현상이었다.

커다란 수통 앞에서 죽음의 파티를 벌이는 사람들도 있었다. 그들은 모두 죽음에의 잔치에 초대된 사람들이었다. 여자들은 모두 흰옷을 입었고 남자들은 검정색 통옷을 입었다. 그들은 교주의 명령에 따라 일제히 해골 표시가 되어있는 수통으로 달려갔다. 죽음의 향기가 사람들의 의식 가득히 몰려왔다. 그들은 무언가에 잔뜩 취해 있었다. 일사

불란 천편일률적으로 모두 하나가 되어 있었다.

개중에는 엄마의 손을 잡고 따라가는 어린 아이도 있었다. 치마를 뒤집어 쓴 채 마구 흐느끼며 달려가는 여자도 있었다.

혹여 죽음의 대열에서 이탈할까 봐 검은 복면을 한 사내들이 끝까지 따라 붙었다. 그들은 일체의 흐트러짐 없이 일제히 죽음의 잔을 마셨다. 그리고 모두 손을 맞잡고 죽음의 고통을 즐겼다. 마지막으로 교주도 독극물을 마셨다. 똑같이 죽음의 터널을 통과한 그들은 영원한 절망으로 빠져 들어갔다.

나머지 사람들은 다음 선택의 문으로 들어섰다.

밝은 불빛 아래 커다란 공간이 보였다. 그곳에는 수많은 사람들이 컴퓨터에 앉아 무엇인가 계속 지시사항을 하달하고 있었다. 시간이 지남에 따라 세계 지도 화면에서는 빨간 불이 켜졌다. 이어 화면에 폭파 장면이 보였다. 미사일이 전투기를 요격하면서 폭발음과 함께 검붉은 불꽃이 터졌다. 거대한 연기와 함께 빌딩 한 채가 그대로 주저앉는 장면도 보였다. 공중전이 벌어지는 하늘에서는 불꽃놀이 하듯 계속 섬광이 터졌다. 전투기가 연기를 내뿜으며 낙엽처럼 떨어졌다. 지축을 뒤흔드는 폭음과 함께 살상이 이어졌다. 거리에 있던 장갑차와 탱크, 군용트럭이 순식간에 날아갔다. 유전에서는 거대한 불기둥이 화마와 함께 타올랐다. 바다에서는 함대가 요격 당해 거대한 폭발음과 함께 침몰하고 있었다. 거대한 선체가 일순간에 날아가면서 사람들이 손을 허우적거리며 바다 속으로 빠졌다.

생물체는 모두 화마가 되어 타올랐다. 짐승도 나무도 꽃도 사람도 모두 죽음의 신을 만났다. 사지가 찢겨져 나간 사람들이 바닥을 나뒹굴면서 호소하는 장면이 보였다. 집과 부모를 잃은 아이들이 거리를

헤매며 우는 장면도 보였다. 아이들은 배고파 울고 무서워 울다가 이
윽고 검은 손길에 의해 하나씩 어둠 속으로 끌려갔다. 죽은 자식의 시
체를 끌어안고 우는 여인들도 있었다. 여인들은 비통한 심경으로 아이
를 끌어안고 몸부림쳤다. 그리고 하늘을 향해 원성을 날리며 쓰러져
갔다.

컴퓨터에서는 계속 명령이 하달되고 있었다. 그들의 손길은 너무
빨라 보이지 않을 정도였다. 그들의 손가락이 움직일 때마다 살상과
인명사고가 봇물 터지듯 터졌다. 게임하듯 살인을 원격 조정하는 그들
은 모두 검은 두건을 쓰고 있었다.

천장에 매달린 채 고문당하는 전사도 있었다. 그 밑으로 각종 무시
무시한 고문 기구가 보였다. 살점이 뜯겨져 나간 핏덩어리가 쇠창살
끝에 아슬아슬하게 매달려 있었다. 희미한 전등 아래, 전사는 온몸이
발가벗긴 채 한 마리의 짐승이 되어가고 있었다. 짓이겨지고 불에 태
워지고 물에 거꾸로 처박혔다. 사람들은 그 잔혹한 장면을 보면서 스
스로 지옥의 현장으로 걸어 들어갔다.

공포와 전율 속에 그들은 악마의 웃음을 띠운 채 천천히 들어갔다.
가학적인 웃음과 피비린내가 그들의 전신으로 퍼져왔다.

나머지 사람들은 다음 선택의 문으로 들어갔다. 그들은 모두 나태
와 무기력에 사로잡힌 사람들이었다. 그들이 들어서자 운동장 같은 넓
은 방이 보였다. 가운데 칸막이를 두고 남녀가 모두 바닥에 누워 있었
다. 그들은 누운 채 꼼짝도 않았다. 마치 살아 있는 시체 같았다.

자세히 보니 그들은 튜브에서 공급되는 음식물을 먹고 있었다. 바
로 옆에 음식상이 차려져 있었지만 쳐다보지도 않았다. 바닥은 뜨거운
열기로 절절 끓고 벽에서는 에어컨 바람이 시원하게 불었다. 이윽고

튜브에서 공급이 끊기자 그들은 너나할 것 없이 잠에 빠져들었다. 흉몽을 꾸는지 얼굴이 이지러지는 사람이 있는가 하면 깜짝 깜짝 놀라며 우는 사람도 있었다.

그런가 하면 가위가 눌리는지 몹시 고통스러워하는 사람도 있었다. 아무리 괴로워도 그들은 자리에서 일어나지 않았다. 잠시 후 그들은 모두 잠에서 깨어났다. 그러나 눈만 떴을 뿐 자리에서 꿈쩍도 안 했다. 음악이 들려왔지만 아무 반응이 없었다. 쾅쾅거리는 굉음이 들려와도 마찬가지였다. 어디선가 여자의 통곡소리가 들려왔다. 귀기가 방 안 전체에 흘렀다. 애간장을 녹이는 여자의 흐느낌은 남량특집 영화를 보는 듯했다.

뇌리를 뒤흔드는 듯한 소리가 한바탕 지나가고 나자 찬장 위로 새까만 바람이 지나갔다. 검은 기운은 그들의 몸과 마음속에 파고들어 광기를 나타냈다. 그래도 그들은 미동도 안 했다. 마치 몸을 바닥에 붙여 놓은 것 같았다. 그들의 눈과 귀는 열렸어도 전혀 그 기능을 하지 못했다. 표정은 있으나 몸을 움직일 줄도 말을 할 줄도 몰랐다. 나태의 그물 속에 갇힌 그들 눈앞에 대형 화면이 나타났다. 거기에는 수많은 글자가 적혀져 있었다. 생명과 안식과 평강이 글자들 사이에서 묻어났다.

그것은 그들에게 주어진 마지막 선택이었다. 그러나 그들은 그 선택의 기회마저 귀찮아했다. 그들은 위에서 찍어 내리는 중압감으로 그대로 침몰했다. 어둠의 세력에게 포획된 그들은 지하 땅속으로 저절로 매몰되었다. 그 광경을 보고 있던 사람들 중 일부는 스스로 그곳으로 걸어 들어갔다.

나머지 사람들은 다음 선택의 문을 향해 들어섰다.

그곳에는 사람들이 모여 시끄러운 소리로 떠들고 있었다. 그들은 상대의 이야기에는 관심도 없었다. 오직 제 이야기에만 심취된 채 발광하듯 떠들었다. 그러다 흥분이 지나치면 서로 얼굴을 쥐어뜯으며 욕을 해댔다. 시간이 갈수록 소리는 점점 더 커졌고 욕설과 함성으로 변했다. 그들은 귓가에 들려오는 말로 점점 정신을 잃어갔다.

수많은 함성 속에 가슴을 찔러대며 외치는 소리가 있었다.

"거짓말 거짓말이다."

온갖 거짓말과 술수로 떠드는 그들 앞에 대형 화면이 나타났다. 불과 유황불이 타는 연못이었다. 뜨거운 열기가 온몸에 전해졌다. 머리에 검은 두건을 쓰고 칼과 창을 잡은 남자들이 화면 속에서 뒤쳐 나왔다. 그리고 그들은 거짓말하는 사람들을 하나씩 유황불 속으로 끌고 들어갔다. 비명도 잠시 그들은 곧 재로 변했다. 그리고 난무하던 거짓말도 이내 사라졌다.

사람들은 다음 선택의 문으로 들어섰다. 그곳에선 온갖 게임이 벌어지고 있었다. 커다란 원판이 돌아가면서 사람들이 환호하는 모습이 보였다. 그들은 끊임없이 패를 던지고 열광했다. 그런가 하면 한쪽에 있는 기계에서 동전이 우르르 쏟아졌다. 이어 계속 동전 넣는 소리가 들렸다. 그들의 눈과 귀는 닫혀서 도무지 제 기능을 못했다. 오직 게임에만 사활을 걸었다.

한쪽 대형 화면에서는 TV 경마 대회가 벌어지고 있었다. 트랙을 달리는 말들은 운명을 따라 사력을 다해 달렸다. 그것을 지켜보는 관중들도 환호와 낙담의 길을 함께 달리다 쓰러졌다. 카드놀이를 하면서 옷벗기 경쟁을 하는 사람도 있었다. 어떤 남자는 아예 나체가 되어서도 끊임없이 카드를 던졌다. 손에 피를 잔뜩 흘린 채 카드놀이에 열중

하는 여자도 있었다. 그녀의 한손은 카드를 또 한손에서는 비수가 끊임없이 바닥을 찢고 있었다. 그때마다 그녀의 허벅지에서는 피가 조금씩 흘러나왔다.

네온이 휘황한 거리에서 사람들이 긴 줄을 서고 있는 모습이 보였다. 그들은 한손에 기다란 종이를 들고 있었다. 주머니에서 동전을 꺼낸 그들은 종이 위에 대고 한참을 긁적거렸다. 다음 순간 그들의 입가에서 탄성과 환호가 터져 나왔다. 그러나 그 옆에 있던 사람들은 탄식과 더불어 종이를 찢어 공중에 날려버렸다. 들고 있던 가방도 신고 있던 신발과 함께 달려오는 차량을 향해 던져버렸다. 어느덧 맨발이 되어버린 그들이 길거리를 지나자 새로운 진풍경이 벌어졌다.

남자들이 모여 서서 뭔가 한참 골몰하고 있었다. 바닥에 가마니를 깔아놓고 뭔가를 계속 던지며 탄성을 올렸다. 그들 한가운데서 담배 연기가 계속 피어올랐다. 그 담배 연기 사이로 돈이 보였다. 바닥에 깔린 건 돈이었다. 새로 나온 오천 원짜리 지폐와 만 원짜리 지폐가 수북이 쌓여 있었다. 그 돈을 한꺼번에 움켜쥐는 손이 있었다. 그의 손에는 갈고리 같은 날카로운 연장이 매달려 있었다. 그 손이 돈을 무한정 끌어 모으며 사람들에게 후회감을 심어 주었다.

어두컴컴한 공간 속에서 남자들이 책상 위에서 뭔가 열심히 적는 모습이 보였다. 자세히 보니 그들은 모두 한패였다. 한두 명을 제외한 나머지는 모두 들러리인 셈이었다. 그들은 귓가에 들려오는 음성에 따라 열심히 받아 적다가 한꺼번에 패를 던졌다. 그러다 한 명씩 자리에서 일어서다 말고 바닥에 쓰러졌다.

한번 쓰러진 그들은 다시 일어서지 못했다. 중독은 먼저 사람들의 의지를 점령했다. 그리고 그들의 귓가에는 같은 소리가 반복적으로 들려왔다. 따라서 그들의 영혼은 속임수에 따라 끊임없이 조종당했다.
몸과 마음이 전혀 제 기능을 상실하고 만 것이다.

선택이라는 계명을 잃어버린 그들의 영혼은 이미 마수에 걸려 옴짝
달싹 할 수가 없었다. 미래마저 상실한 그들은 마지막 코스를 향해 전
력을 다해 달려갔다. 그 끝에는 죽음의 계곡이 있었다. 그 죽음의 계
곡 앞에서 그들은 마지막 숨을 거두면서 외쳤다.

"파멸."

사람들은 다음 선택의 문 앞으로 발걸음을 옮겼다. 그곳에서는 술
판이 벌어지고 있었다. 사람들은 물탱크 같은 대형 술통에서 끊임없이
술을 받아 마셨다. 술은 마셔도 마셔도 동이 나지 않았다. 사람들은
점점 술에 취해갔고 이성을 잃고 흔들렸다. 술 취한 그들은 괴성을 지
르며 난동을 부리기 시작했다.

벽에 걸린 시계를 던져버리는가 하면 술잔을 깨 부시고 서로의 옷
을 집어던졌다. 어느 샌가 알몸이 되어버린 그들은 강간과 폭력을 일
삼았다. 어린 아이에게까지 성폭력을 일삼던 그들은 점점 몸이 새까맣
게 타들어 갔다. 한쪽에서는 쇠파이프를 휘두르며 질주하는 차량으로
그대로 돌진하는 경우도 있었다.

온몸이 뱀에게 친친 동여 맨 채 술을 마시는 남자도 있었다. 그는
꺼이꺼이 울면서 술을 마셨다. 뇌세포가 까맣게 타들어 가는 줄도 모
르고 그는 울면서 술을 마셨다. 그 옆에서 같이 술을 마시던 여자는
아이가 배고파 우는 데도 계속 술잔을 기울였다. 그녀는 가슴이 터져
버릴 것 같다며 괴성을 질러가며 울었다. 아이가 마지막 숨을 거둘 때
까지.

어떤 여자는 빨간 신호등이 켜진 앞에서 그대로 옷을 벗고 널브러

졌다. 뒤이어 달려온 남자들도 모두 옷을 벗고 널브러졌다. 자동차가 그들 위로 휙휙 지나갔다. 파란 신호등으로 바뀌고 어둠이 물러갔을 때도 그들은 여전히 널브러져 있었다. 죽은 시체가 될 때까지. 어쩔 수 없는 질곡이었다.

그 광경을 보고 있던 나머지 사람들은 다음 선택의 문으로 들어섰다.

그곳에는 검은 복면을 한 사람들이 자리에 누워 있었다. 부끄러움을 가면으로 가린 그들은 자리에 누워 무언가 끊임없이 입으로 빨고 있었다. 그때마다 푸른 연기가 뿜어져 나오면서 괴성이 들렸다. 주머니에서 본드를 꺼내 흡입하는 사람도 있었다.

흰 가루를 술에 타서 연신 마셔대는 여자도 있었다. 그런가 하면 알약을 입에 넣고 계속 삼켜대는 사람도 있었다. 맑은 액체가 흘러나오는 주사기를 들고 자신의 허벅지에 찔러대는 여자도 있었다. 그녀는 짐승 같은 울부짖음을 흘리면서 점점 광기를 나타냈다.

쾌락으로 몸과 정신을 뒤바꾼 그들은 같은 동작을 반복하며 가사(假死) 상태로 들어갔다. 땅끝까지 추락한 그들 영혼 위로 검은 폭풍이 덮쳐왔다. 그러나 그들은 미동도 하지 않았다. 그들은 바닥에 똑바로 누운 채 천장을 바라보았다. 천장에는 시한폭탄이 장착돼 있었다. 시계 바늘이 마지막 초점을 향하는 순간 꽝! 하는 폭발음과 함께 연기가 되어 사라졌다. 그들은 마지막 순간까지 아무 말도 하지 못했다. 이미 모든 언어중추 신경이 마비돼 있었기 때문이다. 그런데 그 광경을 보면서도 그곳을 향해 걸어가는 사람이 있었다. 강력한 힘에 이끌리듯 그는 제정신이 아니었다. 그도 함께 연기가 되어 사라졌다.

나머지 사람들은 다음 선택의 문을 향해 발걸음을 내밀었다.

그곳에는 수많은 사람들이 이불을 뒤집어 쓴 채 공포에 떨고 있었다. 그들은 너무도 두려워 눈도 뜨지 못했다. 온몸을 벌벌 떨며 수치심과 두려움에 떠는 그들 마음속에서 짐승의 소리가 들려왔다. 좌절과 포기, 혼란과 미혹의 소리였다. 소리가 들려올 때마다 그들 영혼은 나락으로 곤두박질쳤다. 불신의 형벌에 따른 초기 증상이었다. 희망이 끊겨져 나간 그들 영혼은 두려움과 함께 지옥으로 침몰했다.

십자가를 꺾으며 환호하는 무리도 있었다. 그들은 꺾은 십자가를 화로 속으로 던져 넣었다. 발로 짓밟고 그 위에서 춤을 추는 축도 있었다. 꺾이고 짓밟혀진 십자가를 들고서 뭐라고 지껄이며 공중에 날려 버리는 남자도 있었다. 심지어 십자가에 박힌 가시를 가시고 상대를 찔러가며 싸우는 사람도 있었다.

십자가를 향해 침을 뱉고 조롱하는 사람도 있었다. 그것을 뽑아 들고서 어린 아이를 때리는 사람도 있었다. 그것을 흉악한 짐승 우상에게 던지는 인간도 있었다. 그들은 혼미한 정신에 이끌려 점점 타오르는 불길 속으로 사라졌다.

그곳에서 살아남은 사람은 단 한 사람도 없었다. 그들은 모두 이마에 표를 받고 손에 인장을 찍은 사람들이었다. 그들은 자신들이 선택한 결과로 각자에게 해당한 값을 받았다. 그들이 모두 사라지자 철제문이 철거덕하고 잠겼다.

그리고 성곽 바깥에서는 새로운 사람들이 선택을 위해 준비하고 있었다.

(2007년 봄 한국소설)

오리무중

강물을 데울 듯이 뜨거운 날씨였다. 어린 그는 물가에서 멱을 감고 있었다. 신나게 자맥질을 하고 있는데 어머니의 음성이 들려 왔다.

"아이고 영만아… 아 뭐하고 있노 퍼뜩 안 나오고, 퍼뜩 나오나."

치맛자락을 날리며 달려오는 어머니는 잔뜩 겁먹은 표정을 하고 있었다 그는 좀더 자맥질을 하고 싶었지만 꾸중이 두려워 얼른 물가로 헤엄쳐 나왔다.

"아이고 이 자슥아 니 물 속에서 자맥질하다 잘못하모 어떡케 되는 줄 아나, 그대로 황천길 간다 아이가, 내 그리도 물 조심하라 캤더니 다신 들어가지 마라 알겠나."

어머니는 그의 손을 끌고 가면서도 계속 잔소리를 퍼부었다.

"니 숙제는 다 했나. 아직 못 했제 아고 이 자슥아 왜 그리도 속을 썩이노 내가 니 때문에 못 살겠다."

잔뜩 풀이 죽은 그는 그만 돌부리에 채여 넘어졌다. 무릎에서 피가 흐르자 어머니의 잔소리는 때를 만난 듯 또다시 이어졌다.

"이 자슥이 이리도 조심성이 없다 아이가, 니는 눈을 어데다 두고 다니노 똑바로 걷지도 못하고 야야 니 걸음걸이가 와 그 모양이고, 그래 팔을 흔들면서 걸으믄 복 나간다 안 했나, 자슥이 저리도 칠칠치 못하니 요 다음에 커서 뭐가 될지 뻔하다 뻔해."

무릎에서 계속 피가 흘렀다. 그는 아픔도 잊은 채 어머니의 눈치만 살폈다. 집안으로 들어섰다. 밭일을 끝내고 돌아온 아버지가 그의 무룹을 보더니 벽력같이 소리쳤다.

"이노므 자슥 니 어데서 무얼 하다 무릎이 깨졌노 이구 이 칠칠치 못한 것아."

아버지의 눈이 놀라움과 분노로 벌겋게 달아올랐다. 그는 돌아서더니 장독대 뒤를 돌아 헛간으로 들어갔다. 잠시 후 헛간 문을 나서는 아버지의 손에는 철 연장과 부지깽이가 들려져 있었다. 그 모습을 바라보는 순간 영만은 뒤로 꽈당 넘어지고 말았다. 머리가 항아리에 부딪치면서 저절로 신음이 새어나왔다. 으윽.

꿈이었다. 온몸에서 식은땀이 흘렀다.

영만이 일하는 직장은 컴퓨터 부품을 만드는 소규모 공장이었다. 주로 마우스와 키보드 자판을 만드는데 직원이 십여 명 안팎 되었다. 그는 완성된 물건의 품질 여부를 결정하거나 거래처를 오가며 영업 활동에 주력했다. 거래처인 용산전자상가를 다닌 지도 수삼 년이 지났건만 그는 만나는 사람마다 낯설어 했다. 자주 안면이 있는 사람들과도 말문이 트이지 않아 적잖이 당황하곤 했다.

그가 수금을 갈 때마다 상인들은 일부러 죽을상을 짓거나 짐짓 화난 표정을 하곤 했다. 장사가 안 된다는 말은 새빨간 거짓말이었다. 어차피 줄 돈 월말은 넘기지 말아 달라고 사정사정하면 내가 거짓말할 사람처럼 보이느냐며 되레 능청을 떨었다. 그는 상대가 큰소리를 치거나 너스레를 떨면 꼼짝 못하고 뒤로 물러났다.

상대의 기분을 상했다간 미수금 떼이고 직장에서도 쫓겨나게 될까 봐 지레 겁을 먹었다. 한번쯤은 배짱부릴 법도 한데 소심증이 그에게 무한정 자제를 요구하고 있었다. 수금 실적이 형편없다고 사장이 나무라면 그는 오히려 상인들 편에 서서 이야기했다.

"요즘 장사가 안 된다고 엄살떨면서 죽을상을 짓는데 어떡합니까? 물건을 도로 회수해 올 수도 없고."

"그런데 주문량은 계속 늘어나는데 왜 수금 사정은 형편없느냐 이거야."

"글쎄요 오를 때를 대비해 물건을 확보해 두자는 수작이 아닐까요."

어리숙한 그는 고지식한 그대로 말하고 말았다. 사장은 기가 막히다는 표정으로 말했다.

"너는 우리 회사 직원이냐, 아님 저쪽 상인들 대변인이냐, 아무튼 이렇게 수금 사정이 나빠지다간 다른 방책을 강구하든지 해야지 안 되겠어. 이대로 나가다간 직원들 월급도 제 때 못 주게 생겼단 말이다. 거래처 가면 똑 부러지게 말 좀 해라, 안 주고는 못 배기게끔 하란 말이다. 너 이 바닥 생리 누구보다 잘 알지 않냐, 남의 사정 다 봐 줘가면서 어떻게 장사 하냐? 아무튼 이번 달 말까지 무슨 일이 있어도 수금량 채워 놔라 알겠지, 아님 사표 낼 각오하고."

사표 낼 각오하라는 말이 그의 뇌리를 물고 늘어졌다. 사람 좋은 줄로만 알았던 사장 입에서 그런 말이 나오다니, 하긴 인내심도 한계가 있는 법이다. 그는 온종일 사표라는 단어에 휘말렸다. 회사를 나와 용산으로 가는 전철 안에서도 사표라는 단어에 혼이 빠질 지경이었다. 그러다 그는 거래처 내역이 적힌 다이어리를 전철 안에 두고 내리고 말았다.

물론 거래 내역은 회사 경리 장부에도 상세히 기록되어 있었다. 그러나 그는 다이어리 책을 잃어버린 것과 사표 낼 각오하라는 사장의 말로 인해 순간적으로 극심한 두려움에 사로 잡혔다. 시청 앞 유실물 센터에서 다이어리를 찾아 나오면서 그는 계속 다리가 휘청거렸다. 그

동안 그 직장에서 버틴 것만도 기적이었다. 다른 직장 같았으면 어림도 없는 일이었다.

사람 좋고 인내심 많은 사장 덕분에 그나마 쫓겨나지 않고 견딜 수 있었다. 핸드폰으로 사장이 끊임없이 연락을 취해왔지만 그는 아예 모른 체했다. 전철역을 빠져나오기 전 그는 핸드폰을 철로 변에 버리고 말았다.

충격적인 사건은 대개 어린 시절에 있었다. 아마도 그는 또래의 아이들에 비해 영악하지가 못했던 것 같다. 남들에 비해 지능이 떨어졌든지 아니면 지나치게 소심하든가 둘 중의 하나였다. 그는 또래와 어울리지 못하고 늘 따돌림 당한 채 혼자 놀았다. 흔한 말로 왕따였다. 점심시간이면 모두 운동장에 나가 뛰어 노는데도 그는 혼자서 우두커니 교실만 지켰다.

짝 친구가 도시락을 빼앗아 먹어도 종주먹을 내밀며 머리통을 쥐어박아도 말 한번 못하고 그 수모를 견뎠다. 전교 학생이 참가하는 운동회 날만 다가오면 미리부터 가슴이 벌렁벌렁 뛰었다. 군수와 면장, 근처 군부대에 있는 연대장은 물론 마을 유지까지 참관하는 가을 운동회는 모두가 학수고대하는 마을 큰잔치였다.

운동장에 오색 깃발이 나부끼고 경쾌한 행진곡이 울려 퍼지고 각종 선물더미가 아이들의 눈길을 유혹하는 그날만큼은 인심이 후해 아이들을 야단치거나 주의 주는 일도 드물었다. 그날이 되면 어머니는 들일도 안 나가도 아침 일찍부터 옷 타령을 해대면서 화장하기에 바빴다. 그런 어머니의 얼굴에는 기대와 욕심이 잔뜩 묻어 있었다. 그런 어머니를 바라볼 때마다 영만은 마음이 졸아드는 것 같았다.

아무리 생각해도 어머니의 기대를 채울 자신이 없었다. 어머니의 소원대로 일등은커녕 꼴찌만 면해도 다행이었다. 그런데도 어머니는 해마다 일등에 대한 기대를 놓치지 않았다. 기가 막힐 노릇이었다. 그는 일백 미터 달리기는 물론 각종 게임에서도 연거푸 고배를 마셨다.

그가 참가하는 릴레이 경주는 매번 꼴찌를 면치 못했다. 그는 전 주자가 배턴을 넘겨주면 받자마자 바닥에 떨어뜨렸다. 허리를 굽혀 집는 동안 다른 주자는 십여 미터쯤 앞서가고 있었다. 경기가 끝나고 나면 아이들은 그에게 비난의 화살을 퍼부었다.

"우리가 진 건 순전히 니 탓이야, 너만 아니었다면 틀림없이 일등 하는 건데 아무튼 쟤가 끼는 팀은 꼴찌는 맡아놓은 거라니까."

"다음부터 영만이는 빼고 하자."

문제는 다음 순간이었다. 어디 있다 나타났는지 어머니가 멱살을 쥐고 욕설을 퍼붓기 시작했다.

"아이고 이 등신 같은 자슥아, 니는 우째 하는 일이 그 모양이고 다 이길 수 있는 걸 니 때문에 졌다 아이가, 내사 창피해서 못 살겠다, 이 구 이 병신아 누굴 닮아 그 모양이고,"

어머니는 그의 멱살을 끌고 운동장을 가로질러 교문께로 다가갔다. 교사들과 아이들의 시선이 집중됐다. 그는 창피한 생각에 몸부림치며 울어댔다. 어머니는 분한 마음을 이기지 못해 주먹으로 그의 온몸을 두들겨 패기 시작했다. 그때였다. 영석이 저쪽에서부터 쏜살같이 달려 왔다. 그보다 세 살 많은 영석은 전교에서 유명한 수재였다.

총명과 재기가 넘치는 그는 교사들 사이에서도 칭찬이 자자했다. 어린아이답지 않게 논리적이며 재치 있는 언어로 임기응변에도 뛰어 났다. 그래서인지 안하무인격으로 행동할 때가 많았다. 영석은 자존심 이 상한 듯 어머니를 향해 말했다.

"엄마, 나 영만이 새끼 때문에 창피해서 못 살겠어. 저 새끼 아주 죽여버려."

말이 끝나기가 무섭게 발길로 정강이를 냅다 지르는 것이었다.

엄마 저 새끼 아주 죽여버려…… 그 끝마디가 그의 심령을 칼로 마구 쑤셔댔다.

그 날 밤 그는 집에 돌아와서도 아버지에게 똑같은 식으로 수모를 당했다.

"자식새끼보다 더한 원수는 없다더니 저 새끼는 도대체 누굴 닮아 저 모양이야?"

그 말이 도화선이 되어 부부는 밤새도록 싸움을 했다. 아침이 되어 밥상을 받으면 그는 부모의 눈치를 보느라 밥알을 넘기지 못했다. 형과 그의 도시락 반찬은 늘 차이가 있었다.

그에겐 기껏해야 콩장이나 단무지가 전부인데 형의 반찬은 늘 색색가지로 보기에도 먹음직스런 것들로 가득했다. 그는 속으로 당연하다고 생각했다. 형은 공부도 잘하고 똑똑하니까. 형은 집안의 자랑이자 위안이었다. 반면 그는 집안의 애물덩어리이자 부끄러움의 대상이었다. 가끔씩 형의 친구들이 집에 놀러올 때마다 그는 골방에 숨어 있어야 했다.

형은 한 번도 동생을 친구들에게 소개하지 않았다. 그의 모습이 보일라치면 사나운 눈을 부라리며 말했다.

"저리가 나는 너 같은 동생 둔 적 없어 창피하단 말야."

그의 성적은 계속 곤두박질 쳐 아예 끝자리를 맴돌았다. 이제 그의 부모는 공부하라는 성화는커녕 관심조차 갖지 않았다. 시험일자가 다가와도 그는 아예 책을 붙잡지도 않았다. 책을 들여다보면 정신은 극도로 산만해져 한 글자도 눈에 들어오지 않았다. 단어와 문장이 따로 따로 시야에 접혀와 제대로 연결되지 않았다.

맨 첫줄의 단어가 눈에 들어 왔다가도 가운데 문장이 눈에 들어오는가 하면 끝줄의 단어가 다시 눈에 들어왔다. 숙제를 하기 위해 노트를 펴 들었다가도 도로 덮어버렸다. 아무 생각도 기억도 떠오르지 않았다. 나중에는 볼펜조차 집기가 싫었다. 극도의 의욕상실이 그의 삶을 뒤덮고 있었다.

학교에 가서도 그는 온갖 수모와 고통을 겪었다. 수업시간에 멍하니 천장을 바라보는가 하면 창밖을 내다보며 눈물을 흘렸다. 숙제를 안 해 왔다고 온갖 망신을 당해도 눈만 끔뻑일 뿐 입 한번 열 줄 몰랐다.

영석은 중학교를 졸업하고 서울에 있는 고등학교로 진학했다. 그것도 이름만 대면 다 알만한 과학고등학교였다. 그가 사는 읍내에서는 처음 있는 일이었다. 영석이 졸업한 중학교 교문 입구에 현수막이 내걸렸다.

〈자랑스런 ○○의 아들 xx과학 고등학교 합격〉

중학교 삼 학년이 되었다. 그의 고등학교 진학을 앞두고 부모는 심각한 말다툼을 벌였다. 최소한 고등학교는 마쳐야 한다는 어머니의 주장과 일찌감치 농사일을 떠맡기겠다는 아버지의 주장이 팽팽히 맞선 것이었다. 그의 집안은 인근에서도 유명한 부농이었다. 논밭은 물론 과수원까지 그 소유한 임야만 해도 엄청났다. 따로 관리인을 둘 만큼 재산적인 가치도 대단했다.

해마다 가을이면 배나무에서 엄청난 소출이 있었다. 그는 아버지의 명령에도 불구하고 한사코 일을 맡기를 싫어했다. 아니 두려워했다는 표현이 더 옳을 것이다. 일꾼들은 사다리를 타고 올라가 배를 땄다. 그는 사다리에 올라가는 것조차 두려워해 뒤로 물러나고 말았다.

"저런 등신 같은 놈, 아무 짝에도 쓸모없는 놈, 제 부모 피 빨아먹고 살 놈, 네 놈 때문에 우리 영석이 앞길 막힐까 겁난다. 에이그 그저 영석이 하나만 낳고 말았어야 하는 건데 공연히 욕심 부렸다가 저런 것이 태어나 가지고."

그는 누가 무슨 말을 하던 그것을 그대로 수용했다. 거부하거나 반항할 줄도 몰랐다. 모든 원인이 자신에게 있다고 생각했다. 생각의 고착증세는 분노도 철저히 억압당했고 나락에 처박혀 이제 자신의 힘으로는 아무것도 할 수 없다는 무력감에 휘말렸다. 때때로 광인처럼 행동하고 싶을 때도 있었다. 그 광기에 파묻혀 자신의 처지와 미래를 잊고 싶었다.

날이 갈수록 그의 눈빛은 광기로 출렁였고 자신도 알 수 없는 힘에 의해 억압당했다. 의지는 감정과 함께 찢겨져 회복 불능의 상태에까지 이르렀다. 극단의 심리 공황이 그의 내부에서 악마의 음성으로 돋아났다.

넌 아무 짝에도 쓸모 없는 인간이다. 제 형 앞길 막을 놈, 제 부모 피 빨아먹고 살 놈.

지지리도 못난 놈, 어쩌다 저런 것이 태어나 가지고…. 엄마 나 영만이 새끼 때문에 창피해서 못 살겠어 저 새끼 아주 죽여버려. 엄마 저 새끼 아주 죽여버려…….

어디선가 탕! 하고 공기총 소리가 들려왔다. 자리에서 일어나 뛰어야 한다고 생각했다. 상체를 약간 숙인 상태에서 고개를 쳐들며 힘차게 목표물을 향해 무릎을 뻗어야 했다. 그러나 그는 출발선 앞에서 엎드린 채 그대로 누워버렸다. 눈앞에 오색 깃발이 나부끼고 있었다.

급우들의 야유가 들려왔다. 너 때문에 우린 항상 꼴찌란 말야. 너 때문에… 너 때문에… 어머니의 탄식소리도 들려왔다. 에구 망신스러운 것. 내가 어쩌자구 너 같은 걸 낳아 가지고…. 네 형 반만이라도 따라가 봐라. 아무리 형 만한 아우는 없다지만 넌 어째 매사가 그 모양이냐. 언젠가 길바닥에 엎드려 뱀처럼 기어가던 적이 있었다. 사람들이 지나가면서 킬킬대고 웃었다

"넌 그 머리로 어떻게 얼굴을 들고 살아갈래. 차라리 뱀처럼 바닥이나 박박 기면서 살아라."

언젠가 영석이 내뱉던 말이었다.

과거의 악령은 잠시도 그의 기억을 떠나지 않고 괴롭혔다. 그에게 있어 가장 큰 문제점은 자신감의 결여였다. 매사에 결단을 두려워하고 자꾸 뒤로 미루다보니 점차 신뢰를 잃어갔다. 우물쭈물하는 바람에 제 밥그릇도 챙기지 못할 때가 많았다. 몸과 마음을 추스르기에도 바쁜데 사건은 끊임없이 꼬리를 물고 일어났다. 그의 텅 빈 두뇌를 노려 생기는 사기극도 속출했다.

상대가 능치고 어르면서 솔깃한 말로 유혹하면 백발백중 넘어가고 마는 것이었다. 사고(思考)가 치밀하지 못해 정신적으로나 금전적으로 늘 손해 보는 피해 당사자가 되는 것이다. 그런 일이 여러 번 되풀이되자 대인 공포라는 극심한 노이로제 증상마저 나타났다. 피해의식은 생활전선 곳곳에서 나타났다.

판단력에도 이상증세가 발견되었다. 군대 영장이 나왔을 때였다. 영장심사를 받기 위해 조사관 앞에 섰을 때 그는 상대의 표정에서 문

어나는 이상한 낌새를 눈치 채지 못했다. 자신을 향해 쏟아지는 모멸감 어린 시선과 그들이 주고받는 은밀한 대화의 내용이 무엇인지 그로선 도무지 알 수가 없었다. 더구나 왜 자신이 영장심사에서 불합격 판정을 받았는지, 그때 그는 그곳을 나오면서 자신은 행운이 많은 남자라고 생각했다.

누군가가 그를 향해 긴급하게 명령하고 있었다. 그는 그 명령을 수행하기 위해 앞으로 나가야 한다고 생각했다. 그런데 발목이 차꼬에 묶인 듯 꼼짝도 안 했다. 불길한 상상력이 발목을 붙잡은 채 정지를 외치고 있었다. 모든 게 두려웠다. 낯익고 알만한 얼굴들은 그에게 모두 두려움의 대상으로 비쳐왔다. 상대의 눈빛이 조금만 바뀌어도 말투가 조금만 거칠어도 그는 금세 두려움의 포로가 되었다.

극한 모욕감과 멸시 앞에서도 그는 분노할 줄도 몰랐다. 가슴속에 상처와 독이 쌓이면서 그의 영혼은 서서히 병들어 갔다. 현실에서 쫓겨 난 그는 자포자기라는 깊은 수렁 안에 갇혔다. 암흑의 긴 통로에서 그는 어둠의 권세 잡은 영에게 날마다 심신이 짓눌렸다. 작은 근심거리만 닥쳐와도 그대로 낙담하고 뒤로 넘어졌다. 그 뿐만이 아니었다. 좌절이라는 결박의 끈이 그의 내부를 점점 더 조여 왔다.

무기력과 소심증은 그를 점점 더 나락으로 이끌었다. 피폐해질 대로 피폐해진 어느 날 그는 노숙자들의 행렬에 뛰어들었다. 처음에는 그런 대열에 끼는 것조차 낯 뜨겁고 창피했지만 그것이 반복되자 차츰 익숙해지기 시작했다. 삶의 전장에서 쫓겨난 군상 중엔 한때 잘나가던 사업가도 있었다.

명문대 출신의 석학도 있었고 중간에 고시를 포기한 낙방생도 있었다. 그런가 하면 군 장교 출신도 끼어 있어 주변 사람들을 놀라게 했

다. 그들의 한결 같은 특징은 자포자기와 무기력증이었다. 재기를 꿈
꾸거나 시도하려는 사람은 아무도 없었다. 극도의 열패감 속에서 그들
은 점점 알코올 중독자가 되어갔다. 소주병과 컵 라면을 들고 서서 하
늘을 향해 무어라 욕설을 퍼붓는가 하면 기괴한 웃음을 흘리며 여자
뒤를 따라 다니는 사람도 있었다.

그들은 공원의 잔디나 벤치 위에 누워 병 나팔을 불며 깊은 나락으
로 빠져들었다. 개중에는 마약을 원하는 사람도 있었지만 수중에 한
푼 없는 처지로선 어림도 없는 일이었다. 노숙자의 행렬에 휩쓸리면서
그의 뇌리는 폐부가 되어갔다. 그 폐부 속으로 수많은 거짓말이 틈입
하기 시작했다.

누군가 다가와 물었다.

당신의 미래를 아느냐고, 그는 고개를 저었다.

나에게 묻지 마십시오, 나는 미래와 하등 상관없는 사람입니다. 도
대체 당신은 왜 그런 모습으로 살아가는 겁니까? 그건 나도 모르지요
내 의지와는 상관없이 알 수 없는 힘에 이끌려 나도 모르는 곳으로 가
고 있답니다. 그곳에서 빠져 나올 생각은 왜 안 하는 겁니까. 나에겐
힘이 없습니다. 스스로 일어 설만한 아무런 힘이 없답니다. 당신은 의
지를 상실했군요. 사탄이 당신의 의지를 점령해 버리고 말았군요. 하
지만 당신은 다시 일어 설 수 있습니다. 나사렛 예수 이름으로 일어나
걸으십시오. 당신의 미래를 그분께 맡기고 지금 그 자리에서 일어나
보십시오. 자! 어서.

그는 바닥에 엎드린 채 그 손을 올려다보았다. 빛이 마음속으로 밀
물같이 쏟아져 들어왔다.

상흔에 찌든 어느 날 전도대가 나타났다. 제법 악단까지 갖춘 그들

은 복음성가를 부르며 가끔씩 성경구절을 암송했다.

'너희가 세상에서는 환난을 당하나 담대하라 내가 세상을 이기었노라'

평강과 위로의 메시지가 든 찬양이 들릴 때면 숙연함마저 감돌았다.

'반드시 내가 너를 축복하리라 반드시 내가 너를 들어 쓰리라 세상에 소망이 무너졌어도 온전히 나를 믿으라 두려워 말라 강하고 담대하라 낙심 말며 실망치 말라 네 소원 이루는 날 속히 오리니 내게 찬양하리라'

'할 수 있다 하면 된다. 해 보자. 믿는 자에겐 능치 못함이 없느니라. 믿음 가지고 꿈을 가지고 주님을 바라보아라. 성령님이 도와주신다. 좋은 일 일어난다. 말씀 안에서 믿음 안에서 할 수 있다 해보자'

노숙자 중에는 찬양소리가 시끄럽다며 쌍욕을 퍼붓는 사람도 있었다. 그런 사람들일수록 선물에 약했다. 속옷과 양말이 든 케이스를 받아들면 대개는 잠잠해졌다. 찬양가사에 위로를 받았는지 눈물 흘리는 사람도 있었다. 공원에 산책 나왔던 시민들도 하나둘 모여들었다. 그들 중에는 전도대의 찬양에 맞춰 발장단을 하는 사람도 있었다.

'세상일에 실패했어도 두려워 말라, 내가 너를 도우리라 다시 일으켜 주리라, 나를 버린 자들도 내가 사랑하거늘 하물며 너희일까 보냐… 너로 하여금 나를 증거하도록 내가 너를 도우리라.'

찬양이 마지막 부분에 이를 때였다. 어디선가 울음소리가 들려왔다. 공원 뒤편에서 소주를 마시고 있던 일행 중 가장 나이가 적어 보이는 노숙자였다. IMF여파로 실직하게 되자 아내가 백일 된 딸을 두고 가출한 사람이었다. 소주잔을 잡은 그의 손이 덜덜 떨리고 있었다. 감정이 북받치는지 무릎 사이에 고개를 파묻고 마침내 엉엉 소리 내어 울었다. 그 모습을 보고 옷깃으로 눈물을 훔치며 자리에서 일어나 반대 방향으로 걸어가는 사람도 있었다.

그때였다. 갑자기 픽! 하는 소리와 함께 소주병이 날아들었다. 소주병은 전자 오르간을 치는 상우의 발 앞에서 박살이 났다. 유리 파편 사이로 소주가 흘렀다. 음악은 중단되었고 사람들의 시선은 일시에 상우에게로 집중되었다. 한순간 상우의 표정이 묘하게 일그러졌다. 당장이라도 사내에게로 달려가고 싶지만 애써 자제하는 표정이었다. 고개를 숙여 병 조각을 주워 담는데 이번에는 난데없이 욕설과 함께 발길질이 날아들었다.

"야! 이눔들아 할 일 없으면 집구석에서 낮잠이나 처 잘 일이지, 왜 나와서 지랄들이냐 니 눔들이 뭘 안다고 대낮부터 북치구 꽹과리 치구 난리냐 이 말이다. 니눔들이 뭘 안다구."

그의 눈은 분노와 광기로 출렁이고 있었다. 삼십 중반쯤 되었을까. 알코올에 찌들긴 했지만 노숙자 치고 말쑥한 인상이었다.

"뭐? 세상에서는 환란을 당하나 담대하라구? 세상을 이겼다구? 웃기는 소리 작작해라. 누군 왕년에 교회 한번 안 다녀본 줄 아냐? 나도 교회 집사였다 이거야. 그런데 사기꾼 목사한테 돈 뜯기고 집 날리고 예편네 집 나가고…… 그뿐인 줄 아냐. 자식새끼들 줄줄이 고아원 보내고…… 난 이제 예수쟁이들 예자만 들어도 속에서 천불이 오른다 이거여. 그런데 왜 니눔들이 나타나서 내 복장을 뒤집는 것이냐 응 도대체 나랑 무슨 원수가 졌다구."

분이 오르는지 사내는 상우의 옆구리를 향해 발길질을 한다는 게 그만 유리 파편에 미끈하더니 뒤로 넘어지고 말았다. 그러나 놀랍게도 다음 순간 벌떡 일어나 전자 오르간을 들어 바닥에 내리치려고 했다.

그제야 사방에서 사내를 덮쳐눌렀다.

"이게 도대체 뭐하는 짓입니까?"

찬양대 리더인 박집사가 달려들어 사내의 팔을 뒤로 꺾으며 말했다.

"어? 이거 못 놔? 너 이거 분명 폭력이야."

적반하장 격으로 사내는 되레 큰소리를 쳤다. 박집사가 팔에서 힘을 풀자 사내는 주먹을 상우의 목덜미를 향해 그대로 내뻗었다. 상우가 그 자리에서 폭 고꾸라졌다. 잠시 비틀거리는 사이 사내는 길 건너편을 돌아 육교 위를 달리고 있었다. 사람들은 그 희한한 구경거리 앞에 넋을 놓고 있었다. 전도대는 악기를 정리하더니 침통한 표정으로 그 자리를 떠났다.

행인과 노숙자들 사이에 은혜의 열기가 퍼지는 듯싶더니 난데없이 나타난 훼방꾼 때문에 그 날 집회는 완전 개망신이 되고 말았다. 영만은 그 거리를 지날 때마다 전도대가 왔는가 살펴보았지만 좀처럼 볼 수가 없었다. 얼마쯤 시간이 흐르자 궁금증이 그리움처럼 모락모락 피어나기 시작했다. 삶의 용기와 희망을 주는 찬양 가사가 경쾌한 리듬과 함께 그의 의식 속에 살아났다.

가사 내용이 토막토막 잘려지긴 했지만 그것은 충격이 되어 그의 가슴을 강타했다. 그중에서도 그의 뇌리를 울리는 문장이 있었다.

"강하고 담대하라 내가 세상을 이기었노라"

세상을 이기다니…… 영만은 아무리 생각해도 그 대목을 이해할 수 없었다. 하지만 그 곡조의 음률만큼은 정확히 기억하고 있었다. 영만은 영혼이 곤비해질 때마다 전도대가 머물렀던 자리를 찾아갔다. 그것은 어느덧 습관으로 굳어져 그의 의식 한켠을 단단히 붙들고 있었다.

영석은 국내 최고 명문 대학 법대에 진학했다. 영석이 졸업한 중학교 건물에 또다시 현수막이 나 붙었다.

〈자랑스런 ○○의 아들 이영석 서울대 법대 합격〉

부모는 신이 나서 동네잔치를 벌였다. 벌써부터 판검사란 단어가 입에 올려지더니 국회의원 장관이란 단어도 떠올랐다. 기고만장한 부모는 영석을 위해 서울에 전세 아파트를 얻어주고 입학선물로 오토바이를 사주었다. 영석이 원했기 때문이다. 그때부터 영석의 인생은 점차 엇나가기 시작했다. 영석은 공부 대신 연애에 더 많은 힘과 정열을 쏟았다.

주말이면 여자를 오토바이 뒤에 태우고 야외를 달리며 젊음을 불태웠다. 돈을 물 쓰듯 하면서 부모의 잔소리는 안중에도 없었다. 영석은 여자를 번갈아 가며 만났다. 매사에 싫증을 잘 느끼는 영석은 책임지기를 싫어하고 늘 즉흥적인 기분에 따라 움직였다. 또 잘생긴 수재형을 주변 여자들이 가만 두질 않았다. 어쩌다 잘생기고 똑똑한 남자를 만나 팔자를 고쳐 보겠다는 허망을 가진 여자들이 부나비처럼 그의 주변에 몰려들었다.

적당히 즐기고 돌아서면 끈끈한 허무감이 그의 가슴을 텅 비게 만들었다. 그럴수록 끊임없는 갈증이 그의 내부에 소용돌이 쳤다. 사람들이 들려주는 칭찬과 부러움의 소리가 야유처럼 들려올 때도 있었다. 입만 열면 판검사를 버릇처럼 외치는 부모의 잔소리를 피하기 위해 아예 전화 코드 선을 뽑아놓은 적도 있었다. 방종심리가 허무 속으로 곤두박질치던 어느 날 영석은 오토바이 사고를 내고 말았다.

여자를 뒤에 태우고 다니던 그는 묘기를 부린답시고 앞바퀴를 들고 달리다 대형 사고를 친 것이다. 헬멧도 쓰지 않고 영석의 오토바이 뒤에서 기성을 지르고 달리던 여자는 그 자리에서 즉사했다. 여자가 죽

은 자리는 핏물이 흥건했다. 영석은 오토바이에서 십 미터쯤 떨어져나
간 뒤 골절상을 입었다. 헬멧을 쓴 탓에 머리는 다치지 않았다. 다리
뼈가 부러져나가고 갈비뼈에 금이 가는 등 중상을 입었다. 생명을 건
진 것만도 다행이었다.

　영석이 입원해 있는 동안 여자의 부모가 달려와 대성통곡을 하는
바람에 일대 소동이 일었다. 여자의 부모는 동대문에서 포목상을 하고
있었다. 일평생 악착같이 돈만 긁어모은 그들에게는 하나밖에 없는 외
동딸이었다. 실성한 그들은 죽은 딸을 살려내라며 악귀같이 떠들었다.
부모가 나서서 진정하라며 설득했지만 소용없었다.

　결국 그들이 요구해 온 건 엄청난 위자료였다. 보험회사에서 중재
해 간신히 합의금을 마련했지만 나중에 또다시 요구해 오는 바람에 그
들은 엄청난 물질의 손실과 함께 정신적인 충격을 입고 말았다. 그런
데도 부모는 아들에 대한 집착과 기대를 버리지 못했다. 영석이 퇴원
하던 날 부모는 간절한 목소리로 애원하듯 말했다.

　"이제 못된 기집애들이랑 어울리지 말고 공부에만 힘을 쏟아라. 그
동안 놀만큼 놀았으니 지금부터라도 열심히 공부해 고시에 합격해라.
전화위복이라고 생각하고 다시는 이런 실수하지 말고 알았지?"

　그러나 영석은 들은 체도 안 했다. 고시에 대한 압박감과 자신에게
마치 인생의 전 기대를 거는 듯한 부모의 태도에 신물이 나 있는 것이
었다. 잠시 동안 영석은 자숙하는 듯 보였다. 책상 앞에 붙어 앉아 꽤
열심히 공부하는 모습을 보이기도 했다. 어머니가 옆에 붙어 앉아 지
키는 바람에 그 자신도 어쩔 수 없었는지도 모른다. 영석은 또다시 옛
날이 그리워지기 시작했다.

　몸은 책상 앞에 앉아 있는데 정신은 술집과 나이트 클럽을 찾아 헤

매었다. 그는 점점 후회하기 시작했다. 애초에 법대를 택한 게 잘못이었어, 상대나 이공계를 택했어야 하는 건데……

모두가 우려했던 대로 영석은 번번이 고시에 실패했다. 그리고 졸업하자마자 도망치듯 군대로 숨어버렸다. 군 생활에서 오는 타이트한 긴장감이 그에겐 오히려 자유의지로 작용했다. 고시에 대한 압박감에서 벗어났다는 안도감이 오히려 군 생활 자체에 활력을 불어넣고 있는 것이었다. 제대를 육 개월쯤 앞둔 어느 날 영석은 여자를 데리고 나타났다.

그건 고시에 대한 포기보다 더한층 부모를 실망시킨 사건이었다. 170cm가 넘어 보이는 늘씬한 키에 육감적인 몸매를 한 여자는 단번에 남자의 시선을 사로잡을 만큼 뇌쇄적이었다. 몸에서 흐르는 관능적인 끼와 얼굴에 비치는 도도한 분위기는 매사가 안하무인격이었다. 타인에 대한 배려는 고사하고 기본적인 예의도 없는 거침없는 성격이었다. 그녀는 벌써부터 영석을 손아귀에 넣고 종 부리 듯하고 있었다. 무엇을 믿고 그리도 당당한지 말투도 가관이었다.

"전 홀어머니 외딸이구요. 전 어머니를 모셔야 하기 때문에 시집살이는 못하겠어요 무슨 뜻인지 아시겠죠."

자신감의 표출인지 위협인지 혹시라도 갖게될 기대에 대한 무마인지 여자는 거침없이 말을 내뱉고는 고개를 외로 꼬았다.

"그래 아가씨는 학교는 어디를 나왔누 전공은 뭐고."

어머니가 묻자 여자의 눈썹이 매섭게 치켜뜨더니 표정이 새파래졌다.

"전공은 따로 없고요 S여고를 마쳤답니다."

옆에 있던 영석이 대신 말했다. 여자의 감정이 다칠세라 조심스런 표정으로.

그 순간 여자가 자리에서 발딱 일어나며 말했다.

"이 결혼 없었던 걸로 취소해."

결혼이라니 누구 맘대로, 부모는 단번에 대경실색했다. 여자가 기분 나쁜 듯 문지방을 넘어서자 영석이 곧바로 따라붙으며 애원하듯 말했다.

"자기 기분 나쁜 거야?"

여자가 구두를 신더니 대문을 쾅 닫는 소리가 들려왔다.

그토록 바라고 꿈꾸던 판검사를 포기한 것도 모자라 어디서 저런 것한테, 미쳐도 단단히 미쳤지 서울대학 나온 내 아들이 뭐가 부족해서, 부모의 실망은 이만저만이 아니었다.

잠시 후 나타난 영석은 표정과 말투가 백팔십도 달라져 있었다. 여자로부터 무슨 소리를 들었는지 입에 거품을 물더니 가족들에게 입에 담지도 못할 험담을 퍼부었다.

"이 놈의 집구석 불을 확 싸질러 버릴까 보다, 내 다신 이 집구석 문지방을 넘나 봐라."

화병이 난 부모는 이불을 둘러쓰고 자리에 누워버렸다. 여자의 출현과 함께 집안은 또다시 우려와 근심의 먹구름 속에 휩싸였다. 고분고분하진 않았어도 그렇다고 부모 앞에 대놓고 막말을 하진 않았었다. 부모의 기대를 어긋나긴 했어도 그렇게까지 막 나가긴 않았었다.

부모는 그 모든 배후의 책임을 여자 탓으로 돌렸다.

구미호 같은 년, 독사 같은 년, 어머니의 장탄식은 끝도 없이 이어졌다. 제대 날자가 지났는데도 영석은 돌아오지 않았다. 여자와 살림을 차렸는지 종무소식이었다. 아들을 기다리는 부모는 아예 식음을 전

폐하다시피 했다. 군부대를 찾아가기도 여러 번 하던 어느 날 카드빚 청구서가 날아왔다.

수천만 원이 넘는 엄청난 액수였다. 그리고 며칠 되지도 않았는데 사채업자가 들이 닥쳤다. 당장 돈을 내놓지 않으면 아들을 찾아내어 죽이고 말겠다는 협박과 함께 집안세간이 박살이 났다. 쇠파이프를 들고 나타난 그들은 집안에 있는 유리창이란 유리창은 모두 박살을 냈다. 그리고 마지막 일침을 놓고는 유유히 사라졌다.

"일주일 내로 송금하지 않으면 이 집과 과수원 전답은 우리 몫인 줄 아슈, 내 이 자식 잡히기만 해봐라 뼈도 못 추리게 해놓고 말 테니."

갑자기 내놓은 과수원과 전답이 팔릴 리가 없었다. 급히 수소문해 매수자를 찾아 나선 부모는 가까운 친척에게 과수원을 헐값으로 넘기고 말았다. 돈을 우체국에 가 송금하고 오던 날, 부모는 억장이 무너지는 듯 한숨과 울음을 내쏟았다. 잘난 아들 똑똑한 아들이라고 동네방네 자랑삼던 아들이었는데…….

영석과 헤어진 여자는 곧바로 다른 남자와 동거에 들어갔다. 그것도 이름만 대면 다 알만한 연예인이었다. 그들의 동거 사실이 스포츠 신문 상단에 대문짝만하게 났을 때 가족들은 모두 벌린 입을 다물지 못했다. 여자는 백댄서 그룹의 일원이었다. 그렇다면 영석은 도대체 어떻게 그녀를 만날 수가 있었을까. 아무리 생각해도 의문이었다. 그것도 일반 사회도 아닌 군대 생활하는 중간에.

문제는 그 다음에 있었다. 영석이 완전히 폐인이 된 모습으로 나타난 것이다. 초점이 흐려진 눈빛으로 영석은 되지도 않는 소리를 마구 지껄여 댔다. 말소리도 불분명했고 정신상태도 매우 불안정해 보였다. 여자로 인해 망가질 대로 망가진 모습이었다. 충격을 입은 영석은 자리에 누워 무위도식하더니 어느 날 홀연히 집을 나가버렸다.

그 후 일 년이 다 되어가던 어느 날 느닷없이 나타나서는 가수가 되겠다며 돈을 요구하는 것이었다. 영석의 노래 실력은 자타가 공인하는 음치였다. 평소에도 음악과는 담을 쌓고 살아 그쪽과는 거리가 멀어도 한참 멀었다. 그런데 집 나간 지 일 년 만에 홀연히 나타나서는 가수라니, 미쳐도 아주 단단히 미친 모양이었다. 사람이 변해도 저렇게 변할까 싶었다.

그 저변에는 헤어진 여자에 대한 미련이 숨어 있음은 자명한 일이었다. 당장 돈을 내놓지 않으면 죽어버리겠다면서 영석은 품에서 칼을 뽑아들었다. 팔뚝 크기 만한 회칼이었다. 은빛 나는 칼을 마룻바닥에 휙 던져 꽂으며 영석은 그대로 자리에 누워버렸다.

"천재소리만 듣고 자란 아들이 여자 하나 때문에 폐인이 다 되어 돌아오다니, 그 구미호 같은 년이 잘난 내 아들을 이렇게 망치고 마는구나 그 저주받을 년이."

무슨 생각이 들었는지 어머니는 장롱 서랍을 열더니 지폐 한 뭉치를 들고 나왔다. 그것을 영석의 배 위에 던지며 말했다.

"이 돈 갖고 다시는 내 앞에 나타나지 말거라, 그까짓 계집 하나 때문에 인생을 망치려 들다니."

영석은 자리에서 일어나 돈을 세더니 그 길로 집을 나가버렸다. 그 후 3년이 지나도록 종무소식이었다. 작렬하는 태양빛이 살갗을 뚫을 것처럼 덮쳐왔다. 더위에 지쳐버린 거리는 인적마저 뜸했다. 이상하다. 아직 유월인데 왜 이리 덥지. 시장 앞 대로를 걷는데 몸이 휘청했다. 식은땀이 비 오듯 흐르면서 몸이 불덩이같이 달아올랐다. 거리는 수많은 발걸음들로 무한정 혼미를 거듭하고 있었다. 사람들은 목적지를 향해 빠른 발걸음으로 움직였지만 돌아보면 여전히 그 자리였다.

　목적지의 방향이 자꾸만 헷갈리고 있었다. 목적지를 찾아 나선 발걸음이 엉뚱한 곳을 찾아 배회를 거듭하고 있었다. 그는 지하도에 들어가 온종일 낮잠을 자다가 밤만 되면 낯선 길을 찾아 헤매었다. 밤거리는 취객이 쏟아놓은 오물과 소음으로 가득했다. 택시를 잡기 위해 차도로 뛰어드는 사람과 여자들의 비명소리, 막차를 놓치지 않기 위해 안간힘을 다해 뛰어가는 사람들의 발자국 소리.

　그는 건너편 역 광장을 향해 뛰기 시작했다. 용산 역 광장을 지나 골목길로 접어들었다. 유리케이스 안에 여자가 반나의 모습으로 앉아 있었다. 짙은 화장에 담배까지 꼬나 문 여자는 긴 다리를 쳐들며 일부러 선정적인 포즈를 취했다. 그가 지나가자 여기저기서 휘파람 소리가 들렸다.

　이상하다. 전에는 이렇지 않았는데, 사방이 미로였다. 어디서 나타났는지 여자들이 그의 팔을 낚아채고 있었다. 갑자기 몸이 붕 뜨는 기분이었다. 그는 누군가에 이끌려 작은 방으로 들어갔다. 여자의 손이 그의 주머니를 뒤지고 있었다.

　아니 이건 빈털터리잖아. 이 봐 당신 가진 돈이 이게 전부야. 이거 순 거지잖아, 동전밖에 없는 주제에 이 근처는 왜 얼씬거리는 거야. 아유 정말 재수 없어. 뭐 이런 자식이 다 있어. 여자가 휴지를 꺼내더니 코를 팽 풀었다. 그 소리가 끝나자마자 우악스런 사내의 손길이 멱살을 움켜쥐더니 그를 거리로 내몰았다.

　철버덕. 그는 가벼운 깃털처럼 길바닥에 널브러졌다. 빗물이 흥건하게 고인 시멘트 바닥은 오물투성이로 가득했다.

　빗물이 얼굴위로 가슴속으로 마구 스며들었다. 갑자기 정신이 환해

지는 느낌이 들었다. 그는 알 수 없는 강력한 힘에 이끌려 자리에서
일어났다. 골목길을 빠져나오려는 순간 한쪽에서 난투극이 벌어지고
있었다. 한 남자를 두고 수많은 구둣발이 마구 발길질을 해대고 있었
다. 남자의 옷이 뜯겨져 나가고 핏물이 흘렀다.

　저러다 사람 잡지…….

　돌아서는 그의 귓가에 환청 같은 소리가 들려왔다.

　영만아…… 영만아…….

　그 가느다란 소리가 그에겐 귀청을 찢을 듯한 강력한 소리로 들려
오는 것이었다.

　그는 귀를 막은 채 도로변을 향해 마구 뛰어갔다. 역 광장을 지나
무작정 도로를 향해 뛰었다. 귓가에 달라붙는 신음 소리를 외면하기
위해 있는 힘을 다해 뛰어갔다. 온몸이 빗물에 흠뻑 젖는지도 모르고
무작정 앞만 보고 달려갔다. 그러다 문득 발걸음을 멈추었다.

　붉은 십자가 네온이 눈앞에서 그를 내려다보고 있었다. 그때였다.
그의 마음속에 불길 같은 음성이 들려왔다. 강력한 메시지가 그를 향
해 부어지고 있었다. 그는 오던 길을 되돌아 뛰기 시작했다. 어디서
그런 힘이 솟았는지 모르겠다. 차도를 건너고 역 광장을 지나 골목길
을 향해 무서운 속력으로 달리기 시작했다. 사방에서 자동차 경적이
울려왔다.

　빗물이 온 몸에서 뚝뚝 떨어졌다. 그는 짐승처럼 울부짖으며 행인
들 사이를 뚫고 골목길을 향해 발걸음을 옮겼다. 그때였다. 그의 눈앞
에 119 구급대가 스쳐지나가고 있었다. 불길한 예감이 들었다. 가까
이 다가갔다. 들것이 내려지고 있었다. 쓰러진 남자가 들것에 올려지
는 순간 그는 악하고 소리를 지를 뻔했다. 얼굴이 목불인견이었다.

코가 짓뭉개지고 입술이 터진 얼굴은 그야말로 끔찍한 몰골이었다. 죽지는 않았을까. 구경꾼들 사이를 헤치고 다가가는 순간 그는 또 한 번 경악했다. 영석이었다. 분명 형이었다. 설마 했는데 불길한 예감이 들어맞는 순간이었다. 들것에 실려 구급차에 실리는 순간 영석이 손을 저으며 뭔가를 말하고 있었다. 그것이 그에게는 죽어가는 사람의 마지막 절규처럼 보였다.

"형! 나야 영만이 나 영만이라구."

상처로 짓뭉개진 눈 사이로 가느다란 눈물이 새어나왔다. 그가 손을 내밀었다. 손을 잡자 자신도 모르게 애원 섞인 간구가 터져 나왔다.

"형! 정신차려 죽으면 안 돼. 형 정신 차리라구."

병원 응급실로 실려 간 영석은 당장 수술부터 받아야 했다.

"하나님 도와주세요 도와 주세요… 엉엉…!"

영석의 침대가 수술실로 향하고 있었다. 수술실 문이 닫혔다. 그는 바닥에 엎드렸다. 그리고 그 자세로 기도하기 시작했다.

"제발 살려 주십시오 단 하나밖에 없는 제 형입니다. 제발 살려 주십시오 단 하나밖에 없는 제 형입니다. 제발 살려 주세요 당신이 살아 계신다면 꼭 좀 살려 주십시오 당신은 전능하신 분이라면서요 살려 주세요 살려주셔야만 합니다."

그의 기도에 강력한 의지가 실리고 있었다. 그리고 잔잔한 평안이 그의 내부를 차지하기 시작했다. 거짓말 같은 평화가 그날 새벽 병실을 채우고 결속된 의지가 그에게 자유를 선포했다. 영석이 잠에서 깨어나기 전 그는 자리에서 일어나 병실을 빠져나왔다. 오전의 찬란한 광채가 그의 온몸을 뒤덮고 있었다.

맑고 환한 음성이 언젠가 들었던 찬양의 한 대목과 함께 마음속에 들려왔다.

'세상일에 실패했어도 두려워 말라. 내가 너를 도우리라'

경쾌한 리듬과 함께 폭풍우처럼 그의 의식을 강렬하게 부추기고 있었다. 강력한 힘이 그의 마음을 잡아당기고 있었다. 그는 자리에서 일어나 꿈꾸듯 걸어갔다. 어둠의 그늘이 걷히고 새하얀 불빛이 사방에서 퍼져 나왔다.

'강하고 담대하라 내가 세상을 이기었노라 하시니라'

말씀이 능력이 되어 그의 가슴을 강타했다. 새 힘이 부어지고 있었다. 잔잔한 평안이 세상이 줄 수 없는 사랑이 그의 마음 골짜기를 메우고 기쁨이 그의 마음속에 부어지고 있었다. 두려움과 불안으로 얽혔던 강박의 끈이 풀리면서 평안의 줄이 그의 심령을 사로잡기 시작했다. 그는 자리에서 일어나 뛰기 시작했다. 알 수 없는 용기가 그에게 담대함을 선포하고 있었다.

'내가 하나님을 의지하였은즉 두려워 아니하리니 사람이 내게 어찌 하리요'

그의 심령 깊숙한 곳에서 의지가 샘솟듯 솟아나고 있었다. 능력과 권세가 무한한 힘으로 부어지자 귓가에 들려왔던 수많은 거짓말이 사라졌다.

'네 짐을 여호와께 맡겨버려라 너를 붙드시고 의인의 요동함을 영영이 허락지 아니하시리라'

확신에 찬 기쁨으로 그는 미래를 향해 담대히 나아갔다.

(2009년 세계 크리스천문학)

위로자 없는 세상

"언니 제 손목 좀 보세요."

K의 손목에 칼로 그은 듯한 선명한 줄이 내 눈에 들어왔다. 거무스레한 핏빛이 그것도 두 줄이나 자로 그은 듯 정확하게 나 있었다. 동맥을 끊으려다 실패한 모양이었다.

"저 가끔씩 이런 짓 해요."

그녀는 내 눈을 빤히 들여다보며 슬픈 미소를 지었다.

"왜 그랬어요, 참지 않고."

"전에는 전철에도 뛰어든 적이 있었어요. 두 번이나."

그러자 내 입에서 전혀 생각지도 않은 말이 나왔다.

"나도 그런 적 있어요."

"네에?"

그녀는 내 말에 거의 기겁할 듯이 놀랐다.

"그 사람과 헤어지고 났는데 거의 제정신이 아니었어요. 그 당시에 난 고통 그 자체가 싫었어요. 그리고 그것을 이겨낼 만큼 강인하지도 못하고 방법은 딱 한 가지 죽는 길밖에 없다고 생각했죠."

"그래서 전철 속으로 뛰어든 건가요?"

"그것 말고도 이유는 많았어요. 삶 자체가 내게는 너무 무거운 짐이었어요. 앞날을 살아낼 자신이 없었어요. 남들은 모두 앞서가는데 나는 늘 뒤쳐지고."

"언니, 전 지금도 죽는 연습을 해요. 죽음만이 안전한 피난처 같다는 생각을 해요."

"그건 잘못된 생각예요, 가장 안전한 피난처는 절대자 그분밖에 없어요."

"전 악마가 들린 건 아니래요. 다만 정신과적 치료를 요하는 것뿐이래요."

"그럼 정신과 치료는 꾸준히 받고 있는 건가요?"

"네, 약 부작용으로 이렇게 살이 찌는 거래요, 그렇기는 하지만 무진장 많이 먹기도 해요."

"나도 그래요 우울증엔 무엇보다 먹고 싶은 걸 많이 먹는 게 좋대요, 그리고 초콜릿이 좋다고 그러더군요."

"초콜릿? 나도 그거 좋아하는데."

K가 거리를 손가락으로 가리키며 말했다.

"언니 우리 거리를 걸으며 이야기해요."

하긴 주변이 소란스럽기는 했다. 젊은 연인들이 모여 앉아 무슨 게임을 하는지 계속 시끄럽게 떠들었다. 귀걸이를 한 남자애가 여자 친구의 머리칼을 만지며 무언가 자꾸만 보채고 있었다. 핸드폰으로 문자를 주고받으며 낄낄대는 축도 있었다.

"언니 나는 인생이 모독스러워요."

"모독? 왜요?"

"수치심 때문이죠."

상처에 찌든 영혼이 위로를 간절히 원하고 있다.

"전 어릴 때 땅바닥만 바라보고 다녔어요."

"나도 그랬어요, 그래 돈도 자주 주웠지요, 만 원도 줍고 이만 원도 주운 적도 있어요."

내 말에 그녀는 하늘을 향해 얼굴을 젖히더니 모처럼 깔깔대고 웃었다.

"어떨 땐 예쁜 머리핀을 주운 적도 있지요. 사람을 바라보고 산다는 게 너무 무서워서 그랬나 봐요."

"그 자식이 내게 그랬어요, 피임하라고, 자기는 책임질 수 없다고."

이제야 이야기의 본말이 나오기 시작한다.

"나는 가만히 있는데 그쪽에서 먼저 대시를 했다니까요, 정말예요. 머리가 좋은 남자였어요. 내 정신구조가 허술한 걸 알고는 그 자식이 선수를 친 거라구요."

"자매가 어디가 어때서요, 대학도 좋은 데 나오고 유학도 다녀왔잖아요."

"그래도 남자에 관한 한 분별력이 떨어져요."

"그건 사랑 받고자 하는 마음이 앞서기 때문일 거예요."

"헤어진 후 딱 한번 찾아간 적이 있었어요, 그런데 날 마치 빚쟁이 취급하며 쫓아내는 거예요, 기가 막혀서 내가 뭘 어쨌다고."

"나는 헤어지고 나서 두 달쯤 됐을 때에요, 전화했더니…… 내게 그러더군요 니 맘대로 떠나 놓고 왜 이제 와서 전화질이냐고. 한번 떠났음 그만 아니냐면서."

나는 고개를 떨구며 간신히 말했다.

"그 일이 있고 나서 전철 속에 뛰어 들려고 했어요, 지금도 3호선 전철만 보면 그때 생각이 나서 눈물이 나요."

"남자들은 모두 철면피 무책임자예요."

"맞아요. 그런 것 같아요."

거리는 사나운 남자의 눈빛처럼 매서운 회오리바람이 불고 있었다.

사람들은 모두 옷깃을 여민 채 걸어갔다. K의 긴 머리칼이 내 어깨에
와 닿았다.

"날씨가 더 추워졌음 좋겠어요 강물도 꽁꽁 얼고 거리도 건물도 동
물도 식물도 사람들도 모두 꽁꽁 얼어버렸음 좋겠어요."

자학에 가까운 말을 그녀는 분노로 내쏟는다.

"그 망할 자식은 나랑 헤어지자마자 딴 여자와 잤어요, 그리고 곧바
로 결혼해버렸죠, 정말 나쁜 자식예요, 그때 난 정말 머리가 돌아버리
는 줄 알았어요. 난 하느님께 말했어요. 당신은 정말 나쁜 분인가요?"

"나는 요즘도 그 인간 죽으라고 매일 성모님께 빌어요. 할 수만 있
다면 청부살인이라도 하고 싶어요."

나는 말해놓고 나서 깜짝 놀랐다. 언제 내 마음속에 이렇게 악마가
가득 찼을까.

"그런데 웃기는 건 지난해 암 수술 받는데 느닷없이 그 인간 생각이
나는 거 있죠. 죽기 전에 그 인간 마지막으로 만나고 싶다는, 난 미친
년인가 봐요."

그녀는 거의 울부짖듯이 말했다.

"가장 빨리 죽는 방법은 어떤 걸까 요즘 매일 그 생각만 해요. 하
느님은 이런 나를 미워하시겠죠?"

나는 어느새 그녀의 이야기에 동화돼 가고 있었다. 그녀와 같이 흥
분하여 떠들고 울고 웃고…… 길거리를 지나던 사람들이 우리를 보고
는 손가락으로 동그라미를 그리며 웃었다. 모두 악마 같은 인간들이었
다.

"가족은 모두 나를 지겨워해요, 이젠 아무 상관도 않을 테니 니 맘
대로 해라 죽든 살든 이젠 나도 모르겠다면서."

"생활은 어떻게 해요, 용돈 벌이는 하고 있나요?"

"카드를 마구 긁어대고 있어요, 나중에는 신용불량자가 되고 말겠죠. 아무도 몰라요 내 마음을."

"사람들은 서로 이해 받기를 바라면서 남을 이해하는데 인색해요, 세상에 위로자는 없어요."

"맞아요. 세상에 위로자는 아무도 없어요."

발걸음이 중량교 지나 태릉 입구에 이르자 우리의 대화는 비로소 끝났다. 세상에 위로자가 없다는 말을 끝으로.

사람들은 내게 와서 자기 신상에 대한 비밀 이야기를 잘한다.

복잡한 가족관계는 물론이고 남녀관계, 상처 이야기 심지어 자살할 뻔한 이야기까지 한다. 왜 하고 많은 사람 중에 나를 택해 이야기를 하는지 그 이유는 잘 모르겠다. 하지만 그들은 대부분 이야기를 마치고 나면 회심의 미소를 지으며 안심하고 돌아간다.

외모에서 풍기는 내 어리숙함 때문일까. 그들은 내 인상에서 내 허술한 정신구조를 엿보고는 안심하는지 모른다. 나이 어린 학생은 물론 장년 노년에 이르기까지 다양한 사람들이 내게 와 자신의 비밀 이야기를 털어놓는다. 그 중에는 언론인과 방송인도 있고 심지어 성직자 사회 저명인사도 있다. 또 심리 상담을 하는 전문가와 고위 관료도 있다. 극비 비밀에 관한 이야기를 하는 정보 요원도 있다. 그것이 사실인지 아닌지 나로선 판단할 일은 못되지만 아무튼 나로선 여간 곤혹스러운 게 아니다.

그들은 왜 내게 와 그런 이야기를 털어놓는 걸까. 이해가 안 가지만 어쨌든 나는 어느 사이엔가 상담 전문가로 변해 있었다. 상담에 대한 특별한 지식이나 교육을 받은 일도 없다. 하지만 사람들의 이야기를 듣다보면 나도 모르는 사이에 상담가로 변신해 있는 것이다. 십여 년 전, 강남에 있는 모 학원에 근무할 때의 일이다. 그곳에는 열 명도 넘는 여자들이 근무하고 있었는데 모두 하나같이 미인이었다.

웬만한 영화배우 뺨칠 만큼 얼굴과 몸매가 뛰어난 젊은 여자들이었다. 그들에겐 인물만큼 사연도 많았는데 복잡한 사정을 모두 내게 와 말하는 것이었다. 부모님이 이혼 직전이라는 여직원과 헤어진 남자가 유부남이었다는 여자와 미모임에도 늘 남자에게 차인다는 여자도 있었다. 그런가 하면 자살시도를 꿈꾸다 내게 마음을 터놓고 이야기하고는 자살을 철회한 여자도 있었다.

그들은 지금도 내게 꾸준히 연락을 취해오는데 꼭 급박할 때만 한다. 가령 가족 중에 중환자가 발생했는데 어떻게 하면 좋겠느냐는 질문부터 지금 자살하기 일보직전이니 빨리 와 달라는 협박성 전화까지 온다. 어떨 땐 사소한 인생사까지 의논해 오는데 귀찮을 때도 있다. 한번은 길거리를 지나는데 문자메시지가 온 적이 있었다.

근처에 있는 병원 영안실인데 무서우니 빨리 와 달라는 것이었다. 기가 막혀서……. 그들은 그렇게 열심히 불러대다가도 내게 섭섭한 감정을 토로하곤 한다. 자기 마음에 위안이 덜 찼다는 이유를 대고서.

내 머릿속은 그들로부터 얻어들은 이야기와 기상천외한 사건들로 가득하다. 내가 입만 벙긋하면 하루아침에 재산과 명예가 날아갈 사람들도 많이 있다. 그들이 가지고 있는 엄청난 비리와 숨겨진 사연은 거의 메머드급 정도여서 때론 숨이 턱턱 막힐 때도 있다. 그러나 나는 한 번도 그 비밀을 누설하거나 다른 사람에게 귀뜸조차 한 일이 없다. 만일 그랬다간 공든 탑이 무너지는 소리가 여기저기서 날 것이기 때문이다.

내가 상대하는 사람들 중에는 가끔씩 정신분열증 환자도 있다. 그들은 전혀 마약이나 악행으로 인한 전과도 없다. 정말 순수하고 마음이 여리고 착한 사람들이다. 너무 순수하고 착한 마음 때문에 오히려 악인의 노리개가 되어 심각한 정신적 피해를 당한 것이다. 그런 사례를 보고 나서 내린 결론이 있다.

악인은 번성하고 결코 피해 보지 않는다.

오히려 약자가 피해보고 일평생을 상처 가운데 살아가는 것이다. 상처로 인해 일탈된 정신은 정신분열증이나 우울증, 자살충동으로 이어지는 경우가 종종 있다. 바로 S의 경우가 그렇다. S는 방송 출입기자다. 최고학부 신문방송학과 출신으로 영어와 일어 중국어를 자유자재로 구사한다. 외모 또한 빠지지 않는다. S라인의 몸매는 CF모델로도 발탁될 정도다. 해외에 주요한 사건이 발생할 때마다 특파원으로 파견돼 취재하는 것도 그녀 몫이다.

납치 사건이나 분쟁 지역을 탐방하고 심지어 전쟁터에도 직접 뛰어들어 취재한다. 인간 불도저라는 별명까지 붙을 정도다. 그녀는 얼마전 카톨릭 단체에서 실시되는 성지 순례도 다녀왔다. 그런데 다녀온 뒤 약간 이상 증세를 띠기 시작했다.

잠을 자는데 새벽녘에 문자 메시지가 왔다.

「언니 나 과거에 묻히다 왔어요, 성지에서 예수님의 환상을 만났어요, 그리고 내 과거의 지인들도 만났어요」

한밤중에 무슨 뜬금없는 소린가. 과거는 뭐고 환상은 또 무엇인가. 한밤중에 일어나 소설을 쓰는 것도 아니고, 하긴 언젠가 S는 내게 소설을 쓰고 싶다고 했다. 거짓말을 신나게 풀어 써내다 보면 안에 응어리진 것들이 다 해소될 것 같다고 했다. 그러면서 그 응어리진 사연에 대해서는 한결같이 입을 다물었다. 아예 처음부터 말을 꺼내지나 말 것이지. 그녀는 그 뛰어난 외모와 능력에도 애인이 없기로 유명했다. 단 한 번도 남녀관계로 인한 스캔들이 없었다. 그러나 그 안에는 분명 사연이 있을 것이었다.

S는 어느 날 내게 말했다.

"언니 나 요즘 신경정신과 치료받으러 다녀요."

"네에?"

"역시 놀라시는군요, 무슨 이유 때문이냐고 하겠죠? 제 자신에 대해서 화가 나기 때문이에요. 분해서 견딜 수가 없어요, 나쁜년."

드디어 S의 입에서 막말이 나왔다. 그런데 나쁜년이라니……

그녀는 속내는 전혀 털어놓지 않은 채 욕만 거듭 입에 올렸다. 그 후 S는 방송사를 그만 두었고 사람들의 입가에서 사라졌다. 원인은 정신과 출입에 있었다.

P는 얼마 전까지만 해도 멀쩡하게 직장 잘 다니고 인텔리 급에 속하는 고급 인력이었다. 일류대학을 나오고 시사전문지에 가끔씩 글도 올리는 재능 많고 박식한 아가씨였다. 삼십이 넘은 나이에 아직도 부모님 덕에 편히 살아가는 운 좋은 케이스였는데 그 안에는 치명적인 아픔이 있었다.

몇 해 전 대학원을 수석으로 졸업한 그녀는 잠시 직장을 구하기 위해 열심히 뛰어 다닌 적이 있었다. 그러나 취직은 쉽지 않았다. 그녀가 너무 높은 액수를 책정했기 때문이다. 할 수 없이 그녀는 강남에 있는 학원 강사로 취직했다. 그곳에는 유난히 유학파가 많았다. 그리고 그녀처럼 집안 좋은 자제들도 많았다. 내가 그녀를 알게 된 것은 바로 그 학원에 근무했기 때문이다.

나는 그 학원장의 조카이자 사무직원이었다. 돈 관계를 아무에게도 맡길 수 없어 조카에게 맡기고 만 외삼촌은 그 학원의 원장이자 수학 강사였다. 외삼촌은 저녁이면 수강료 전체를 가져갔다. 그리고 내게 학원에서 일어나는 모든 일을 보고하도록 했다. 그러나 대부분 강의가 저녁 늦게 끝났기 때문에 집에 돌아가기도 바빴다. 삼촌은 나를 집까지 태워다 주면서 잔소리하는 걸 잊지 않았다.

"혹시 강사들 중에 우리 학원 정보를 외부로 빼돌리거나 아이들을 다른 학원에 소개하려는 애들은 없는지 철저히 살펴봐."

"그런 걱정은 마시고 삼촌은 삼촌 걱정이나 하세요, 외숙모 편찮으시다고 며칠 전부터 계속 말씀하시던데."

삼촌은 내 말에는 대꾸도 없이 같은 말만 되풀이했다.

"강사들하고 계속 친하게 지내라, 수상한 낌새가 보이면 곧바로 삼촌에게 보고하고."

P는 강의 도중 쉬는 시간이면 내게 다가와 불면증을 호소하곤 했다. 어젯밤 잠을 못 자 녹다운 될 지경이라며 곧 쓰러질 것처럼 힘들어했다. 무슨 고민 있냐고 물었더니 바로 자신의 성격 때문이라고 했다. 알고 보니 그녀는 극심한 소심증 환자였다. 누군가 말 한마디만 해도 그냥 넘기지 못하고 의미를 부여하며 기뻐하고 좌절하기를 거듭했다. 자신의 감정을 스스로 조정하지 못하고 늘 남의 판단에 의지하기에 나타나는 현상 같았다.

가령 누군가 "저 여자 왜 저 모양이야"하면 그녀는 그 말 한마디 놓고 밤새도록 고민에 빠지는 것이다. 나의 어떤 점을 놓고 저들은 그런 판단을 내렸던 걸까, 고민하고 또 고민했다. 남들보다 많이 배우고 부유한 집안인데도 그녀는 늘 남의 말에 신경 쓰고 힘들어하는 것이다.

자신도 그런 성격이 못마땅해 고쳐보려고 노력했지만 소용없다고 했다.

"그렇게 남들로부터 인정받고 싶으세요?"

내 말에 그녀는 화들짝 놀라며 말했다.

"제가 그렇게 보이세요?"

"아님 남의 말에 왜 그렇게 신경 쓰세요, 남이야 어떻게 생각하든 말든 다 내 할 탓 아닌가요?"

"그렇긴 하지만 전 그게 잘 안 돼요."

그녀는 평소에 남에게 싫은 소리 한 마디 안 하는 스타일이었다. 특히 부담 주는 말이나 상처 주는 말 따위는 입 밖에도 내지 않았다. 자라온 환경이 평탄하고 유복했는데도 늘 남의 일 챙겨주기에 바빴다. 도덕 교과서나 성경에 나오는 율법처럼 살아온 그녀였다. 한 마디로 때 묻지 않은 순수 그 자체였다. 그러나 그 때문에 더 상처의 얼룩이 지워지지 않았다. 그 안에는 두려움이 있었다.

"넌 어째 그 모양이냐?"

그녀의 아버지는 완벽주의자였다. 완벽하지 않으면 견디지 못하는 강박증 환자였다. 자신에게는 물론 자식들에게도 늘 완전할 것을 요구했다. 만일 조그만 허점이 보일라치면 당장 불호령이 떨어졌다. 그래서 P는 단 하루도 마음 편히 살아보지 못했다. 그녀의 어릴 적 기억으로는 한번도 칭찬 받은 적이 없었다. 그 화려한 외모와 최고학부의 실력임에도.

더 높게 더 눈높이를 높게 책정하고 도전해라. 최고를 향해, 결코 현실에 안주하지 말아라.

어린 그녀의 정신은 높은 목표를 향해 늘 채찍질을 당해야 했다. 그

러다 보니 그녀는 무엇 하나 제 의지로 결정하지 못하는 소심증 환자
가 돼 버린 것이다. 그런 그녀에게 본격적인 환란이 닥친 것은 결혼
문제에 직면하고 나서부터다. 그녀나 아버지의 상식으로는 집안에서
정해주는 남자여야 했다. 그것도 아버지의 마음에 들고 다른 사람의
이목에도 그럴 듯한 조건이라야 했다.

그런데 그녀가 그 상식을 깨버리고 만 것이다. 그녀가 사랑한 남자
는 간신히 대학을 졸업하고 중소기업에 다니는 가난한 집안 출신이었
다. 외모도 별로 내세울 게 없었고 어느 모로 보나 그녀 집안과는 비
교도 되지 않았다. 그녀는 왜 그 남자를 택했느냐는 질문에 간단하게
대답했다.

"그는 내 전부를 그대로 인정해 주었어요, 어떤 조건도 달지 않았어
요."

"과연 그럴까요, P선생은 미인에다 능력도 집안도 좋잖아요."

내 말에 그녀는 아니라고 고개를 저었다. 사랑에 눈이 멀면 보이는
게 없다더니 그 말이 꼭 맞았다. 남자는 거의 그녀에게 목매달다시피
했다. 굴러 들어온 복을 결코 놓칠 리 없었다. 세상에 어떤 남자가 미
인에다 부와 재능까지 겸비한 여자를 마다하겠는가. 바보가 아닌 이상
남자라면 그녀를 무조건 차지하고 볼 일이었다.

"그는 제 아버지와는 달리 조건으로 사람을 평가하는 그런 사람이
아니에요."

그녀는 남자에게 완전히 빠져 있었다. 그러던 어느 날이었다. P의
아버지에 의해 남자의 신분이 낱낱이 밝혀지는 사건이 발생하고야 말
았다. 남자는 완전 백수에다 전과 기록까지 있는 건달 그것도 아주 날
건달이었다. 처음에 그녀는 그 사실조차 믿으려 하지 않았다. 아버지

가 꾸며낸 거짓말이라 했다. 그러나 현실은 냉혹했다. 남자가 얼마 안
가 본색을 드러내고 만 것이다. 남자는 사랑을 이유로 동침을 요구했
다. 여자만 차지하고 나면 부와 모든 것을 차지할 것인데 결코 놓칠
위인이 아니었다. 그녀는 그 이야기를 하면서 내게 한탄했다.

"역시 아버지가 옳았어요, 세상에 믿을 놈 없다더니."

말은 그렇게 하면서 P는 여전히 남자를 믿고 싶어 하는 눈치였다.
어리석은 여자의 순정은 거기서 끝이 나지 않았다. 남자의 거듭되는
대시에 여자는 거의 미칠 듯이 괴로워했다. 한번 마음 준 남자를 끊는
다는 게 여간 어려운 일이 아닌 모양이었다.

"상처는 평생 갈 수도 있는 일이잖아요."

그녀의 우유부단함에는 어떤 말도 통하지 않았다. 참다못한 나는
소리쳤다.

"그렇담 그 날건달에게 아예 몸과 마음을 다 통째로 줘버리던가."

나중에는 P의 아버지가 학원에 나타나 그녀를 아예 승용차로 픽업
해 가버렸다. 가만히 놔두었다간 딸을 불한당 같은 놈에게 빼앗기게
생겼기 때문이다. 그러나 P는 그 사건으로 인해 평생 씻을 수 없는 상
처를 입었다고 한다. 남자만 보면 자기를 무슨 수단으로 삼으려는 모
략꾼으로 보였기 때문이다. 사람을 의심하고 불신하는 경향이 팽배해
진 것도 그 때문이라 했다. P는 점점 아버지를 닮아가고 있었다. 그때
서야 그녀는 아버지를 진정으로 이해하게 되었다고 고백했다.

아버지가 장성급 출신인 D는 명문여대 출신에다 허리가 22인치인
외모가 모델 저리 가라 할 만큼 빼어난 미인이었다. 눈 있는 사람이면
길을 가다가도 다시 한 번 쳐다볼 만큼 화려한 미인이었다. 게다가 그
녀는 수학에 천재였다. 그녀의 명 강의는 강남 일대에서 알아주는 수

준이었다. 아무리 머리가 나쁜 아이도 그녀의 강의만 듣고 나면 성적
이 쑥쑥 오른다는 말이 풍문에 들려올 정도였다.

그 아름다운 외모에 수학 천재에다 가문 또한 좋은 그녀에게 남자
들이 줄을 있는 건 당연했다. 그런데 그녀의 남자관이 특이했다. 무조
건 뚱뚱한 남자가 좋다는 것이었다. 그것도 허리를 숙여 구두끈을 못
맬 정도로 뚱뚱해야 한다는 것이었다. 체격이 호리호리하거나 손발이
작은 남자는 질색이었다. 장안에 내노라 하는 신랑감들이 몰려들었지
만 모두 퇴짜를 맞고 말았다.

그러던 어느 날 진짜 임자를 만나는 날이 발생했다. 남자는 튼튼한
중견 기업체의 맏아들로 몸무게가 백 킬로쯤 나가는 뚱뚱이였다. 그는
든든한 배경에도 뚱뚱한 체격 때문에 여자들에게 퇴짜를 거듭 맞아온
터였다. 그런데 바로 D에게 차례가 온 것이다. D는 외모를 뽐내며 맞
선 현장에 나갔다. 특히 가는 허리를 강조하는 화려한 옷을 입고서,
그런데 웃지 못할 사태가 발생했다.

그 화려한 미인을 두고서 남자가 자기 취향이 아니라며 거절한 것이
이다. 그녀로선 여간 낭패가 아니었다. 모처럼 이상형을 만났는데 퇴
짜라니. 세상에 태어나 처음 남자에게 채인 D는 울고불고 난리가 났
다. 그녀는 남자가 근무하는 회사 앞에 가 진을 치며 기다리는 등 적
극적인 구애 표시를 했지만 소용없었다. 남자의 대답은 딱 한가지였
다.

"저는 키 큰 여자는 싫어해요, 키가 155센티 정도로 작은 여자를 좋
아한답니다. 그런데 당신은 키가 170센티는 넘어 보이는군요."

세상에 다 제각기 취향이 다른 모양이었다. D는 한동안 울고 불고
난리를 쳤지만 곧이어 나타난 남자에게 채이듯 결혼했다. 남자는 레슬

링 선수처럼 배가 나오고 체격이 우람했다. 키도 180센티를 훨씬 넘는 듯 보였다. 그녀의 결혼식장에 나타난 사람들은 모두 킥킥대고 웃음을 참지 못했다.

· "꼭 깔려 죽을 것 같지 않니?"

남자는 체격만큼이나 인상도 험악해 보였다. 성질만 났다 하면 당장 폭력배로 둔갑할 것 같은 인상이었다. 결혼식장에 나타난 신랑의 친구들도 하나같이 인상이 험악했다. 마치 조직 폭력배 집단이 출몰한 것 같았다. 나중에야 신랑의 직업이 밝혀졌다. 경호 요원이라는 것이었다. 세상에…… 그런 화려한 미인이 경호원에게 시집가다니, 친정부모의 반대가 극심할 줄 알았는데 웬걸 대찬성이라는 것이었다.

신랑 부모가 거의 준 재벌이라고 했다. 신랑 몫으로 부동산과 주식이 엄청나게 많았다. 남자는 보디가드 회사의 대표였다. 그때 D는 내게 말했다.

"언니 그때 그 자식이랑 헤어지길 천만 잘했어, 사실 그 자식 그게 인물이야 배만 불쑥 나와 가지고 지금 우리 신랑 인물이 훨 낫지 않수?"

내가 보기엔 먼젓번 남자가 훨씬 낫건만 D는 극구 지금의 신랑이 낫다고 추켜 세우고 있었다. 나중에야 알았다. 왜 D가 뚱뚱한 남자를 좋아했는지. D의 어머니는 아버지의 후처였다. 본처가 죽자말자 결혼한 어머니는 이미 뱃속에 태아를 잉태하고 있었다. 그러니까 D는 본처가 살아 있을 때 가진 혼외정사로 맺어진 아이였다.

어머니는 단지 돈이 많다는 이유로 아버지와 관계를 맺었고 첩의 딱지를 떼자마자 본가로 들어가 살았다. 어머니는 돈 걱정은 안 하고 살았지만 마음고생이 심했던 모양이다.

D의 아버지에겐 어머니 말고도 여자가 많았던 모양이다. 부부 사이에 불화가 끊임없이 잦았고 어머니는 술로 날밤 새우는 일이 많았다고 한다. 그때마다 D의 귀에는 어머니의 한숨소리가 들려왔다.

내가 미친년이지, 내가 미친년이지.

D의 아버지는 마른 체격으로 남들에겐 호인이었으나 가족에겐 그렇지 않았던 것 같다. 가끔씩 전실자식과 후실에게서 난 자식을 비교하면서 상처도 많이 주었다. 전실자식들은 모두 장성해 분가한 상태였지만 재산 문제를 놓고는 아버지가 한결같이 전실 자식을 편드는 바람에 그녀는 아버지에 대한 증오심이 커졌다고 한다. 그래서 D는 마른 체격의 친부와는 전혀 다른 뚱뚱한 남자를 선호하게 되었다는 것이다. 마른 남자는 신경질적이고 색골이라는 어머니의 충고를 귀담아 듣고서.

일 년쯤 지나고 난 어느 날이었다. 집에서 모처럼 쉬고 있는데 D에게서 전화가 왔다. 시내 모 호텔에서 만나자는 전갈이었다. 이유를 물었더니 근사하게 저녁 식사나 하자는 것이었다. 오랜만이고 해서 나는 대충 차려 입고 나섰다. 청바지에다 헐렁한 스웨터를 걸치고 나갔는데 D가 씨름선수 같은 남자와 앉아 나를 기다리고 있었다.

기분이 나빴다. 사전에 아무 말도 없이 남자와 동석을 해야 한다니 생각 같아선 도로 나오고 싶었지만 참았다.

"언니 인사해, 우리 신랑 친구인데 올해 대학 졸업하고 A그룹에 입사했어."

깜짝 놀랐다. 분위기를 보니 완전 맞선자리였다. 그런데 그보다 더 놀란 게 나보다 한참 어려 보이는 연하인 남자인 것이었다. 게다가 그는 전혀 내 스타일이 아니었다. 나는 D와는 달리 전혀 군살이 붙지 않은 마른 체형의 남자를 좋아했다. 당장 내 눈에 쌍심지가 켜졌다. 나는 D의 옆구리를 꼬집으며 말했다.

"어떻게 된 거야? 전혀 내 스타일이 아니잖아. 게다가 나이도 한참 어려 뵈고."

"언니 잠자코 있어, 저래 봬도 준 재벌급 남자야 부동산만 해도 엄청나."

그 말에 내 입은 쏙 들어가고 말았다. 그러나 아무리 그래도 그렇지. 나이를 물어보니 나보다 세 살 아래였다. 남자는 커다란 등치를 흔들며 나를 보더니 느물거리며 말했다.

"전 선생님 같은 키 작고 몸집 작은 여성을 좋아한답니다. 여자가 등치 크고 목소리 큰 그런 형은 제 스타일이 아니거든요."

그는 내가 아주 딱 마음에 든 모양이었다. 연신 웃으며 느물거리며 말하는데 나 역시 속으로 말했다.

미안하지만 너도 내 스타일이 아니다.

"저는 여자라고 해서 무조건 다소곳하고 얌전한 스타일은 싫어해요, 고집도 세고 성깔도 있고 자기 주관도 뚜렷한 그런 여자가 좋아요─ 그렇지만 목소리가 너무 큰 여자는 싫어요."

주제에 똑똑하고 실속 있는 여자를 찾는 모양이었다. 어떤 여자를 좋아하든 싫어하든 그건 네 일이지. 나는 일부러 큰소리로 말했다.

"전 체질상 한 자리에 오래 앉아 있지 못하거든요, 이만 일어서 봐야겠어요."

핸드백을 들고 일어서는데 남자의 안색이 확 달라졌다. 눈꼬리가 올라가는 게 성깔 있는 정도가 아니라 잘하면 주먹이라도 날아올 판이었다. 자기를 무시했다는 분노가 눈빛에 묻어 있었다. 자기는 마음에 들었는데 이쪽에서 노골적으로 싫은 표시를 하자 적잖이 자존심이 상한 모양이었다. 그러거나 말거나 나는 자리에서 일어서기가 무섭게 밖으로 쏜살같이 뛰쳐나갔다.

호텔 밖으로 나가 거리를 걷는데 사방에서 굉음이 들려왔다. 상가에서 쏟아내는 음악소리와 차량에서 들려오는 소음과 열흘 남짓한 대통령 선거를 위한 유세 방송도 귀청을 뚫을 듯이 들려왔다. 세상은 온통 물 만난 고기 같았다. 모두 팔딱 팔딱 뛰어 오르면서 기세 좋게 움직이고 있었다. 모두 살맛 나는 세상이라고 신나 하는 것처럼 보였다. 한참 인파를 따라 걷는데 내 손등 위로 물방울이 툭 떨어졌다.

그리고 연이어 수도꼭지를 틀어 놓은 듯 계속 눈물이 쏟아졌다. 내가 싫었다. 준 재벌이라는 말에 긴장하고 잠시 그것과 미래를 연계시키려 했던 나의 못난 의지가 부끄러웠다. 내 옆을 지나는 차량이 경적을 몇 번인가 울리고 나서 나는 정신을 차렸다. 무심코 핸드폰을 들여다보는데 문자메시지가 와 있었다.

"언니가 너무나 마음에 든대 다시 한 번 만나볼 의향 없수."

D는 여전히 내 의견 따위는 무시했다. 남자의 의견만 듣고는 내게 미래를 타진하라고 부추겼다. 나는 핸드폰 뚜껑을 거칠게 닫으며 거리에 오가는 행인들을 바라보았다. 재작년에 헤어진 X가 생각났다. 그는 닉네임이 X였다. X라고 하면 누구나가 통했다. 왜냐하면 그의 생각은 항상 의문부호였기 때문이다. 그의 속내를 아는 사람은 한 사람도 없었다. 사람들은 때때로 말했다.

저거 제정신이야.

처음에는 잘 몰랐는데 X에겐 전혀 배려라는 게 없었다. 모든 게 일방통행이었다. 자기만 좋으면 그만이란 식으로 일관했다. 사고방식도 그랬다. 그는 단체생활을 할 때도 상대의 의중은 아예 관심도 없었다. 모든 게 목표 지향적이었다. 그러니까 그에게는 주변의 모든 환경조차 자기를 위해 존재해야 했다. 지독한 이기심의 발로였다. 결코 속내를 드러내지 않는 것도 그 방편의 하나였다. 더구나 그에겐 준수한 외모가 그 한몫을 더하고 있었다.

그가 대학 다닐 때 유행하던 말이 있었다.

X를 보고 반하지 않는 여자가 있다면 그는 여자도 아니다.

그 말뜻은 곧 그의 완벽한 외모에 어떤 여자도 다 넘어가게 되어 있다는 뜻이었다. 다 그럴지라도 나는 아닌 줄 알았다. 나는 내 마음 지키는 데는 누구보다 자신이 있었다. 더구나 남자의 외모에 이끌려 이성을 송두리째 망각하는 일 따위는 나와는 아무 상관도 없는 일인 줄 알았다. 그러나 그건 순전한 나의 착각이었다. 언젠가부터 나는 그의 시선을 의식하기 시작했다.

그의 눈빛은 파노라마처럼 변하면서 수시로 나를 향해 움직였다. 온갖 표현을 다 싣고서 그는 눈빛 하나로 내 감정을 조정했다. 마치 마음을 움직이는 마술사 같았다.

여자 킬러. 그의 또 다른 별호였다. 왜 그 별호가 붙여졌는지 알 것 같았다. 그는 농담도 유려하게 했다. 그의 농담 한마디에 온 좌중이 웃음바다로 변한 적이 한두 번이 아니다. 여자들이 구름처럼 몰려들었다. 그가 가는 곳마다.

그는 여자들을 위한 교주 같았다. 그에게 몸 주고 마음 주고 떠난 여자들이 숱하게 많았지만 아무도 그에게 책하지 않았다. 그는 어떤 여자에게든 책임 지울 말을 하지 않았다. 모든 건 여자들의 자의에 의한 것이었다. 굳이 책임을 묻자면 여자들 편에 있었다. 여자들은 그의

마음을 얻기 위해 다가갔지만 결국 빈손 들고 떠나야 했다. 나 역시
그에게 어떤 책임을 지울 생각이 없었다.

아니 나는 그럴만한 행동을 하지 않았기 때문이기도 했다. 감정이
란 스스로 책임질 일이었다. 스스로 감정을 지켜내지 못하고 더구나
그 감정의 노리개가 된 못난 육체를 두고서 책임 운운하는 것은 어리
석은 여자의 소치이다. 제가 먼저 몸 주고 마음 주고 나서 무슨 책임
을 남자에게 묻는가 말이다.

"난 그때 그 자식이 농담으로 그러는 줄 알았지."

언젠가 K는 내게 말한 적이 있다. 아니 세상에 농담으로 말할 게
따로 있지 어떻게 사랑을 나누는 일을 두고 농담 운운하는가. 거기에
는 여자의 의도도 분명 숨겨져 있을 것이다. 감정의 쾌락과 육체의 쾌
락을 공유하고 싶다는…… 그런 밀약을 자신과 합의해 놓고 남자에게
몽땅 뒤집어씌우는 것이다. 한순간 나는 그의 감정의 노예였다. 그가
시키는 대로 내 마음과 정신을 집중시켰다.

언젠가 버림받을 걸 알면서도, 그의 감정의 파도타기를 버텨내면서
나는 서서히 이성을 잃어갔다. 하루 종일 제정신이 아니었다. 우왕좌
왕 당황하면서 그의 감정에 목숨을 걸었다. 그는 생각나면 내게 다가
와 눈빛으로 말했다. 너 같은 것쯤이야…….

나는 눈물을 삼키며 그의 눈빛을 응시했다. 그리고 속으로 말했다.
'제발 나를 떠나지 말아요' 성당에 나가 눈물로 기도했다.

하느님 그가 아니면 안 될 것 같아요. 그가 아니면 죽을 것 같아요.
하느님 제 마음을 붙들어 주세요. 당신의 간섭하심이 필요합니다.

그를 떠나느니 차라리 죽는 게 낫다는 생각도 해보았다. 더구나 그
를 다른 여자에게 준다는 것은 슬픔과 저주 그 자체였다. 나는 그 이

외엔 아무것도 생각할 수 없는 지경에까지 이르렀다. 그렇게 독한 세월이 몇 년 흘러갔다. 그동안 내 이성(理性)은 완전히 마비되었다.

"이제 나를 떠나라 네가 먼저 나를 버려라."

어느 날 그가 내게 다가와 꿈결처럼 말했다. 나는 내 귀를 의심했다. 내 손등을 꼬집으며 이건 현실이 아니라고 나 자신에게 말했다. 그가 나를 내려다보며 다시 되뇌었다.

"그렇게 손등 꼬집을 필요 없어 이건 꿈이 아닌 현실이야, 자존심 뭉개지 말고 좋게 떠나라."

나는 그 길로 쫓겨났다. 그렇다. 쫓겨났다는 표현이 맞다. 장송곡이 흐르는 거리를 뛰어다니다 나는 정신없이 3호선 전철역 레일 위로 달려갔다. 누군가 내 뒤에서 급박한 목소리로 외쳤다.

뛰어 들어라, 잠시만 참으면 된다, 어서 뛰어 들어라 그러면 너의 고통은 영원히 끝난다.

그러나 마지막 순간 나는 뛰어들 수가 없었다. 내 어머니의 절규가 내 귓가에 전율을 일으켰기 때문이다. 안 돼. 안 돼. 내가 뒤로 물러서자 악마는 슬픈 미소를 띠고 물러났다. 그 뒤에도 여러 차례 자살 시도가 있었다. 나는 완전 무기력에 빠졌고 삶의 의욕을 상실했다. 더이상 세상살이를 할 힘이 없었다. 감정이 분별력을 잃고 사고(思考)가 그 기능(技能)을 정지당했다. 정신이 수렁 속에 빠져 길을 잃는 동안 나는 내게 내밀어진 손을 보았다. 그건 신(神)이 건네준 의지였다. 그의지를 발판으로 나는 조금씩 일어서기 시작했다.

"언니 세월만큼 좋은 약은 없대요."

어느 날 K가 다가와 말했다.

"그렇다고 봐야죠."

"그리고 세상은 아무도 믿을 수 없대요. 오직 하느님만 믿어야 한 대요."

"동병상련이란 말 있죠. 자매와 나는 그래서 잘 통하나 봐요."

"언니 나는 정말 위로받고 싶었어요. 내 아픈 마음을 구멍난 내 정 신을 정말 위로받고 싶었어요. 그런데 세상은 오히려 저를 욕하고 더 비웃는 거예요."

"하느님의 위로를 받아야지 사람은 오히려 상처만 준답니다."

어릴 때 무심코 자동차에 뛰어든 적이 있었다. 일곱 살 무렵이었다. 동네 길을 지나는데 대로변에서 자동차가 달려왔다. 검정색 코란도 승용차였다. 자동차가 내 앞을 스치는 순간 사신이 보였던 것일까. 어린 나는 정신없이 자동차를 향해 뛰어들었다. 끼이익! 하고 긴급한 마찰 음이 내 귓가에 들려왔다. 앰뷸런스 소리가 나고 사람들 발자국 소리 가 들리고 내 몸이 들것에 실리고, 거기까지 기억이 났다.

이튿날 하얀 시트가 내 눈에 들어왔다. 그리고 내 귓가에서 시끄럽 게 떠드는 소리가 났다. 보상금을 놓고 운전사와 거칠게 싸우는 내 아 버지의 목소리였다. 의사는 내 발목을 절단해야 한다고 했다. 인대가 파열되고 자칫하면 평생을 불구로 지낼 수도 있다고 했다. 뒤늦게 달 려온 엄마는 병원 복도에서 실신했다. 운전사와의 합의가 끝난 뒤 나 는 기적적으로 소생했다. 발목 절단은 안 해도 된다고 했다.

병원을 퇴원하고 나오던 날, 나는 속으로 말했다.

아! 살고 싶지 않다. 어린 나이에 뭘 안다고 그런 말을 했을까. 나 이 스무 살 넘어 대학에 떨어져 재수하던 어느 날이었다. 누군가 내 곁을 지나며 말했다. 자기를 배려해달라고. 나는 한동안 그 배려라는 단어에 집중했다. 배려라니……

재수하면서 나는 그 배려라는 것을 받고 싶었는지 모른다. 대학에 떨어진 나는 집안을 망신시킨 원수였다. 일류대학도 아닌 서울 변두리에 있는 대학에 그것도 경쟁률 약한 학과에 넣었는데 그나마 낙방이었다. 언니와 오빠 모두 일류대학 출신인데 나만 예외였다. 가족은 모두 창피하다고 이불을 뒤집어썼다. 친척들에게 전화가 걸려 오면 망신스럽다며 나를 부끄러워했다.

재수했는데 또 안 되면? 나는 심한 강박증에 사로잡혔다. 학원에 가 공부를 해도 머리에 들어올 리 없었다. 엄마는 이번에도 안 되면 창피스러우니 나가 죽으라고 했다. 아버지는 아예 집에 들어올 생각을 말라고 했다. 내게 대한 배려는 전혀 없었다. 내 감정과 그들은 전혀 상관이 없었다. 자신들의 체면과 명분이 더 중요했다. 나는 그 명분의 피해자였다. 나는 점점 정신이 엉클어지기 시작했다. 밥도 안 먹고 하루종일 방안에서 꼼짝도 안 했다. 물론 학원도 가지 않았다.

"정신분열 초기 증세입니다."

의사는 대뜸 나를 보자마자 말했다. 약을 육 개월 가량 먹고 나는 지방에 있는 수녀원에 가 기거했다. 그 수녀원은 나를 평안의 안식처로 인도했다. 아무도 나를 터치하고 않고 경건한 분위기 속에 놔두었다. 나에게 창피하다고 말하는 사람도 없었고 공부하라고 보다 나은 네 미래를 위해 시간을 투자하라고 윽박지르는 사람도 없었다. 더구나 성화를 부리거나 상처를 주는 이도 없었다.

나는 조용히 책을 펼쳐들었고 공부에 몰입하기 시작했다. 이듬해 나는 월등한 성적으로 대학에 입학했다. 그 와중에도 가족들은 전혀 나에게 배려하지 않았다. 창피 당하지 않게 알아서 하라고 묵언으로 대신할 뿐이었다.

차라리 수녀나 될까보다.

내 말에 가족들은 말했다.

누가 너 같은 걸 수녀로 받아준대? 수녀는 아무나 되는 줄 알아?

언젠가부터 길을 나서면 나는 땅바닥만 보고 걷기 시작했다. 하늘을 바라보지 않고 사람도 쳐다보지 않고 땅바닥만 보고 걸으면서 생각에 잠기는 순간이 많아졌다. 신(神)의 의지가 멀리 사라지면 혼자라는 생각에 두려움이 몰려왔다. 두려움은 분별력을 떨어뜨리고 의지를 나약하게 했다. 가슴이 얼음짱처럼 변하면서 몸에 냉기가 돌았다. 거울을 들여다보면 백치 같은 여자가 멍하니 나를 보고서 비웃었다.

상처가 가슴속에 두껍게 깔리면서 나는 위로가 그리워졌다. 그런데 내게 나타나는 사람은 위로자가 아닌 위로를 필요로 하는 상처받은 사람들이었다.

나는 자화상에 심각한 손상을 입고 말았다. 수치심이 내 온몸을 뒤집어쓴 채 나를 노려보고 있었다. 공연히 기분이 나쁘고 당황스럽고 부끄러웠다. 소리 없는 열등감으로 머릿속을 채우고 나면 또 창피스럽다는 말이 들려왔다. 어느 날 나는 길거리를 지나다 하느님에게 물었다. 하느님 나는 부끄러운 존재인가요? 이렇게 부끄러운 날 왜 만드셨나요, 당신은 토기장이라면서 왜 나를 이 모양으로 만드셨나요? 나는 낮은 자존감으로 숨죽여 울었다.

너무 많이 추락한 자존감 때문에 나는 다시는 못 일어설 것 같은 무력감에 사로잡혔다. 그럴수록 나는 위로의 말이 그리웠다. 따스한 사랑과 배려가 가득 담긴 위로의 말이, 그러면 내 아픈 마음도 추락한 나의 자존감도 회복될 것 같았다. 그러나 도처에도 그런 말은 존재하지 않았다. 오히려 내게 위로해 달라고 애원하는 지인(知人)들 뿐이었다.

어느 날 S에게서 울면서 전화가 왔다. 새벽 두 시가 넘어서였다.

언니…… 나 사실은 정말로 사랑하던 사람이 있었어요, 그는 가톨릭 신부가 되기로 종신 서원한 사람이었어요, 그의 집안은 200년 넘게 가톨릭 신앙을 지켜온 사람들이었어요, 그를 신부로 만들기 위해 온 가문이 30년 넘게 기도해 왔는데 그래서 그는 그 어려운 신학 과정과 수련 기간을 거쳐 신부가 되기로 종신서원까지 했는데 마지막 순간에 악마가 나타난 거예요, 그 악마는 그를 처음부터 지켜본 아주 사악한 여자였어요, 그가 서울대학을 졸업하던 날도 나타나 꼬리를 칠 정도로 아주 담대한 여자였어요, 평생 순결을 지키기로 신 앞에서 맹세한 그를 그녀는 아주 절묘한 순간에 낚아 챈 거예요, 마지막으로 한번만 만나 달라는 유혹으로, 그때 그녀는 배란 기간이었다고 합니다. 일부러 임신기간을 노린 거죠, 술로 그를 유혹한 다음 그에게서 순결을 빼앗고 온 집안을 들쑤셔 결혼을 강행하고 딸 둘을 낳았는데 그만…… 심장마비로 죽은 거예요, 의사 말로는 복상사라는 수치스러운 죽음이었죠. 그 악마는 그렇게 남편을 잡아먹고 나서 딸 둘을 데리고 재혼했답니다. 그녀는 잠시도 남자 없이는 살 수 없는 그런 여자였대요, 아주 질이 나쁜 여자였나 봐요, 남자는 체격이 좋고 총각이었다고 합니다. 그 역시 그녀 유혹에 넘어간 거죠, 남자는 아무것도 없는 빈털터리래요, 아들을 낳아준다는 조건으로 결혼을 했는데 결혼한 지 한 달도 안 됐는데 벌써 임신 삼 개월이랍니다. 그 이전에 벌써 남자를 수십 차례 갈아치웠고요. 딸들은 천덕꾸러기 눈치꾸러기가 되어 새 아빠에게 구박을 받는 답니다. 그가 하늘나라에서 얼마나 가슴이 아플까요. 내가 목숨 걸고 사랑한 그를 다른 사람도 아닌 하느님께 바쳤는데 그 악마가 중간에 가로채더니 내 남자를 죽음으로 몰아놓고 아이들마저…… 하느님은 왜 그런 여자를 죽이지 않는 걸까요. 이것도 하느님의 뜻일까요. 나는 그를 하느님께 돌려보내고 나서 더욱 소심해졌어요. 더 위로받고 인정받고 싶었어요. 그런데 세상은 그렇지 않았어요.

S는 절규하듯 말하고 나서 전화를 끊었다.

언젠가 정부 고위직에 있는 관료가 내게 말한 기억이 난다. 그는 어린 날을 매우 불우하게 보냈는데 그래서 자신도 모르게 옛 습관을 되풀이하게 된다고 말했다. 예를 들면 음식을 버리면 죄 된다는 생각에 남은 음식은 몽땅 다 먹어치운다는 것이다. 그러면서 그는 내 뱃속이 쓰레기통이냐고 물었다. 물 한방울도 허투루 낭비하지 않고 종이는 꼭 이면지 사용하고 심지어 화장실 물 내리는 것마저 아까워한다고 했다. 그런데 정작 그런 그의 행태를 가장 많이 비웃는 건 아내라 했다.

지금이 어떤 시댄데 그렇데 짠돌이 흉내를 내며 사는 거야?

아내는 그의 행동뿐 아니라 시집식구들마저 도마 위에 올려놓고 마구 비난하고 비웃었다. 없는 집안사람들은 어디가 달라도 다르다니까. 사실 그의 출세 길은 다 처갓집 식구들에서 의해서 다져진 거나 마찬가지였다. 아내는 늘 그 점을 강조했다.

그는 결혼한 뒤 한 번도 아내 손으로 아침을 얻어먹은 적이 없었다. 출근하기 위해 집을 나설 때까지 아내는 이불 속에서 꿈쩍도 안 했다. 그는 냉장고를 뒤져 찬 우유나 빵 쪼가리를 먹었고 그마저 없으면 굶고서 출근했다.

모든 수입은 아내가 통장으로 관리했고 그에게는 기본적인 용돈 수준밖에 지급되지 않았다. 아내와 아이들의 씀씀이는 하루가 다르게 헤퍼갔다. 그가 아무리 아껴도 소용없었다. 그런데 어느 날 아내가 목돈을 들고 와 말했다.

당신도 지자체 단체장 선거에 나가 보라.

그는 강하게 거부했으나 아내는 하루가 멀게 졸라댔다. 단체장 사
모님 소리가 듣고 싶어 안달이 안 모양이었다. 아! 글쎄 선거 운동은
내가 한다니까 아버지가 앞장 서 도와주기로 했다니까. 아내는 끈질기
게 졸라댔다. 내가 아는 이야기는 거기뿐이었다. 그와 비슷한 예는 또
있었다. 강남에서 유명한 성형외과를 하는 의사였는데 그 역시 결혼할
당시부터 처가에 막대한 신세를 지고 있었다. 살고 있는 아파트는 물
론 병원을 개원할 때도 엄청난 처가의 재산이 투자되었다.

덕분에 그의 병원은 항상 처가 식구들로 북적였다. 처제와 그의 딸
들, 처남의 처제까지 왔다가 갔다. 나이 육십이 넘은 장모는 뱃살을
지방 흡인술로 뽑겠다고 찾아와선 마구 떼를 쓰다 갔다. 어느 날은 우
리 사위 의사라며 장모가 친구들을 떼거리로 몰려온 적도 있었다. 그
가 눈에만 안 보이면 당장 찾아내라며 아우성을 치는 바람에 간호사와
전 의료진이 혼비백산 한 적도 있었다.

그런가 하면 그의 아내는 턱뼈를 깎아 부드러운 인상을 만들겠다고
몇 번이고 졸랐다. 할 수 없이 수술을 강행했는데 이번에는 수술 결과
가 마음에 들지 않는다고 울며 보채는 바람에 애를 먹었다고 한다. 그
는 남들은 자기가 처갓집 덕으로 팔자 좋은 줄 알지만 실상은 그 반대
라며 위로를 거듭 요청했다. 한번은 강남에 있는 근무할 때였다. 외숙
모가 찾아왔다. 얼굴이 해쓱한 게 완전 중환자 같았다. 일부러 외삼촌
이 없는 시간을 틈타 찾아온 외숙모는 삼촌의 여자관계에 대해 물었
다.

"혹시 삼촌이 룸살롱인가 그런데 자주 가고 그러니?"

"네에?"

"혹 자주 걸려오는 여자 전화 없니?"

외숙모는 거의 노이로제 증상을 띄고 있었다. 내가 아무리 아니라고 해도 곧이듣지 않았다.

"그래도 모르니 혹여 눈치가 이상하면 곧 나한테 연락해라 알았지?"

외삼촌은 평소에도 외숙모에게 너무하다 싶을 정도로 막 대하는 편이었다. 다른 사람에게는 예의와 배려를 베풀다가도 유독 외숙모에만 홀대를 했다. 그럴수록 외숙모는 외삼촌의 여자관계에 신경을 곤두세웠고 위로받고 싶어 환장을 했다. 어떨 때는 전화를 걸어 한 시간도 넘게 나와 통화한 적도 있었다. 그러고 나면 한동안 잠잠해졌다.

한번은 학원에 앉아 있는데 교회 전도사가 찾아 온 적이 있었다.

그는 학원생 아이의 친척오빠였다. 우연히 동생의 학원에 들렀다가 몇 마디 나눈 것이 인연이 돼 가끔씩 들러 이야기를 하다 가는데 재미있는 것들도 많았다. 신학대학을 졸업한 사람들 중에 백수가 많다는 것이었다. 사역지를 못 찾아 헤매는데 그것처럼 괴론 일도 없다고 한다. 심지어 목사 안수까지 받고 사역하다가 쫓겨난 사람들도 있는데 다시 사역지가 안 나서면 그만 영적 노숙자가 돼 버리고 만다는 것이다.

그 전도사 역시 변두리에 있는 교회에서 2년 간 사역하다 나왔는데 딱히 갈 곳이 없어 고민이라고 했다. 사실 그는 쫓겨난 것이었다. 능력부족으로 쫓겨난 것인데 다급한 그는 나보고 갈만한 교회가 있으면 소개해 달라고 했다. 그는 영적인 상처를 입고 여전히 신(神)을 아니 사람을 두려워하고 있었다.

그와는 달리 불륜의 관계를 놓고 고민하는 축들도 있었다. 그들은 대부분이 그야말로 실수로 불륜에 빠져든 경우였다. 이를테면 순간의 감정을 못 이겨 어쩌다 관계를 맺은 것이 그만 헤어나지 못할 큰 웅덩이에 빠지고 만 케이스다.

순간의 실수가 파멸의 입속으로 걷잡을 수없이 들어간 경우다. 그들 중에는 수없는 양심의 가책에 시달리다 자살을 시도한 경우도 발생했다. 동료들과 가족들에게 외면당하고 버림받은 그들은 마지막 코스로 신(神)을 찾았다. 신의 품만이 안전한 피난처라고 생각한 모양이다. 어느 날 나는 이상한 소식을 들었다.

X의 아내가 간통 혐의로 수감 중이라는 소식이었다. 그녀는 자신보다 한참 어린 남자 연예인과 간통하다 들통이 났는데 나는 그 기막힌 소식을 듣자 정신이 분산돼 날아가는 것 같았다. 연예인은 요즘 한창 유행하는 랩 싱크 가수의 일원이었다. 그들은 어떻게 만났던 걸까. 비밀은 곧 밝혀졌다. X의 아내는 그의 코디네이터였다. 소문은 일파만파로 번져나갔고 특히 인터넷을 통해 급속도로 퍼져나갔다. X를 바라보는 사람들의 눈길이 묘하게 변해갔다. 동정 대신 통렬한 비난과 야유가 눈빛마다 묻어났다.

그러면 그렇지. 뿌린 대로 거둔다고 옛말 하나도 그르지 않지.

사람들은 그가 당한 불행을 신의 복수로 해석했다. 남의 눈에서 눈물깨나 빼낸 그의 행위 치고 너무나 당연한 결과라고 입을 모아 그의 귀에 전달했다. 사람들은 남의 불행 앞에 악마적인 기질을 마구 발휘하고 마지막 남은 자존심마저 앗아가 버렸다. X는 철저히 무너졌고 위로자 없는 세상 탓을 하다 수도원으로 올라갔다. 그곳에서 신이 내리는 위로를 경험하고 싶다고 했다. 그러자 또 다른 사람이 말했다.

X는 위로 대신 회개가 더 필요하다고.

나 역시 속으로 말했다. 니가 지은 죄 값을 톡톡히 치르는 거라고. 그러고 나서 또다시 속으로 말했다. 너 같은 인간에게 위로가 웬 말이냐 무릎 끓고 철저히 회개해도 모자랄 판에.

어느 날 K가 내 앞에 나타났다. 그녀는 여느 때보다 씩씩하고 자신감에 넘쳐 보였다. 만면에 미소가 흐르고 있었다.

"언니 난 너무 자유로워요, 이제 과거와 난 상관이 없어요. 왜냐하면 나는 그리스도 안에서 새롭게 태어났기 때문이에요— 하느님은 우리가 과거의 고통에 매여 사는 걸 원치 않으신대요. 그리고 저는 하느님의 절대적인 사랑을 받는 하느님의 딸이래요."

K는 자신감이 넘쳐 내게 사랑의 위로의 말을 건네는 것이었다.

"언니 이제부터 언니 위해 간절히 기도할게요. 이제부터는 미래의 성공을 향해 마음껏 살아가세요."

그 말은 내가 세상에 태어나 단 한 번도 들어본 적 없는 참된 위로의 말이었다. 그녀는 진정 신의 위로를 경험한 모양이었다. 변화된 모습이 마치 딴 사람을 보는 듯했다. 신의 의지가 그녀의 정신을 개조시킨 모양이었다. 정신분열증으로 치료받던 그녀가 아니었던가.

어느 날 그녀에게서 기적 같은 소식이 들려왔다.

교회 전도사와 결혼하게 되었다는…….

사람은 정말 오래 살고 볼 일이었다. 그녀의 남편은 상처받은 사람들을 복음으로 치유하는 내적치유 사역자라 했다. 그녀는 그 말을 하면서 입에서 행복한 미소가 떠나지 않았다.

"진정한 위로자와 안식처는 오직 하느님뿐이래요."

돌아서는 그녀의 등 뒤로 따듯한 봄바람이 불어왔다. 그녀의 결혼식이 진행되던 날 나는 또 다른 소식을 들었다. 신의 위로를 받기 위해 수도원으로 올라간 X의 소식이었다. 그는 그곳에서 자신이 지은 모든 죄를 회개하면서 아내를 용서하기로 했다는 것이었다. 그는 그곳에서 상처 난 마음을 치유 받고 마음의 평정을 되찾은 듯했다. 앞으로의 인생길은 신의 뜻대로 움직이겠다며 몇 번이고 자신감을 내비쳤다.

그러나 그것이 자신감 가지고 되는 일인가. 나는 믿지 않았다. 그가 아내를 용서했다는 말도. 자신의 의지를 신에게 맡기겠다는 말도. 그가 주장하는 자유는 카멜레온처럼 변하는 변덕일 뿐이다. 늘 새것을 추구하는 병적 일탈 증상이라는 것을. 그럼에도 그는 한결 자유로운 모습으로 살아갔다. 내게도 다가와 자신의 변화를 일깨우는 듯한 말을 하면서 의지를 북돋우기도 했다. 어느 날 길거리를 지나는데 마음속에서 세미한 음성이 들려왔다. 나는 너를 한 번도 부끄럽게 생각한 적이 없었단다. 사람들은 너에게 무관심했을지라도 나는 늘 너를 지켜보고 있었단다. 나는 네가 근심하고 두려워하는 걸 원치 않는단다. 나는 네게 늘 평강 주기를 원한단다.

그러고 보니 하느님은 위로자가 되실 뿐 아니라 사람과는 달리 나처럼 약한 인간을 더 사랑하시고 보호하시는 분이란 걸 깨달았다. 내 가슴속에 또다시 위로가 넘쳤다. 언젠가 K가 들려준 말이 생각났다

"언니 난 너무 자유로워요. 이제 과거와 난 상관이 없어요. 왜냐하면 나는 그리스도 안에서 새롭게 태어났기 때문이에요― 하느님은 우리가 과거의 고통에 매여 사는 걸 원치 않으신대요, 그리고 저는 하느님의 절대적인 사랑을 받는 하느님의 딸이래요."

그 위로의 말이 어느새 내 마음에 힘을 더해주고 있었다. 진정한 위로와 평강이 다시금 내 마음속에 차고 넘쳤다.

(2009년 5월 조선문학)

또 뽑기

　전철을 타고 4호선 명동 입구에 내렸다. 밀리오레와 맞붙은 새로 생긴 건물 앞에 대형 전광판이 보였다. 전광판 앞에 설치된 무대 위에 여자 가수가 나와 춤을 추며 행인을 유혹한다. 꽝꽝 소리 내며 귓가에 음악을 불어넣고 있다. 초미니 스커트가 둥글게 원을 그리며 무대 위를 오간다. 그녀의 가는 몸매는 환상적이다. 남자들의 눈길이 그녀의 허리에 머물고 있다.

　「연인에게 사랑의 엔도르핀을 선사하세요」

　누군가 내 귓가에 속삭이고 있다. 예나 지금이나 명동거리는 젊은 이들 천지다. 추운 겨울에도 짧은 팬츠를 입은 여자들이 손에 솜사탕을 물고 전광판을 바라보며 춤을 추고 있다. 갑자기 무대 앞에서 푸지직! 하고 불꽃이 터져 나온다. 금세 불꽃이 사방으로 퍼진다. 와우! 환호성이 동시에 터진다. 여가수의 몸놀림이 더 빨라진다. 허리를 위아래로 흔들며 몸매의 자신감을 뽐낸다. 부럽다!

　어디선가 찬탄의 소리가 들린다. 얼마 전까지 있었던 켄터키 프라이드치킨 자리에 의류점이 보인다. 사방으로 뚫린 상가 거리에 사람들이 운집해 있다. 걸음을 옮길수록 음악이 홍수져 흐른다. 공해처럼 사람들의 뇌를 마구 침투하면서 정신을 분산시키고 있다. 바로 눈앞에 사보이 호텔이 보인다. 삼십 년 전에도 있었는데 여전히 그 자리에 같은 모습으로 서있다.

　명동 의류 앞쪽으로 리어카 노점상이 일렬횡대로 보인다. 추억의 또 뽑기 장사도 보인다. 설탕과 소다를 섞어 만든 설탕과자. 달고나.

어린 초등학교 시절 나는 동네 꼬마들과 함께 달고나를 사먹었다. 머리에 털모자를 쓴 아저씨가 동그란 국자에다 설탕을 녹여 젓가락으로 휘휘 저으면 동네 꼬마들은 쪼그리고 앉아 침을 흘리며 구경을 했다. 설탕이 다 녹으면 하얀 소다를 그 위에 얹고는 다시 휘휘 저었다. 다음 순간 설탕은 노란 고체로 변하면서 철판 위에 팍 엎어지면서 동그란 판에 의해 뽑기로 변신했다.

그 위에 철 조각으로 만든 별, 십자가, 하트 등 각종 모양의 무늬가 새겨졌다. 그러면 우리는 그것을 받아 쥐고 가장자리부터 잘라 나갔다. 그러다 중간에 허리가 잘리면 아쉬운 탄성을 내질렀다. 어쩌다 제대로 오려내 성공하면 새로운 모양의 달고나를 공짜로 받았다. 그렇게 두 번 세 번, 네 번까지 공짜로 하는 아이도 있었다. 동그란 원판을 돌리고 중간에 화살촉을 꽂는 뽑기도 있었다. 대부분 꽝으로 나오지만 어쩌다 뽑히는 경우도 있었다. 물고기와 꽃모양의 설탕을 녹여 만든 투명한 설탕과자였다. 계속 꽝이 나오는 바람에 오기로 여러 번 했다가 돈만 날리고 집에 오는 경우가 허다했다.

"정현이 너 또 뽑기 했구나, 또 몽땅 잃었지 그러게 내가 뭐라든 하지 말랬지, 넌 운이 없어 그런 거 하면 안 돼."

나보다 다섯 살 많은 오빠는 내가 잃고 들어올 때마다 지청구를 주었다. 그래도 나는 학교가 파하고 나면 제일 먼저 또 뽑기 장사에게로 갔다. 땅바닥에 쪼그리고 앉아 침을 묻혀가며 뽑기에 열중했다. 원판을 향해 화살촉을 꼽기도 수십 번 아니 수백 번은 더 했던 것 같다.

"정현이 너 자꾸 또 뽑기 하면 엄마한테 이른다. 이제 그만해라."

오빠와 친구들이 놀려도 나는 지치지도 않고 뽑기를 했다. 나이 사십이 되던 날 길거리에서 우연히 만난 초등학교 동창이 말했다.

"정현이 너 요새도 또 뽑기 하니?"

기억력도 좋지. 그녀는 삼십 년 전의 일을 고스란히 기억하고 있었다.

"그렇지 않아도 보이기만 하면하고 싶은 심정이다."

"넌 아직도 인생을 또 뽑기 식으로 생각하니? 아서라 세상에 공짜 우연은 없단다, 치열한 경쟁과 피나는 노력의 결과만 있을 뿐이란다."

이상고온이란다. 따듯한 봄날 같은 겨울이 명동 거리에 흐른다. 채 땅거미가 지지도 않았는데 거리는 불바다로 변하고 있다. 꼬마전구를 잔뜩 매단 나무들이 전기고문을 당하고 서 있다. 건물마다 나무마다 고문을 당하고 있다. 신세계 쪽으로 걸음을 옮기니 조명 조형물이 밤을 낮처럼 밝히고 있다. 빨강 초록 노랑 조명이 새로운 밤의 예술을 창조하고 있다. 중앙 우체국 뒷길로는 중국대사관과 화교 아이들이 다니는 초등학교와 붙어 30년 전 기억을 고스란히 떠올린다.

"세상에 태어나 가장 많이 행복했어요, 난생 처음으로 기쁨을 느꼈어요, 죽어도 여한이 없습니다."

전광판에서 여자 주인공이 옛 애인을 향해 말하고 있다. 남자가 곤혹스런 표정으로 여자를 바라본다.

"죽기 전에 보고 싶었어요."

"죽기 전이라니……."

남자의 표정이 삽시간에 어두워진다.

"방금 전, 병원에서 조직검사 받고 나왔어요, 암일 가능성이……."

남자가 여자의 어깨 위에 손을 얹고 말한다.

"너무 걱정하지 마, 요즘 암은 완치율이 높대."

"전 괜찮아요, 죽어도 죽어도……."

여자가 어깨를 들썩이며 운다. 내 어깨도 흔들린다. 손등에 눈물방울이 떨어진다. 그래도 저 여자는 행복하다. 죽음 직전에 사랑하는 사람을 만났으니. 여자는 죽음을 핑계로 남자에게 대시를 하고 있다.

"그래도 다행이에요, 죽기 전에 당신을 만났으니…… 이다음에 영원한 천국에서 또 만나요 그동안 당신 때문에 행복했어요, 사랑해요."

여자는 아예 유언을 하고 있다. 만일 저 여자가 암이 아니었다면 무슨 말을 했을까. 남자는 여자가 암이라는 말에 동정심과 연민이 발생한 모양이다. 계속 안타까운 표정으로 서 있다. 극이 끝나는지 시끄러운 불협화음과 함께 두 남녀 주인공이 화면에서 사라졌다. 나는 멍하니 서있다 발걸음을 옮긴다. 세상은 온통 불빛 바다 같다. 음악과 불빛이 한데 어우러지면서 묘한 조화를 이룬다.

옛날 엘칸토 자리에 대형 의류상가가 들어섰다. 에스콰이어, 반도패션. 그 유명하다는 PJ레스토랑과 스탠드바도 없어졌다. 하긴 세월이 삼십 년 가까이 흘렀으니까. 상가로 통하는 길 한가운데 핸드마이크를 쥔 여자가 보인다. 그녀는 성경을 손에 들고서 주목을 불끈 쥔채 외치고 있다.

"하나님이 세상을 이처럼 사랑하사 독생자를 주셨으니 이는 그를 믿는 자마다 멸망하지 않고 영생을 얻으려함이로다."

복음성가도 들려온다.

'오직 그가 나의 길을 아시나니 그가 나를 단련하신 후에는 내가 정금같이 나아가리라.'

광란의 음악에 파묻혀 성가는 이내 사람들의 귓전에서 사라진다. 저 여자는 무슨 희망으로 저 자리에 서서 외치는 걸까. 아무도 귀 기

울여 듣지 않는 소리를 저렇게 목이 터져라 외치는 걸까. 그녀가 외치
고 섰는 등뒤로 검은 바람이 스쳐지나갔다.

발걸음을 옛날 코스모스 백화점 자리로 옮겼다. 대형 쇼핑몰이 들
어서 있다. 그 길을 쭉 따라 올라가니 명동성당이 보였다. 그 역시 많
이 변했다. 노동운동가들의 집결지처럼 변해버렸다. 각종 현수막과 잡
상인들로 혼잡스럽다. 성당 맞은편으로 평화방송 건물이 보이고 그 뒤
로 증축한 영락교회 건물이 눈에 들어왔다. 영락교회와 마주한 백병원
으로 차량이 꼬리를 물고 들어서고 있다.

벌써 이십 년이 되었다. 나이 스물일곱에 나는 한꺼번에 여러 죽음
을 만났다. 가족 모두가 지방에 있는 친지 결혼식에 갔다가 비명횡사
한 것이다. 친지들을 태운 전세버스가 고속도로 가드레일을 들이받고
강으로 추락하는 바람에 모두 참사한 끔찍한 사고였다. 마침 나는 그
때 대학원 시험을 앞두고 있어서 그 자리를 모면하고 있었다.

그러나 나를 제외한 모든 가족이 그 버스 안에 동승하고 있었기에
줄초상이 나고 말았다. 사마(邪魔)가 낀 탓일까. 그날 결혼했던 신혼
부부는 여행에서 돌아오자마자 갈라섰다. 한 순간에 가족을 잃고 혼자
가 된 난 정신적 무력감에 빠져 살았다. 대학원을 포기한 건 물론이
다. 마른하늘에 날벼락도 유분수지.

매일같이 하늘만 쳐다보며 나는 절대자를 원망했다. 나는 그때 분
명 무신론자는 아니었다. 대자연과 우주를 섭리(攝理)하고 인생의 생
사화복의 결정자가 신(神)이라는 것을 어렴풋이 알고 있었다. 그리고
인과응보의 진리도 믿고 있었다. 그런데 불시에 닥친 횡액(橫厄)이 내
의지를 배반하고 만 것이다. 인생의 화복(禍福)은 인간의 행위의 결과
가 아닌 외부적인 힘에 의해 결정되는 것임을 나는 그때 처음 알았다.

그때부터 내 안에 불신의 싹이 자라나고 있었다.

절대자와 사물(事物)에 대한 극한 불신과 분노였다. 그리고 행 불행과 황금률(黃金律)의 법칙도 불신하게 되었다.

대부분의 일가친척들도 유족이 되어 슬프기는 매 한가지였다. 그래서 나를 돌볼 여유가 없었는지 모른다. 망연자실 얼빠진 내게 친척들은 유학 갈 것을 권유했다. 그러나 말이 유학이지, 누가 그 뒷바라지를 한단 말인가. 도서관에 틀어박혀 공부만 하던 내게 갑자기 들이닥친 환란은 내 영(靈)을 꺾어버리고 마침내 삶의 의지마저 꺾어 놓았다.

결혼을 앞둔 남자가 있었지만 내 처지가 부담스럽다며 유학을 떠나고 말았다. 그건 떠나기 위한 구실이었다. 나는 그의 떠남에 대해 일말의 감정도 없었다. 하도 큰 충격을 받아 감정이 제 기능을 상실했기 때문이다.

큰집에 나 혼자 동그마니 남자 그때부터 내 정신은 폭풍우 속에 휘말렸다. 친척의 소개로 집을 팔아 작은 아파트로 이사했다. 남은 돈으로 여행을 다녔다. 강원도에서 제주도까지 안 다닌 데가 없었다. 봄, 여름, 가을, 겨울. 사시사철 내 방문은 굳게 닫혀 있었다. 마음이 실종돼 도무지 종잡을 수가 없었다.

"너 보헤미안이니?"

친구는 빈정거리며 말했다. 제 정신이냐는 뜻이었다.

"너가 나 같으면 제 정신 갖고 살 수 있겠니?"

"하긴……"

정신의 폭풍은 안정을 그리워했다. 그러나 부평초처럼 떠도는 마음을 나도 어쩔 수 없었다. 절간에 가서 몇 년간 기식(寄食)해 보았다.

수녀가 될까 해서 수도원에도 잠시 있어 보았다. 현실 삶과 동 떨어져 생활한 결과는 언제나 패배감이었다. 불암산 근처에 있는 수도원에서 생활하던 중 못 견디고 뛰쳐나온 이후로는 다신 그곳을 찾지 않았다. 차라리 속세가 나았다.

금욕생활에 지친 내 영혼이, 숨죽이고 있던 내 의지가 비로소 본성을 찾은 것이다. 뒤늦게 나는 삶의 전장에 참여했다. 내 나이 삼십이 넘어서였다. 먹고살기 위해 직장을 찾았는데 강남에 있는 회화학원이었다. 일류대 출신이란 게 입사동기가 되어 난생 처음 취직이란 걸 할 수 있게 되었다. 좌충우돌, 시행착오, 나보다 어린 동료강사들과 함께하면서 나는 사람 사는 모습을 배워갔다.

영악하지만 그들에게도 나름대로 수칙이 있었다.

서로 해코지 안하기. 남의 영역 침범 안 하기. 남의 사생활 캐묻지 않기. 상사에게 고자질 안 하기.

그들 중에는 유학파도 있었다. 물론 나이는 나보다 아래였다. 집안도 모두 좋았다. 결혼 적령기에 있었지만 어쩐지 결혼에는 모두 무관심한 듯했다. 내게 왜 아직까지 결혼 안 했느냐는 흔히 있을 법한 질문 한번 없었다. 그 점이 좋았다. 남에게 상처 될 만한 말은 일체 하지 않았다. 아이들도 이기적이고 영악하고 까탈스러웠지만 모두들 공부에는 열심이라 별다른 어려움은 없었다.

행운이었는지 모른다.

그렇게 이 년쯤 흐르고 났을 때였다. 퇴근 후 학원가를 지나는데 낯익은 얼굴이 스쳐 지나는 것이었다. 까맣게 잊고 지내던 모습이었다. 체조선수 같은 건장한 체격에 강인해 보이는 인상이 내 곁을 지나는데 하마터면 나는 그 자리에서 기절할 뻔했다. 그였다. 그가 지나자 거리에 있던 여자들의 시선이 한꺼번에 그에게 쏠렸다.

길을 지나던 남자들도 엄마 손을 잡고 가던 아기들도 한꺼번에 고개를 돌려 그에게 시선을 집중했다. 자세히 보니 그는 자주색 상의에 청바지를 입고 있었다. 완전 패션모델 감이었다. 남자다운 카리스마에 잘 차려 입은 옷이 매치를 이루어 여자들의 시선을 당길 만도 했다. 그가 한 팔을 올려 거리 간판을 가리키며 누군가에게 손짓을 했다. 그러자 비디오카메라를 어깨에 멘 남자 서넛이 건물 속으로 쏜살같이 달려 들어갔다. 그가 머리를 흔들며 건물 안으로 따라 들어갔다.

멍하니 그 광경을 지켜보던 나는 이상한 충격에 휩싸였다. 몸이 바위처럼 굳어 꼼짝할 수가 없었다. 마음이 흐트러지면서 심각한 수치감이 느껴졌다. 분노와 슬픔이 머리를 태울 듯이 달려들었다. 그건 참을 수 없는 고통이었다.

잠시 후 그가 건물에서 나오는 모습이 보였다. 한 떼의 남자들과 무언가를 의논하며 나오다가 갑자기 내가 서있는 쪽을 향해 고개를 홱 돌렸다. 나를 보았는지 그건 잘 모르겠다. 얼굴이 굳어지면서 잠시 당황하는 모습이었다. 그러나 이내 표정을 수습한 그는 동료로 보이는 남자들과 어깨를 같이 하더니 골목길로 사라졌다. 아주 짧은 순간이었다.

기억의 회로가 빠르게 돌아가면서 7년 전으로 거슬러 올라갔다. 집안끼리 약혼식을 치르느냐 아님 곧바로 결혼식을 하느냐 옥신각신 할 때였다. 그가 갑자기 태도가 냉정하게 변하더니 좀 더 생각할 시간을 달라고 했다. 사실 그와 나는 중매로 만나 한참 교제하던 중이었다. 서로 집안끼리 잘 알고 지내던 사이라 별다른 불협화음도 없었다. 집안도 학력도 인물도 서로 밸런스가 맞다고 누구나 부러워했다.

다만 한 가지, 그의 외모가 너무 출중했다는 게 걱정 아닌 걱정이었다. 외모가 출중하다보니 중매 자리가 봇물 터지듯 들어온다고 했다. 심지어 재벌가에서도 손을 뻗고 있다고 했다. 하긴 나 자신도 그를 보는 순간 정신이 멍할 정도였다. 생긴 외모와는 달리 그는 보수적이었다. 헤픈 여자는 딱 질색이라 했다. 약혼 말이 오갈 때까지 흔한 농담 한번 손 한번 잡지 않았다. 어리숙하긴 하지만 나 역시 냉정한 걸로 말하면 뒤지지 않았다. 가족의 죽음에도 혼이 빠질 지경인데 그가 이별을 선포했는데도 나는 울지 않았다.

이미 예견하고 있었기 때문이다. 니가 언젠가는 그런 식으로 떠날 줄 알고 있었다. 친척들은 우리를 가리켜 둘 다 독한 것들이라 했다. 누군가 말했었다. 남자의 이별은 스쳐 지나가는 바람에 불과하지만 여자에게는 평생 지울 수 없는 멍에가 된다. 그 말의 의미가 왜 지금 내게 살아나는 걸까. 그는 미국 유학을 떠난 후 한 번도 연락이 없었다.

당연한 결과였지만 나는 이미 상실감으로 반은 미쳐 있던 상태라 감각조차 느끼지 못했다. 그런데 칠 년이란 세월이 지난 지금에 와서, 그때 느끼지 못했던 아픔이 새삼스럽게 리바이벌 되는 것이다.

리바이벌이란 말은 적당치 않다. 그러나……

기억의 회로가 다시 과거로 거슬러 올라간다. 그를 처음 만났던 순간부터 시작해서 교제가 한참 진행되어 약혼 말이 오갈 때까지 그는 냉철하고 잔인하리만치 이기적이었다. 단 한 번의 말실수도 흔한 사랑의 제스처도 없었다. 그는 그것을 사랑에 대한 예의라고 생각하는 모양이었다. 그러나 그 이면에는 까다롭고 계산적인 그의 의도가 숨어 있었다. 진실이 아닌 사랑의 무리수가 두어지고 있었다. 그럴수록 나는 더 그의 감정에 목숨 걸었다. 그는 의식적으로 나를 조종하고 다스리고 있었던 것이다.

"옷차림이 그게 뭐야? 어린 나이도 아니고……."

별로 타이트하게 입지도 않았는데 눈길이 사나워지고 있었다.

"대학원 준비는 잘 돼가고 있는 거지?"

그렇다고 고개를 끄덕이면 그는 만족한 미소를 지었다.

"난 말이지, 여자가 결혼했다 해서 남편만 바라보고 사는 건 원하지 않아. 여자도 자기만의 잡이 있어야 해. 요컨대 전문 직종에서 자기 고유의 영역을 지켜야 한다고 생각해 당신도 말야. 이번 학부 마치고 나면 박사과정에 들어가 할 수 있지, 내가 원하면……."

나는 잔뜩 긴장된 표정으로 고개를 끄덕였다.

"그리고 말야, 앞으로 일 관계가 됐던 어떤 경우에서든 남자를 만나면 절대 악수하지 마, 누가 이유를 따져 묻거들랑 내가 그랬다고 해."

나는 역시 고개를 끄덕였다. 그는 만족한 듯 미소를 지었다. 그러나 다음 순간 그는 탄식하듯 말했다.

"넌 너무 자기중심적이야, 그렇다고 생각지 않아?"

"무슨 뜻예요?"

"남자를 외조할 만큼 마음 씀씀이나 능력이 부족하다는 뜻이야, 말하자면 넌 글을 쓰는 작가가 되던지 아님 화가가 되는 쪽을 택한 편이 나을 뻔했어."

"전 예술가 타입은 아니잖아요."

"성격이 그렇단 뜻이야."

나의 어떤 점을 두고 한 말이었을까. 집안에서 본격적으로 결혼 말이 오가자 그는 드러내 놓고 부담스러워했다. 아직 준비가 덜 되었다. 생각할 시간을 달라. 저 사람 대학원 합격하고 나면 그때 해도 늦지 않다.

그러다 내 집안에 우환이 닥치자 때를 만난 듯 떠나버렸다. 어쩌면 지난 7-8년간의 나의 방황이 그의 탓이었는지도 모른다는 생각이 든다. 사고(思考)하는 것조차 두려워 나는 속세를 떠난 중처럼 살았는지 모른다. 실종된 마음을 가눌 수가 없어서 허무감속에 나를 방치했는지 모른다. 그가 사라진 거리에 우두커니 서서 나는 가슴속 깊은 곳에서 울려 퍼지는 통곡소리를 들었다.

나는 혼자였다. 그와 헤어지기 전에도 그 이후에도 아니 그와 만나기 훨씬 이전부터 나는 늘 혼자였다. 그 뼈아픈 사실이 내 가슴을 옥죄고 있었다. 강남역 입구에 수많은 젊은 발걸음이 모여들고 있었다. 미래의 준비를 위해 책 보따리를 가슴에 안은 젊은이들이 일초의 시간을 아끼기 위해 전철역 계단을 뛰어 내려갔다. 나는 그가 사라져버린 텅 빈 거리에 서서 건물 간판을 읽었다. 유학준비를 위한 영어학원 간판이 제일 먼저 눈에 들어왔다. 유명한 여자 탤런트가 운영하는 유학원 건물도 보였다. 족집게 학원으로 유명하다는 간판도 보였다.

화려하게 조명 조형물로 장식된 지하 나이트클럽도 보였다. 그 옆으로 단란주점, pc방, 찜질방도 보였다. 한 떼의 젊은이들이 팔짱낀 모습으로 지하계단을 내려갔다. 나도 갑자기 생각난 듯 계단으로 마구 돌진해 내려갔다.

정신 차려야 한다. 이제부터라도 정신 차리고 살아야 한다. 그때였다. 내 귓가에 천둥치는 듯한 소리가 들려왔다.

「내가 네 흐르는 눈물을 씻으며 네 얼굴에서 수치를 제하리라」

전철 안으로 발걸음을 내미는 순간 그 소리는 굉음과 함께 내 귓전에서 사라지고 말았다. 지하를 빠져나온 전철이 한강 고수부지를 지나고 있었다. 우뚝 솟은 도심의 건물이 내 눈을 찌를 듯이 다가왔다. 전철이 곡선을 지나자 내가 졸업한 대학 건물이 발끝에 머물러 있었다. 용수철처럼 자리에서 일어나 전철 밖으로 뛰쳐나갔다. 통로가 기다란 통로가 보였다. 지하 동굴처럼 기다란 통로가 내 의식 속으로 무언가 자꾸 말하고 있었다.

가끔씩 내 안의 두려움과 맞부딪친다.

형언할 수 없는 두려움, 그것은 무의식에서 반추되는 상한 영혼의 울림이다. 과거는 무의식을 반추한다. 은폐하고 싶은 기억까지. 기억은 생각을 조정하고 현재를 결정한다. 그러다 어느 한순간 내 기억은 더 이상 반추를 금지한다. 나는 아무것도 기억해 낼 수가 없다. 정신이 무엇엔가 단단히 부상을 당한 모양이다. 정신도 견딜 수 있는 함량이 있다.

그 함량에서 벗어났을 때 정신은 궤도를 이탈, 비정상의 레일을 달린다. 삭풍과 외로움이 뼛속 깊이 스며든다. 거리를 지나는 연인들을 바라본다. 찰나의 기쁨을 껴안고 음악 속에 발목을 파묻는 그들, 어깨 위로 추억의 그림이 그려진다. 더 이상 혼자일 수 없다고 손목을 악쥐고 있다. 이별과 미래를 배제한 풋풋한 감정이 가슴을 누른다. 갑자기 왼쪽 가슴이 쩌릿쩌릿하다. 잊고 있던 통증이 시작된 것이다.

가슴에 통증이 시작된 때부터 나는 삶의 전의(戰意)를 상실했다. 무기력과 어둠의 세력에 휩싸이면서 전쟁터로 변해버린 정신은 투지와 무기력이 무한정 승패를 거듭했다. 결국 중압감에 패한 혼미한 정신이 세월을 낭비하고 말았다. 그 지나온 세월이 내 마음에 커다란 구멍을 뚫어 놓았다. 그 구멍을 메워 놓을 그 무엇도 나는 알지 못한다.

내 의식은 타성에 젖어 늘 현재를 고수하고 있다. 매양 똑같은 일상을 반복하며 살아가는 것이다. 마치 또 뽑기 하는 식으로.

살아있는 시늉만 반복하며 똑같은 모양으로 또 뽑기 또 뽑기. 새로운 변화는 꿈도 못 꿀 또 뽑기 인생. 내 의식은 구태에 젖어 무기력과 야합해 끊임없이 중독현상을 일으키고 있다. 무책임으로 인한 부끄러움과 분노의 자의식이다. 그때마다 내 의식 저변에서 항변의 소리가 들린다.

"왜 그러고 사는 건데? 좀 더 인생을 진지하게 살 수는 없는 거니?"

비아냥과 함께 가슴 밑바닥에서 세미한 음성도 들려온다.

「내가 네 흐르는 눈물을 씻으며 네 얼굴에서 수치를 제하리라」

시장 어귀를 지나는데 낯익은 얼굴이 보인다.

조막만한 얼굴에 선한 눈빛.

늘씬한 체격에 곱슬진 머리까지 꼭 그녀를 닮았다. 마치 20년 전 그녀가 살아온 느낌이다. 나는 여자애에게 다가간다. 대학생쯤으로 보이는 여자애는 성숙미가 물씬 풍겨 호감 가는 인상이다.

"혹시 엄마 이름이⋯⋯."

"네?"

나는 잘못 본 것처럼 얼른 말을 거둔다.

"아니에요, 사람을 잘못 본 모양예요."

나는 대형마트가 보이는 한길 쪽을 향해 부지런히 발걸음을 옮긴다. 거리는 폭풍 같은 음악이 사람들의 발걸음을 낚아채고 있다. 그 바람에 북한이 2차 핵실험을 앞두고 있다는 뉴스가 귓전에서 떠밀려가고 있다. 이상고온 현상이 사람들의 의식마저 바꿔 놓은 모양이다. 사는 것을 포기한 걸일까. 사람들은 죽음도 전쟁도 두려워하지 않는다. 개업한 병원에 사람들이 몰려든다. 왜?

사람들은 병원 앞에서 문전성시를 이루고 있다. 어린아이를 들쳐업은 여자부터 노인네까지 계속 한 곳을 주시하고 있다. 자세히 보니 병원 쪽이 아니고 그 옆에 맞붙은 제과점이다. 오늘 개업한 모양이다. 이벤트 회사 도우미들이 추운 날씨에도 허벅지를 드러낸 팬츠 차림으로 힙합 춤을 선보이고 있다. 그녀들의 긴 다리가 공중을 향해 치솟을 때마다 남자들의 눈길이 모아진다. 조각 같은 몸매다. 저 정도 몸매면 슈퍼 모델감이다.

음악이 빠른 템포로 사람들의 의식을 휘어잡는다.

배추를 산더미처럼 쌓아놓은 트럭에서 트롯가요가 울려 퍼진다. 힙합 노래와 힘겨루기를 하며 음률이 엉킨다. 천막을 치고 야채 등속을 파는 여자는 가스난로를 껴안은 채 TV에 몰두하고 있다.

"난 사는 게 너무 두려워요."

남자가 여자의 어깨를 안으며 말한다.

"상처가 깊은 탓이야."

여자가 채널을 돌린다. 오색 풍선이 날아다니고 70년대 풍경이 보인다. 이승연, 임예진, 이덕화의 얼굴이 보인다. 밤송이 갈래머리 소년 소녀가 사랑을 한다. 해맑은 표정으로 눈망울을 붉히며 뭔가를 호소하고 있다. 30년 전, 태풍처럼 유행했던 하이틴 영화다.

진짜 진짜 좋아해.

순진하다 못해 유치찬란한 영화의 한 장면 한 장면이 내 뇌리를 스쳐 지나간다. 기억의 회로를 리바운드 시키며 외친다. 과거는 흐을러어 갔다. 돌이킬 수 없는 시계바늘을 사람들은 과거라 부르며 회상의 영상카드를 꺼내든다. 탄식하며 말한다.

좋은 세월 다 흘려보내고선…….

눈 한번 깜빡이고 났더니 세월이 후딱 지나고 말았구나. 그것도 삼십 년이란 세월. 주워 담을 수 없는 물 같은 세월이 가슴을 가로질러 가고 말았다. 삼십 년이란 세월의 격랑 속에 나는 오뚝이처럼 한자리에 서 있었다. 나는 늘 혼자였다. 한 번도 단 한 번도 나는 여자가 되어보지 못했다. 아니 나 자신이 여자라는 사실조차 모르고 산 것 같다. 나는 자문한다. 과연 그러한가.

시장 입구를 지나자 마을버스 정류장이 나타난다. 봉고버스가 내리막길을 달려 정류장에 도착했다. 한 무리의 승객이 내리고 탄다. 무심코 그 광경을 보는데 누군가 내 어깨를 툭 친다.

"정현이 아니니? 맞지?"

세상에……. 조금 전에 보았던 조막만한 얼굴에 선한 눈빛이 둘이나 내 앞에 서 있다. 그러면 그렇지. 내 눈이 정확하지.

"윤혜영?"

"그래 나 혜영이야, 정말 오랜만이다. 어떻게 친정집에 온 거니?"

그녀는 친정집에 다녀가는 모양이다. 그러니까 나도 그런 줄 알고 지레 짐작해 말하는 것이다. 그녀 곁에 서있는 여자애는 엄마의 젊은 날의 모습을 판박이 해 놓은 듯하다. 키와 몸매 얼굴 형태가 그대로 닮았다. 핏줄은 못 속인다니까.

"한 칠 년쯤 됐나?"

그녀는 내 어깨에 다정히 손을 얹어 놓으며 말한다. 온화한 미소가 만면에 흐른다. 하나도 늙지 않았다. 옆에 서 있는 딸이 동생이라 해도 믿을 판이다.

"아까 봤는데 딸이니? 그렇지 않아도 하도 닮아서 묻고 싶었는데."

딸아이가 말한다.

"아! 그래서 아까 엄마 이름을 물으셨군요."

여자애는 그제야 수긍이 가는 모양이다. 자세히 볼수록 귀염성 있고 미모다.

"얘가 나 젊었을 때랑 똑같지 않니?"

"아주 판박이야, 어느 대학 다니니?"

"응 서울 대학 다녀, 의대. 얘가 내 소원 풀어준 셈이지."

그녀는 너무도 자랑스러운 듯 딸의 얼굴을 쓰다듬기까지 한다.

"몇 학년?"

"응 본과 3학년이야."

"전공은 뭘로 할 건데?"

"성형외과 시키려고 하는데 졸업하고 나면 결혼부터 시키고 유학 보낼 생각이야."

윤혜영은 복을 타고 났다. 어릴 때부터 부유한 집안에 외딸로 자라 남부러울 것 없이 살더니 결혼도 대학 졸업하자마자 했다. 집안에서 서둘러 보낸 것이다. 그녀는 대학 다닐 때도 여러 번 맞선을 보았다. 부모의 연령이 높았기 때문이다. 죽기 전에 외손자 보는 것이 소원이라 했다. 그때 칠십이 가까웠던 그녀의 부모는 구십이 넘은 지금까지도 노익장을 과시하며 살고 있다.

"우리 엄마 아빠가 얘를 너무 좋아하서, 하도 보고 싶다고 성화를 해대길래 잠깐 들른 거야, 그보다도 너도 친정에 일이 생긴 모양이구나."

그녀는 또 지레짐작한다. 자기가 친정에 일이 생겨 들렀으니 나도 그런 줄 안다. 설마 지금까지 결혼 안 했다고는 생각지 못한다.

"응. 그래?"

"그런데 정현이 너 요새도 또 뽑기 하니?"

그녀는 생각 난 듯이 묻고는 한바탕 웃음을 흩날린다. 초등학교 다닐 때 그녀와 나는 학교 앞 노점에서 줄창 또 뽑기에 몰입했었다. 언젠가 나이 사십이 되던 날 길거리에서 우연히 만났을 때 그녀는 그때의 기억을 떠올리며 말했었다.

"정현이 너 아직도 또 뽑기 하니? 넌 아직도 인생을 또뽑기 식으로 생각하니? 아서라 세상에 공짜 우연은 없단다.

핸드폰을 꺼내 시간을 확인하더니 그녀는 생각난 듯이 묻는다.

"남편은 뭐하는 분이시니? 아이들은 다 학교 졸업했고."

마음속에서 짜증이 난다. 나는 손으로 버스를 가리키며 말한다.

"버스가 왔네, 다음에 또 만나자."

"그래 잘 가."

"안녕히 가세요."

나는 버스에 뛰어 올라 모녀에게 손을 흔든다. 그들의 모습이 한 폭의 그림처럼 아름답다. 복도 많지. 복은 노력만 한다고 오는 게 아니라 주어지는 것이다. 위에서 아래로 하늘에서 땅으로 떨어지듯이.

나는 컴퓨터에 앉아 인터넷 검색코너를 누른다. 그의 이름을 입력하고 엔터를 누른다. 없다. 전혀 다른 사람의 신상명세만 떠오른다. 내가 지금 무엇을 하는 짓인가. 감성(感性)과 이성(理性)이 서로 맞붙어 싸움을 벌이고 있다. 이성(理性)이 감성(感性)에게 제발 정신 좀 차리라고 충고하고 있다. 이미 지나간 일이라고 돌이킬 수 없는 과거의 일이라고 포기의 감정을 불어넣고 있다. 그때마다 형언할 수 없는 두려움이 몰려온다.

무의식에서 반추되는 상처로 인한 신음소리이다. 의식 속에 한번 뿌리 내려진 상흔은 갖가지 부정적 양상을 일으킨다. 상처에 대한 방어기능으로 감정을 차단한다. 그 방어 기능에 대처하느라 나는 세월을 13년이나 떠나보냈다. 상흔으로 굳어진 마음을 다시 회복하기란 어려웠다. 끊임없이 무의식과의 전쟁을 치렀다. 직장을 그만두고 나서는 일 년 동안 방안에 틀어박혀 지낸 적도 있다. 음악도 TV도 외면하고 두꺼운 철학서적에 정신을 매달고 살았다.

심리학책을 앞에 두고서 대학원 진학을 심각하게 고려한 적도 있었다. 그러나 나이 사십이 넘어 대학원 진학은 해서 뭘하나 하는 생각에 포기하고 말았다. 그러다 친구의 도움으로 동네에 작은 커피숍을 운영하다가 적자가 발생하는 바람에 집어치우는 사건도 발생했다. 세월은 망각의 바람을 가져오기 시작했다.

망각은 고통의 마취제 역할을 했다. 그동안 친구들은 팔자 좋은 여편네가 되어 세월을 낚으러 다니기에 바빴다. 아이들이 대학을 들어가고 자신들은 쇼핑에다 문화센터다 돌아다니며 여가생활을 즐긴다. 내 앞에는 항상 세월이 멈춰선 느낌이다.

친구 아이들이 초등학교에 들어가고 고등학교 대학에 들어갈 때까지 내 모습은 언제나 그대로다. 내 모습은 세월 앞에 언제나 멈춰 서 있다. 그 느낌이 뇌리에 전해올 때마다 나는 수치심으로 온몸을 떨었다. 수치심으로 나는 온통 내 몸이 발가벗겨지는 듯한 느낌을 받았다. 분노가…… 머리를 태울 듯이 달려들었다. 한참의 소용돌이가 끝나면 가슴 속 깊은 곳에서 세미한 음성이 머릿속으로 들려왔다.

「내가 네 흐르는 눈물을 씻으며 네 얼굴에서 수치를 제하리라」

평안과 재앙은 가슴속에 뒤엉켜 저주와 축복처럼 되살아났다. 남들은 모두 앞서 가는데 나만 혼자 뒤떨어져 세월을 낭비하고 있구나. 책임의식이 가슴속에서 계속 부채질했다.

그동안 그는 유명 인사가 되어 가끔씩 TV에 모습을 드러냈다. 소문에 의하면 정치인들과도 교분이 짙다고 했다. 그의 아내도 유명인사가 되어 시사월간지에 인터뷰 기사가 실렸다. 아이들은 조기 유학하여 미국에 체류 중이라 했다.

그 세월 동안 나는 죽음의 강을 두 번이나 건넜다. 한번은 뇌일혈로 쓰러져 병원에 입원했다 살아났고 3-4년 전에는 암 수술을 받고 죽음 직전에서 살아났다. 삶의 위기를 겪을 때마다 내 심성은 더 강퍅해졌다. 악한 기운이 끝도 없이 내부에서 살아났다. 원망과 시기가 분초를 다투며 내 머리를 점령했다. 어느 날인가부터 뼈가 아프기 시작했다. 이유도 없었다. 통증이 온몸 뼈마디로 전해질 때마다 나는 절대자를 원망했다. 죽음도 병고(病苦)도 겁나지 않았다.

이미 죽음의 한계상황을 두 번이나 겪은 터라 더 이상 두려울 게 없었다. 벌써 두 달째 방안에 틀어박혀 칩거하던 나는 뉴스에서 북한 핵실험이 두 번째 행해질 거란 소식을 듣고 밖으로 나왔다.

갑자기 여러 단어가 떠올랐다.

자포자기, 무기력, 미래포기, 무용지물, 나는 그 단어를 머릿속에서 지우며 극장 안으로 발걸음을 들이민다. 화면이 마음을 덮쳐 오면서 내 혼을 점령한다. 사랑의 룰 게임을 배우는 여자는 30대의 나이답지 않게 섹시미가 흘러넘친다.

"사랑은 감정에 대한 권력 게임이야."

화면의 남자 주인공이 여주인공에게 말하고 있다.

"사람이 진실해야지 마음 가지고 장난치는 것 같아 싫어요."

여자는 솔직한 감정표현을 주장하고 있다. 떠난 애인을 돌아오게 하기 위해 새 애인에게 사랑의 전술법(연애는 파워 게임)을 전수받고 있다. 감정의 양극화 현상에서 여자는 새 애인을 선택하고 운다. 드디어 사랑의 감정 게임에서 승리한 히로인은 남자와 키스를 하며 피날레를 장식한다. 영화가 끝나자 들어올 때와는 달리 출구가 앞쪽에 있다. 좁은 계단으로 내려가 밖으로 나가야 한단다.

들어올 때 다르고 나갈 때 다르고, 요즘은 그런 모양이다. 극장 밖으로 나오자 갑자기 빛이 눈에 쏟아진다. 충무로 거리가 옛날에 비해 단순해진 것 같다. 네거리를 지나자 왼쪽으로 영락교회 건물이 보였다. 그 앞에 있던 제과점과 돌 다방이 사라지고 새로운 상호가 보였다. 좁은 찻길을 건너자 이번에는 백병원이 그대로 한눈에 들어왔다. 바람이 꽤 쌀쌀하다. 등이 시렸다. 나이가 들고부터 추위가 뼛속까지 스미는 것 같다. 몸을 잔뜩 움츠리고 길을 건넌다.

평화방송 앞을 지난다. 또다시 명동거리다. 불빛과 음악이 정신을 산만하게 흩으려 놓는다. 거리는 상인들 천지다. 크고 작은 좌판이 발에 채이고 넘친다. 음식을 파는 포장마차도 발길에 채일 정도로 많다. 나도 모르게 무언가를 열심히 찾는다. 그러다 한눈에 들어오는 것이 있다. 대형 의류점 귀퉁이에 난 달고나 장사다. 나이가 오십쯤 되었을까. 여자는 머플러를 목에 두른 채 동그란 의자 위에 앉아 조그만 가스 불 위에 설탕을 녹이고 있다. 소다를 나무젓가락 끝에 묻히더니 설탕과 혼합한 뒤 다시 휘휘 젓는다.

나는 여자에게 천천히 다가갔다. 그러다 태풍 같은 바람결에 발걸음이 묶이고 말았다. 명동거리에 느닷없이 회오리바람이 몰아친 것이다. 그때였다. 나의 뇌를 스치는 생각이 있었다. 나는 정신없이 차도를 향해 뛰어갔다.

"아저씨 빨리 행당동으로……."

택시 안에서 나는 발을 동동 구른다. 늦으면 안 된다. 담당의는 기다려 주지 않는다. 시간 약속에 칼이다. 신호등이 걸린다. 나는 속이 탄다. 빨리 빨리…… 마음이 급할수록 택시는 더디게 움직이는 것 같다. 자꾸 신호등에 걸린다. 이윽고 택시가 병원에 닿았다. 정신없이 뛰어 약속된 병동으로 향한다. 짜증난 의사의 얼굴이 어른거린다. 웬일인지 발걸음이 나를 듯이 가볍다.

환자 맞아?

이상하게 통증이 멎은 느낌이다. 엘리베이터 앞에 발걸음이 머무는데 누군가 내 어깨를 잡고 있다. 누구? 얼굴을 들여다 본 순간 정신이 멍해진다.

"여긴 웬일이지?"

"……."

약간 여원 듯한 얼굴에 영화배우 같이 잘생긴 중년남자가 나를 바라보고 서있다. 십여 년 전 강남 네거리에서 카메라맨들과 함께 뛰어가던 그다. 여자들의 시선을 한꺼번에 모았던…… 병원 복도를 오가던 여자들의 시선이 그에게 집중되고 있다. 서로 수군거리며 그의 얼굴을 흘끔거린다. "영화배우 아닐까" 간호사 복장의 여자가 옆에 서있는 또다른 간호사에게 귀엣말을 한다.

"암 조직 검사 받으러 왔어요."

"암?"

그의 안색이 삽시간에 변하면서 두려움과 근심, 연민의 빛이 떠오른다.

"거기는요?"

"나?"

"네."

"난 집사람 수술결과 보러 왔다가…… 나도 함께 검진 받았어, 암이래."

"네?"

이건 무슨 시나리오인가. 무슨 허무맹랑한 소설이란 말인가. 순간 영화의 한 장면이 떠올랐다.

"사랑은 감정에 대한 권력 게임이야."

"사람이 진실해야지 마음 가지고 장난치는 것 같아 싫어요."

떠난 애인을 돌아오게 하기 위해 새 애인에게 사랑의 전술법(연애는 파워 게임)을 전수 받고 있는 여자 주인공, 엄정화. 그녀의 섹시한 표정 위에 내 얼굴이 겹치고 있다.

"암? 무슨 암이래요?"

"응 췌장암, 발견 시기가 늦었다나 봐."

표정으로 보아 그가 거짓말을 하는 것 같지는 않다. 세상에 자기 몸을 두고 장난질치는 사람은 없을 것이다.

"그보다 당신은 무슨 암조직 검사 받은 건데?"

당신이라니…… 생소한 호칭에 나는 잠시 멍한 느낌이다. 엘리베이터 앞에 서 있던 사람들의 표정이 이상하다. 흥미롭다는 표정이다. 병원에서 해후한 옛 연인들의 대화를 놓치지 않겠다는 결의가 분명하다.

"밖으로 나가지."

병원 밖으로 나오자 바로 옆 병동 지하에 작은 카페가 있었다. 발걸음이 마치 스펀지 위를 걷는 것처럼 공중에 붕붕 뜨는 느낌이다. 현실

감각 위에다 착각이라는 단어가 생각난다. 자포자기. 무기력, 미래포기. 실종 된 마음이 하나로 모아지고 있었다. 암 조직 검사를 받았다는 말은 거짓말이다. 그건 5년도 더 지난 일이다. 재검을 위해 온 것뿐이다.

"요즘 암은 초기에 발견하면 고칠 확률이 높대. 몸 조심하라구 나처럼 몸 혹사해서 나중에 고생하지 말고."

그걸 니가 왜 걱정하는데? 나는 속으로만 말할 뿐 참는다.

"그 동안 마음고생 심했지?"

뜬금없는 말에 나는 정신이 아연하다.

무슨?

"지난 세월 동안 나 한 번도 마음 편히 지낸 적 없어, 당신 생각만 하면 마음이 괴로워서 벌 받은 모양이야."

나는 다시 정신이 산란해지기 시작한다. 이게 도대체 무슨 소린가.

"애들만 불쌍하지, 나야 뭐."

"시기는 늦은 거래요, 암 수술할 시기가."

"응, 몸이 이상하게 피곤하다 그랬지, 그래도 설마설마 했는데……"

그는 고개를 푹 떨군다. 세상을 다 집어삼킬 듯이 자신만만하던 남자가 저렇게 약해지다니 꼭 다른 사람을 보는 것 같다.

"전 괜찮대요, 의사가 그러는데 암일 가능성은 5%래요."

"다행이군."

나는 거짓말을 주워대며 그의 표정을 살핀다. 그는 느닷없는 몰락에 혼이 빠진 모양이다. 불안한 눈빛으로 사방을 두리번거린다. 인생의 화복(禍福)은 인간의 행위의 결과가 아닌 외부적인 힘에 의해 결정되는 것임을 나는 그를 보면서 깨닫는다. 너희는 내일 일을 자랑하지 마라, 하루 동안에 무슨 일이 날지 알지 못함이라. 성경구절이 떠오른다.

"건강 조심하세요, 전 바빠서. 계산은 제가 할게요."

나는 가방을 들고 자리에서 일어났다. 카운터로 걸어가는데 다리가 사시나무 떨리듯 한다. 지갑을 여는데 눈물방울이 손등 위로 툭 떨어졌다. 슬픔과 분노가 뒤에서 내 어깨를 확 덮쳐왔다. 병동 건물을 나서는 순간이었다. 장송곡이 마음속에서 꽝꽝 울려왔다. 내 눈에서 그렇게 눈물 뽑더니……

며칠 후 나는 명동으로 나갔다. 또 뽑기 장사를 만나고 싶어서였다. 사보이 호텔 쪽으로 걸어가는데 내 귓가에 천둥 같은 음성이 들려왔다.

"내가 네 눈에 흐르는 눈물을 씻을 것이며 네 얼굴에서 수치를 제하리라."

전에 명동 한복판에서 복음을 외치던 여자전도자였다. 나는 그 앞을 지나면서 언젠가 전광판에서 보았던 극 내용을 떠올렸다.

"죽기 전에 보고 싶었어요."

"죽기 전이라니……"

"방금 전, 병원에서 조직검사 받고 나왔어요, 암일 가능성이……"

"너무 걱정하지 마, 요즘 암은 완치율이 높대."

"전 괜찮아요, 죽어도 죽어도……"

그에게 했던 거짓말과 그가 암환자라는 사실이 동시에 떠올랐다. 눈물이 흘러내리고 있었다. 길거리에 달고나 장사가 보였다.

"이거 하나에 얼마예요?"

"오백 원요"

"뽑기 해서 맞추면 또 해주나요?"

"그럼요."

나는 오백 원을 여자의 손에 올려준다. 받아 쥐고 돌아서는데 여자의 외침이 또 들려왔다.

"내가 네 눈에 흐르는 눈물을 씻을 것이며 네 얼굴에서 수치를 제하리라."

눈물과 함께 수치가 사라지고 있었다. 절대자와 사물(事物)에 대한 극한 불신과 분노노 함께 사라지고 있었다. 죽음의 카운트다운이 시작되는지 왼쪽 가슴에서 쩍! 하고 뼈 갈라지는 소리가 들려왔다. 나는 달려오는 버스를 향해 정신없이 뛰어갔다.

버스가 신호등 네거리 앞에 멈춰 서는데 창 밖에서 누군가 내게 손을 흔들고 있었다. 윤혜영이 딸과 함께 서서 내게 손짓을 하고 있었다. 그녀의 손에 달고나 뽑기 과자가 보였다. 그것을 양손에 쥐고서 내게 흔들어 보이고 있었다. 버스가 출발하자 그들의 모습이 뒤로 밀려나면서 두려움과 무기력이 내 속에서 빠져나가는 게 보였다. 순간 자유가 밀물처럼 내 마음에 몰려왔다.

(2009년 조선문학)

삶이란?

나이 삼십이 넘으면서 나는 미래가 두려웠다.

그 두려움 안에는 죽음과 낯선 감정이 숨어 있었다. 생각해 보면 스무 살, 아니 어린 시절부터 나는 미래가 두려웠는지 모른다. 미래는 항상 현실이 되어 나타나고 수많은 갈래 길이 되어 또 다른 미래로 인도했다. 나는 지금 전혀 낯선 길 앞에 서 있다. 사각형의 푸른 공간 안에 기차 길이 보인다.

안개 속에 푸른 소나무가 기차와 마주선다. 사람이 도무지 나타날 것 같지 않은 간이역이다. 낯선 객지 풍경이 펼쳐진다. 낯선 거리, 오래된 공장 단지 너머로 새로운 도로가 뚫려져 있다. 검은 산야가 이정표 뒤로 보인다. 이정표 맞은편으로 새로 단장한 재래시장이 무거운 하늘을 이고서 행인들을 내려다보고 있다.

사람들의 무수한 발길이 그곳을 지난다. 삶이라는 벅찬 감동이 행인과 상인들 사이에 흐른다. 도로 양옆으로 상가가 보인다. 음식점과 부동산 소개소, 세일을 알리는 의류상가가 일렬종대로 늘어서 있다.

그 앞으로 짐을 잔뜩 실은 트럭이 지나간다. 김장용 배추와 무를 잔뜩 싣고서. 힘겹게 페달을 밟는 운전자의 모습이 차창 밖으로 스친다. 슬레이트 지붕 아래로 낙숫물이 흐른다. 이 거리는 행인들의 발걸음이 뜸하다. 모두 집안으로 숨어들었는지 사람들 그림자조차 뜸하다. 어디서 나타났는지 고양이 한 마리가 낯선 이방인을 향해 날카로운 울음을 갈긴다.

이 도시에도 곧 겨울이 닥칠 모양이다. 찬바람이 도심 한가운데를 가르고 있다. 여기서 조금만 벗어나면 새로운 객지가 이방인들을 맞을 것이다. 낯설고 이질적인 분위기에 잠시 머물다 가라고 마음을 낚아챌 것이다. 사방이 온통 낯선 풍광이다. 신선한 충격이 가슴 한가득 피어오른다. 쾌감이다. 안도의 한숨이 내부 깊숙한 곳에서 웃음이 된다. 가을걷이가 끝난 들녘에 해가 지고 있다. 이제 곧 밤이 찾아올 것이다.

낯선 감정이 나를 향해 혼자 웃는다.

낯설다는 건 자유다. 상상의 세계다. 전혀 가보지 않은 길을 혼자 가는 것이다. 언젠가 양희와 함께 양평 강가를 걸은 적이 있었다. 눈 오는 겨울밤이었다. 창가로 가 앉았는데 밖에 눈이 내리고 있었다. 커피숍 한가운데 70년대식 곤로가 새빨갛게 불꽃이 타오르고 있었다. 벽 중앙에 찻값이 아라비아 숫자로 표시돼 있었다.

커피 1500원 홍차 1200원 쌍화차 3000원 코코아 1000원

양희와 웃으며 이야기하다 창밖을 보는데 눈 내리는 신작로를 자동차들이 힘겹게 달려가는 모습이 보였다. 눈송이는 더 굵어져 주먹만 했다. 길이 미끄러워 집에 갈 일이 큰일이었다. 조금 더 있다간 도로가 눈으로 완전히 뒤덮일 판이었다. 강가 쪽에서 회오리바람이 몰아치는지 휘잉! 하고 창문이 덜컥거렸다.

"이대로 어디론가 숨어 버리고 싶다 그치?"

양희는 10대 소녀처럼 들뜬 목소리로 말했다.

"배고프지 않니? 우리 뭐 좀 먹을까?"

"좀 전에 먹었잖아."

"그건 간식이고, 중국집에 가 자장면 먹을까."

"저기 길 건너편에 있는 집 말이지?"

"응."

밖으로 나오니 바닥에 쌓인 눈이 보료를 깔아 놓은 듯 발바닥 감촉이 폭신했다. 솜뭉치를 밟듯 발걸음이 가벼웠다.

"정말 멋진 겨울이다. 저 쏟아지는 눈 좀 봐, 마치 하늘에다 백설기를 뿌려 놓은 것 같지 않니?"

양희는 쏟아지는 눈을 손으로 받더니 입김으로 훅 날려 보냈다. 찻길을 건너 버스정류장 뒤로 난 슈퍼 건물로 들어섰다. 2층에 중국 음식점이 있었다. 계단을 올라서 안으로 들어서니 난로 위 커다란 주전자에서 물이 펄펄 끓고 있었다. 난로 가까운 곳에 자리를 잡고 앉았다. 창밖으로 여전히 눈이 엄청난 기세로 내리 쏟고 있었다.

온 세상이 새하얗게 변하고 있었다. 엄청난 눈발이었다. 정차돼 있는 버스 지붕 위로도 눈이 두껍게 쌓여 갔다. 종업원이 다가와 물었다.

"뭘로 해드릴까요?"

양희가 메뉴판을 보더니 말했다.

"나는 자장면이 젤로 좋더라."

"나는 우동, 이런 겨울날은 뜨끈한 국물 맛이 최고야."

"그렇다면 나도 우동 주세요."

양희는 신발로 바닥을 몇 번 탁탁 치고 나더니 걱정스런 표정으로 말했다.

"아무래도 집에 가는 게 겁난다. 저 눈 좀 봐, 벌써 길이 꽁꽁 얼었을 것 같다."

"여기나 그렇지 서울은 벌써 염화칼슘 뿌리고 청소차가 치워서 괜찮을 거야."

"그래도 걱정된다."

카운터 위의 TV에서 쇼프로가 한창 진행 중이었다. 미국에서 활동 중인 박진영이 짧은 멘트를 하자 폭소가 터졌다. 잠시 후 현란한 율동이 화면을 가득 채웠다. 선정적인 몸짓과 가사는 불륜을 그럴 듯한 명분으로 미화하고 있었다. 남의 행복을 질투하는 노골적인 가사와 섹시한 몸짓. 청중은 광란의 분위기에 휩싸였다.

양희의 누 어깨가 화면의 율동에 따라 움직였다. 박진영의 고혹스런 표정이 화면을 뜨거운 용광로처럼 달구고 있었다.

"정말 최고의 가수야. 미국에서도 단연 인기 최고라지 아마, 하버드 대학에서도 초청 받았대."

양희는 자기가 신세대라도 된 듯 신나는 목소리로 말했다. 드디어 우동이 나왔다. 하얀 김이 모락모락 피어올랐다. 하얀 면발 위로 각종 야채와 해물이 섞여 있었다. 양배추와 계란을 젓가락으로 집어 올렸다. 나는 면발보다 이런 고물 같은 음식을 더 좋아한다. 새우와 홍합을 면과 함께 감아 올려 먹었다. 쫄깃하니 혀끝에서 느껴지는 감촉이 좋았다. 다시 젓가락을 놀려 긴 면발을 휘휘 감아 입에 넣었다.

다음엔 아예 그릇째 입에 대고 국물을 마셨다. 시원한 해물맛이 일품이었다. 야채와 국수 국물까지 남김없이 먹어치운 다음 자리에서 일어났다. 밖으로 나오니 눈발이 약간 그쳐 있었다. 사방이 온통 눈천지였다. 움직이는 사람 빼고 온통 눈이 새하얗게 세상을 덮고 말았다. 그날 양희와 나는 세 시간 남짓 걸려 서울에 도착했다.

청량리에 도착하니 그제야 길과 사람이 보였다. 밤 11시가 넘어 있었다. 사람들은 총총걸음으로 지하철과 버스정류장을 향해 나아갔다.

눈발이 또다시 흩날리기 시작했다.

삶이란 무엇인가? 한동안 이 질문에 시달린 적이 있다. 목적의식과도 일맥상통하는 질문 앞에 나는 정체성을 잃고 우왕좌왕하는 나 자신을 보았다. 미래로 가는 길을 찾아야 했다. 목적과 방향이 동일한 그 길은 미래를 향한 버팀목이었다. 어떤 난관도 고통도 참아낼 수 있는 꿈과 비전이어야 한다. 그것은 또한 막중한 책임감을 요하는 중대 사안이어야 한다.

그렇다면? 나는 가치관이란 단어에 집중했다. 그러자 말할 수 없이 혼란한 감정에 휩싸였다. 난 그 혼란한 감정 속에서 막 벗어난 상태였다. 그런데 또다시 혼란이 내 의식을 뚫고 출몰한 것이었다. 이전에 사람들은 나를 볼 때마다 말했었다.

"저 김경주는 약간 나사가 풀린 것 같다. 센스도 없고 눈치도 형광등인데다 굼벵이처럼 느려 터졌다."

"김경주 쟤는 얼이 빠졌어. 하루 종일 뭘 생각하는지 늘 멍하니 있다니까. 주의력이 산만해서 무슨 말을 해도 잘 알아듣지를 못해."

그런가 하면 또 다른 지인(知人)은 말했다.

"사람이 야무지지 못하면 끈기나 있던가."

"도대체 저래 가지고 사람 구실이나 제대로 할라나 몰라."

동네북이었다. 어른이나 아이나 할 것 없이 가지고 노는 동네북. 동네북은 어딜 가나 북이 되어 얻어맞았다. 어린 초등학교 시절이었다. 학교를 파하고 집으로 돌아왔는데 이상하게 조용했다.

대문간이 열려져 있었고 집에서 키우던 바둑이가 보이지 않았다. 안방에 들어서니 어머니가 보이지 않았다. 활짝 열린 장롱 문 사이로 흩어진 옷가지가 보였다. 뿐만 아니라 바닥에 오물이 흥건했다. 토한

이물질과 지린내가 진동을 했다. 완전 쓰레기 하치장 같았다.

아이! 더러워.

나는 코를 움켜쥐고 다시 밖으로 나왔다. 뭔가 불길한 일이 벌어진 것만은 틀림없었다. 그러나 아둔한 나는 그것을 짐작할만한 최소한의 추리력도 없었다. 다만 공포가 가슴속 한 가운데를 점령해버렸기 때문에 잠시 동안 숨을 쉴 수가 없었다. 나는 다급한 마음에 이웃에 사는 양희네 집으로 갔다.

"양희야 놀자"

내 목소리를 듣고 양희 어머니가 나왔다.

"얘, 경주야 너 빨리 엄마한테 가봐라 큰일 났다."

"네, 큰일이라뇨?"

"엄마가 앰뷸런스에 실려 가셨어."

"네에?"

나는 잠시 정신이 멍했다. 그렇다면? 엄마의 병은 화병에 따른 스트레스성 정신질환이었다. 분노를 참지 못해 생긴 심장질환에다 정신분열이 추가된 것이었다. 아버지의 일탈이 빚어낸 참사(參事)였다. 아버지는 잠시도 한군데 머물지 못하는 이상한 기질이 있었다. 과대망상증에다 책임감이라곤 눈을 씻고 찾아보래야 볼 수 없는 기인(奇人)이었다. 어머니는 그에 따른 당연한 희생양이었다.

원래부터 어머니와 아버진 맺어지래야 맺어질 수 없는 사이였다. 처음부터 끝까지 모든 게 불균형이었다. 우선 두 사람은 외모부터가 달라도 너무 달랐다. 아버지는 체격이 흡사 레슬링 선수 같았다. 좀 더 자세히 표현하자면 킹콩 스타일이었다. 얼굴도 우락부락한 게 꼭 산적 같았다. 주먹 하나가 어린 아이 머리통만 했다. 허리둘레는 드럼

통만 했고 신발은 농구화 아니면 신지를 못했다. 옷도 따로 맞춰 입을 만큼 맞는 옷이 없었다.

게다가 멋을 어찌나 부리는지 늘 머리칼을 산발을 하고 다녔다. 직업이 무엇이었는지 확실히 기억나지 않는다. 하지만 늘 바빴던 것만은 사실이다. 집에 붙어 있는 날이 거의 없었으니까. 어쩌다 집에 들어오면 늘 술을 입에 달고 살았다. 간혹 부부싸움이 일어나곤 했는데 얼마 안 가 아버지의 판정승으로 끝났다. 아버지의 우락부락한 힘이 어머니의 허리춤을 잡고 안 놓아주었기 때문이다.

허리가 한줌도 안 되는 엄마는 늘 자리에 누워 앓았다. 성격이 불같기는 엄마나 아버지나 똑같았다. 엄마는 가느다란 몸매에 얼굴 선이 각지고 눈빛이 매서웠다. 그다지 밉상은 아니었지만 그렇다고 미인형도 아니었다. 고향에 있는 고등학교에 다니다 어느 날 불한당에게 납치되다시피 해 결혼했는데 그게 바로 아버지였다. 어머니의 아버지 그러니까 내 외할아버지는 그 지방 유지였다고 한다. 소유하고 있는 임야만 해도 엄청났다. 조상 대대로 내려온 유업이기도 했다.

그런데 그 많고 많은 재산을 사위에게 거지 반 빼앗기고 만 것이다. 그것도 다름 아닌 도박 빚으로. 원래 도박이 아버지의 직업은 아니었던 듯하다. 하던 사업이 기울자 술 중독에 빠져들면서 도박증세까지 함께 나타났던 것이다. 도박 빚으로 친정집이 기울자 어머니의 히스테리 증세는 도를 넘었고 심장발작 증세도 자주 나타났다. 급기야 어머니는 아버지에게 손톱을 휘둘렀고 그에 맞서 아버지는 똑같이 폭력으로 맞섰다.

처음에는 치고받고 싸우는 양상이더니 어느덧 아버지의 일방적인 공격과 승리로 끝났다. 분을 삭이지 못한 어머니는 아버지의 등 뒤에 악담을 퍼부었다.

"아이! 이 불한당 같은 놈아, 당장 내 돈 내놔라."

그러면 아버지는 생뚱맞은 표정으로 물었다.

"돈이라니?"

"우리 친정집 돈 네 놈이 도박 빚으로 날린 것 내가 모를 줄 아냐, 당장 내놓고 아주 꺼져버려라."

"이년이……!"

급기야 년자가 나왔다. 다음 순간 육두문자가 난무하더니 난장판이 벌어졌다.

"아들 하나도 낳지 못하는 년이."

아버지는 어머니의 머리채를 휘어잡더니 드디어 멀찌감치 보고 있던 내게도 다가와 두 발로 차서 쓰러뜨렸다. 그러자 어머니가 몸을 날려 다가와 아버지의 팔뚝을 물어뜯었다.

"어떤 미친년이 너 같은 시러베놈에게 자식을 낳아주고 살겠냐, 나야 어린 날 너 같은 놈에게 몸 버려 할 수 없이 살았지."

"너 말 잘했다, 그렇담 나도 아들 낳아줄 여자 찾아 살 테니 너도 너랑 똑같은 놈 만나 살면 될 것 아니냐?"

드디어 막말이 나오더니 아버지는 쏜살같이 대문간을 행해 나가버렸다. 그러기를 수십 차례 했을까. 분을 삭이지 못한 어머니가 대문간을 나서다 쓰러지고 만 것이다. 나는 양희 엄마와 함께 동네 병원으로 달려갔다. 그러나 엄마는 다른 병원으로 옮겨가고 없었다. 응급처치를 받은 뒤 정밀검사를 받기 위해 대학병원으로 간 것이다.

"내 그 놈이 죽어 넘어지는 걸 보기 전까지는 죽어도 눈 못 감는다."

어머니는 병상에서도 분을 삭이지 못해 애태웠다. 체구는 조그마해도 성질은 누구 못지않게 드세고 사나웠다. 그 화풀이를 다해야 직성이 풀릴 텐데 못하니까 참다못해 심장병에다 정신 분열 증세까지 오고만 것이다. 의사를 면담하고 나온 이모가 말했다.

"정신분열 초기 증세란다. 도대체……"

이모는 숨을 고르고 나서 말했다.

"당분간 안정을 취하고 약물치료하면 된다니까, 경주 너도 엄마 속 썪이지 말고 얌전히 지내도록 해."

돌아서는데 이혼이니 위자료니 소송이니 하는 소리가 들려왔다. 내 이름도 거론됐던 것 같다. 집이니 양도세니 하는 단어도 오갔던 것 같다. 그 소리가 어린 내 귀에는 엄청난 충격적인 소리로 들렸다. 그들은 어린 나 따위는 안중에도 없었다. 나는 집으로 돌아가 집 나간 바둑이처럼 아무렇게나 방구석에 처박혔다. 배에서 꼬르륵 소리가 났다.

어느 날 혼미한 정신 속으로 악마가 틈입했다. 악마는 내 귓가에 대고 말했다. 넌 비천한 인간이다. 넌 낮아져야 한다. 지금보다 더 낮아져라. 끊임없이 추락해 바닥끝까지 떨어져라. 그런가 하면 어느 날인가는 양쪽 귓가에서 각각 다른 소리가 들려왔다.

김경주, 너의 정체성을 밝혀라. 너의 존재 가치는 무엇이냐.

넌 왜 산다고 생각하냐? 힘든 인생 살지 말고 일찌감치 끝내버려라.

악마는 항상 삶과 죽음을 놓고 내게 거래를 걸어왔다. 그때마다 삶의 선택사항에 대해 묻는가 하면 갑자기 삶의 동기에 대해 물었고 죽음의 다양한 방법에 대해 가르쳐 주기도 했다. 나는 하루 종일 삶의 가치를 놓고 고민에 빠졌다.

삶이란 무엇인가.

나는 나 자신에게 수없이 묻는다. 고심 끝에 나는 대답한다. 삶이란 고난을 견디면서 생존하는 것이다. 그리고 그 생존을 위해 반드시 경쟁구도를 거쳐 성과를 창출해내는 것이다. 힘들고 고달픈 인생이었지만 나는 한 번도 나의 삶을 방관하지 않았다. 짓밟히면 짓밟힐수록 야생초처럼 일어났다. 환경은 어릴 때부터 내게 독립의지를 키워 주었고 한편으론 자포자기의 그늘도 넓혀갔다.

세상에 자포자기만큼 슬픈 것도 없었다.

그러나 그 자포자기도 내겐 사치였다. 집에서 새는 바가지 들에서도 샌다고 어딜 가나 악담과 지청구가 날아들었다. 분노가 새록새록 가슴에 쌓여갔다. 어린 시절 사랑 받지 못한 영혼은 가슴에 분노를 쌓고 산다. 대부분의 조직폭력배가 어린 시절 사랑을 경험하지 못하고 무관심에 방치된 자들이다. 그들은 인간 본성의 악에다 상처와 분노까지 추가해 마침내 악의 길로 들어선 경우다.

그들에겐 사랑 대신 쾌락이 그 자리를 차지하고 있다. 무엇이 사랑이고 인정(人情)인지 그들은 알지 못한다. 선과 악에 대한 개념도 없다. 양심도 예의도 질서도 없다. 슬픔과 기쁨의 경계선도 없고 고통의 의미도 없다. 최소한의 위선도 없고 위악만 증가될 뿐이다. 사랑 없는 가슴은 평강도 없고 분노만 숨을 쉰다.

어쨌든 죽을 수는 없는 노릇이었기에 나는 생존을 택할 수밖에 없었다. 그때마다 나는 한 이치를 깨달았는데 삶에는 엄격한 현실논리가 적용되고 있다는 사실이었다. 경쟁에 의한 선택과 퇴출이 약자와 강자를 만들어 내고 있었다. 그것은 또한 성공과 실패라는 동기부여도 하고 있었다.

불행히도 나는 일찌감치 경쟁구도에서 밀려나 있었다.

흔한 손재주도 없었고 하다못해 컴퓨터도 제대로 다룰 줄 몰랐다.

그렇다고 몸이 튼튼한 것도 아니어서 막일도 할 줄 몰랐다. 기억력이 좋다거나 행동이 민첩한 것도 아니었다. 더구나 사람 대하는 건 죽기보다 더 싫어해 장사 체질도 아니었다. 게다가 집중력까지 떨어져 자주 실수연발을 일으켰다.

게다가 계산력 떨어지지 말주변 없지 눈치코치 없기는 이등이라면 서러울 지경이었다. 결국 생각해 낸 것이 단순노동이었다. 힘들지 않고 신경 많이 쓰지 않고 앉아서 돈 버는 건 단순노동이었다. 나는 벼룩시장과 가로수 등 열심히 정보지 신문을 뒤졌다. 고학력에다 능력 있는 사람들은 여러 가지 조건을 따져서 취직을 하겠지만 나는 따지고 말고 할 계제가 못 되었다.

그런데 아무리 시시하고 낮은 직종이라도 꼭 이력서를 요구했다. 당연한 것이겠지만, 나는 손가락을 덜덜 떨면서 이력서를 써 내려갔다. 맨 아래 칸에 내려갔는데 더 이상 쓸 말이 없었다. 그 흔한 자격증 하나가 없었다. 경력사항도 마찬가지였다. 일전에 직장이란 델 다닌 적이 있긴 했다. 하지만 길어야 두세 달 정도였다. 남들에 비하면 한 달 용돈 수준에도 못 미치는 곳이었는데 너무 많은 요구를 해 스스로 그만두고 나온 거였다.

같이 근무하던 직원이 나갔는데 나보고 대신하라는 것이었다. 아니 어떡케 한 사람이 두 사람 몫을 하라는 것인가. 기가 막혀 멍하니 바라보았더니 자신 없으면 그만 두고 나가라는 것이었다. 그래도 나는 끝까지 버텨 보려고 했다. 그 직장은 내가 천신만고 끝에 들어간 직장이었기 때문이다.

비록 말단 단순 노동직이었지만 나에게는 목숨 같은 곳이었다. 이미 나간 직원은 오래 전부터 퇴사를 결심하고 있었다. 내게도 누누이 이야기하는 것을 무심코 흘려들은 게 잘못이었다. 나는 원래가 눈치가 빵점이어서 누군가 언질을 주거나 귀띔을 주어도 알아듣지를 못하고 나중에 가서야 그 사실을 알아채고는 뒷발질을 했다.

직원들이 우스갯소리로 하는 말도 잘못 알아듣고 엉뚱한 소릴 했다. 나이가 점점 많아지자 이번에는 호칭이 문제였다. 나보다 훨씬 어린 여직원들이 들어오면서 내 위치가 모호해진 것이다. 처음부터 그랬지만 나는 점점 설자리를 잃어 갔다. 그래도 다행인 건 단순직이긴 해도 곧바로 취직이 된다는 사실이었다.

들어가 봐야 두세 달이지만. 나는 그런 식으로 여러 번 직장을 전전했다. 채 일 년을 넘겨본 적이 없기 때문에 퇴직금이란 걸 받아 본 일도 없다. 송별회란 것도 한 일이 없다. 내 존재는 있으나마나한 것이었기에 누구 하나 나서서 내 퇴장을 아쉬워하는 사람도 없었다.

그때마다 나는 미래가 두려웠다.

나의 무능력과 자포자기하는 심정이 더욱 두려움을 부채질했다. 두려움을 해결하는 방법으로 딱 한번 보험에 가입한 적이 있었다. 암 보험이었다. 나중에 세월이 흐르고 나서 나는 장례식을 위한 보험도 들어놓았다. 미래에 대한 두려움에 대한 가장 확실한 대비책이라 생각되었기 때문이다. 어느 날 나는 나의 무능력의 한계 속에 서 새로운 사실을 발견했다.

그것은 삶을 향해서 무섭게 몸부림치는 내 자신이었다. 내 안에 두려움과 죽음의 유혹이 거셀수록 자꾸만 현실에 집착하는 것이었다. 눈코 뜰 새 없이 환란이 연이어 터지면서 나는 정신없이 현실에 묶였다. 그런데 이상한 건 위기감이 닥칠수록 산만했던 정신이 한데로 모아지면서 집중력이 강해지는 것이었다. 그렇게 태풍같이 환난이 지나고 나면 나는 어느덧 성장해 있었다.

마음이 나락에서 뒹굴다 정상궤도를 찾다보면 한 가지씩 지혜를 추가하고 있었다. 그렇다고 마음이 편하거나 좋은 것도 아니었다. 환란은 태풍처럼 지나갔지만 엄청난 후유증을 남겼다. 조그만 조짐만 보여도 금새 강박 증세에 시달리는 것이었다. 그것은 피해의식과 더불어 노이로제 증상을 일으켰다.

엄마가 병원에 입원한 다음날, 나는 양희네 집에 가서 밥을 먹었다. 그리고 상실감과 두려움에 몹시 울었다. 이튿날도 또 그 이튿날도 어머니는 돌아오지 않았다. 정신병동에 갇힌 것일까. 외가가 있는 지방에 간 걸까. 나는 꼬박 이틀을 굶고 다시 양희네로 갔다.

"우리 엄마 아빠 어떻게 된 거예요?"

그 말에 양희 엄마는 대답도 않고 말했다.

"밥은 먹었니?"

대답 대신 나는 도리질을 했다.

"저런 배고프겠구나, 어서 이리 올라와서 밥 먹어라."

나는 정신없이 밥을 퍼먹었다. 다 먹고 나자 눈에 눈물이 고였다.

"경주야 원래 산다는 건 말이다. 슬픈 거란다. 우리 인생이란 게 빈손으로 왔다가 빈손으로 가는…… 그러니까 말이지 인생은 아무도 도와줄 수 없는 오직 믿을 이는 하나님 한 분뿐이란다."

나는 영문도 모르고 고개만 끄덕끄덕했다.

"너희는 도울 힘이 없는 인생을 의지하지 마라, 그는 수에 칠 가치니 오직 전능자만 의지할지니라. 경주야 많이 놀랐지? 사람은 아무도 도와주지 않는단다. 살면서 아무리 힘든 일이 생겨도 절대 사람 믿지 말고 하나님만 바라봐, 알았지?"

"네."

"불쌍한 것, 내 너를 위해 기도하마."

양희 엄마는 나를 쳐다보다 말고 눈물방울을 흘렸다.

그 후 십 년 세월이 지났다. 그동안 나는 격랑의 세월을 살았다. 엄마가 있는 외가에 가 칠 년을 살다 서울에 있는 이모집에서 삼 년을 살았다. 이모는 엄마와 달리 사납지는 않았지만 인색하고 냉정한 편이었다. 노골적으로 자기 자식들과 편애하면서 일찌감치 내게 자립심을 키워주었다. 처음에는 몹시 섭섭했지만 나중에는 오히려 고맙게 느껴졌다.

세상에 의지할 데는 아무도 없다는 그 평범한 진리가 뼛속 깊이 와 닿게 했으니까, 그러나 내가 딱히 할 일은 없었다. 남들처럼 학력이나 공부에 대한 원한도 없었다. 일찌감치 대인기피증이 몸에 밴지라 친구도 많지 않았다. 몸으로 할 수 있는 돈 버는 일이라면 모든 일을 다했다. 체면이나 자존심 따위도 가리지 않았다. 그런데도 나는 백수였다.

몸은 일 더미에 치여 기진맥진한 상태인데 정신은 늘 춥고 배고픈 백수였다. 몸이 아무리 피곤하고 아파도 나는 아무에게도 말하지 않았다. 결과는 늘 한가지였다. 멸시와 싸늘한 외면이었다. 노동으로 길들여진 몸은 인상마저 험하게 변해갔고 정신은 더욱 더 황폐해져 갔다. 완벽한 고립무원이었다. 나는 늘 혼자였다. 내 곁에는 아무도 없었다.

언젠가부터 나는 사람이 두려워지기 시작했다. 사람들이 내뱉는 말소리가 두려웠고 사람 발그림자가 무서웠다. 그 두려움 속에 악마가 틈입하기 시작했다. 악마는 주로 내 약점과 단점만을 공격했다. 두려움이 뇌리를 덮치는 순간, 나는 천애고아가 된 듯 끝없는 나락으로 처박혔다. 모든 의지를 상실한 채로.

뇌의 기능이 엉클어지기 시작했다. 생각과 감정이 제 기능을 상실하면서 내 영혼은 더욱 깊은 수렁에 갇혔다. 그건 외로움이었다. 세상에 내 편이 되어 주는 사람은 아무도 없었다. 사람들을 만나고 돌아서면 내 등 뒤에 와 닿는 수많은 화살은 내 살을 뚫고 정신마저 뚫어버렸다. 언젠가부터 내 생각 끝에 따라붙는 단어가 있었다.

죽으면 그만인데 뭘.

그 한 문장으로 나는 모든 절망과 두려움을 무마시키려 들었다. 죽음이 방패막이 된 것이다. 아! 내 의식 속엔 온통 세상에 대한 두려움뿐이었다. 아! 누가 말했던가. 세상은 살만한 것이라고. 웃기는 말이었다. 어떤 팔자 좋은 인간이 그런 허튼 소릴 했단 말인가. 언젠가 한 직장에서 함께 근무했던 김여진은 말했었다.

"여자의 행복이란 말이지, 사랑 받는 데 있다 그 말이지, 그러니까 남자는 사랑하는 존재이고 여자는 사랑 받는 존재라 그 말이지."

나는 도통 그 말뜻을 이해하지 못했다. 온통 두려움으로 가득 찬 세상에서 누가 누굴 사랑해준단 말인가. 사람들은 모두 사랑 받기 위해 광분하고 있었다. 사랑에는 마약과도 같은 성분이 있어서 감정을 흥분시키고 쾌락의 절정에 이르게 하는 묘미가 있는 모양이었다. 그리고 황홀하고도 가슴 벅찬 감동이 있어 자꾸만 그것을 재연시키고 싶은 모양이었다.

나로선 그것이 도무지 이해되지 않았지만 경험하고 싶은 묘한 충동이 일곤 했다. 내 눈에 보기에 김여진은 사랑받지 못해 환장한 여자 같았다. 그녀는 사랑받지 않고는 잠시도 못 견디는 체질인 모양이었다. 늘 섹시한 옷차림으로 나타나 아무에게나 친절과 애교를 떨었다. 나에게 최초로 친절을 베풀어준 사람도 그녀였다.

「여자라서 너무 행복해요.」

언젠가 CF광고 문구를 보았을 때 나는 잠시 정신이 멍했었다. 그리고 곧바로 김여진을 떠올렸다. 김여진은 곧잘 그런 말을 잘 사용했었다. 여자와 행복을 사랑이라는 단어와 연결시키며 내게 늘 자랑했었다. 자기는 사랑받는 존재라고. 자기는 어딜 가나 모든 남자들의 사랑과 관심을 한 몸에 받는다고, 더 나아가 남자들이 자기를 두려워한다고 했다.

이유는 한가지였다. 김여진의 마음속에서 자신의 존재가 사라질까 봐 겁나기 때문이라는 것이었다. 아무튼 그녀는 사랑에 대한 무궁무진한 자신감이 있었다. 그러나 한편으론 두려움도 있었다. 그 많은 사람들의 관심에서 멀어질까 봐서였다. 그녀는 매일 화장에 공을 들였고 몸매 가꾸는 데도 피나는 노력을 했다. 결과 그녀의 몸매는 섹시미 그 자체였다.

허리와 둔부 곡선이 그야말로 환상적이었다. 이효리가 왔다가 울고 갈 정도로 몸매가 좋았다. 같은 여자가 보아도 저 정도인데 남자들은 오죽하겠는가. 남자들이란 게 원래 여자를 볼 때 정욕과 사랑조차 구분 못하는 존재라 하지 않던가. 그런데 나에겐 그 김여진이 주장하는 사랑의 개념이 도저히 이해되지 않는 것이었다. 아무리 생각을 뒤집어보고 골백번을 고민해 보아도 마찬가지였다.

세상에 태어나 여자로서의 행복은커녕 사랑이니 정이니 하는 단어조차 이해되지 않던 나였다. 그런 단어는 나와 전혀 별개의 것이었다. 나에겐 생존 그 자체가 짐이고 고역이었다. 앞이 깜깜해 보일 때마다 죽음을 떠올렸다.

그러나 마음 한 구석에서 억울하다는 생각이 자꾸만 내 목울대를 채우는 것이었다. 나는 김여진과 나를 비교해 보면서 엄청난 갈등에 휩싸였다. 조물주가 인생을 창조한 의도가 궁금했다. 도대체 조물주는 인간의 육체와 마음을 창조할 때 어떤 기준으로 했을까. 그리고 어떤 기준으로 인생행로를 정하고 운명을 좌지우지했을까.

물론 거기에는 사람의 의지가 어느 정도 역할을 했을 것이다. 그러나 인간의 노력과 의지로 안 되는 것들이 많이 있다. 그것을 사람들은 팔자와 운명이라 한다. 일례로 작은 부자는 노력으로 되고 큰 부자는 하늘이 내린다고. 권력도 마찬가지다. 사람의 능력에는 한계가 있는 것이다. 인생의 배후에서 역사하는 막강한 힘이 있어야 한다. 혹자는 그것을 전능자라고도 한다.

어느 날 나는 그 전능자가 궁금해지기 시작했다. 인간의 운명결정권자인 전능자를 바라보면서 엉뚱한 상상을 하기 시작했다. 홍해 바다를 가르고 반석에서 샘물 나게 한 전능자의 능력이 내 삶속에도 임한다면 나는 과연 어떤 모습으로 변해 있을까. 상상의 날개를 타고 나는 끊임없이 현실과 꿈 사이를 오갔다.

그런데 어느 날인가부터 얼토당토않게 사랑의 기운마저 그리워지기 시작한 것이다. 김여진처럼 사랑이라는 화려한 감정에 몰입해 환락에 빠져보고 싶은 것이다. 그 감정의 극치에 몸과 마음을 담고 새로운 세계를 경험해 보고 싶다는 욕구가 문득 문득 차올랐다.

삼십 고개를 막 넘긴 어느 날 퇴근길이었다. 아스팔트 위에 눈이 내리고 있었다. 굵은 눈송이였다. 하늘에서 펄럭이는 깃발같이 눈송이가 아스팔트와 대지를 덮어가고 있었다. 갑자기 센티한 기분이 들었다. 이런 날 좋은 사람과 함께 따스한 차 한잔 마셨으면…… 그런데…….

"니의 애비도 그렇고 사내놈이라면 찢어 죽여도 시원찮다니께."

어머니는 독기가 가득한 눈으로 말했었다. 아버지는 등산길에서 만난 여자와 새로운 사랑 놀음에 접어들고 있었다. 생활비는 물론 단 한 푼도 들여오지 않았다. 아버지도 그랬지만 어머니 역시 자식 따윈 안중에도 없었다. 그저 무관심으로 일관할 뿐이었다. 관심 받지 못한 어린 영혼은 점점 병들어 갔다. 나는 혼자 잠들었고 잠자리에서 일어나 빈 밥통을 보고 울었다.

"엄마 나 배고파, 밥 줘."

"니 애비 보고 날라고 해, 넘의 년한테 미쳐 돈 한 푼 안 들여놓는데 무슨 돈으로 밥을 해?"

고등학교 졸업 후 처음으로 취직한 직장에서는 회식 자리마다 나를 빼놓았다. 자기들끼리 모여 밥 먹고 술 마시다 헤어졌다. 나는 늘 배가 고팠다. 그래서 월급날만 되면 음식점으로 달려가 양껏 포식했다. 사흘 굶은 사람처럼 마구 퍼먹었다. 끔찍한 차별대우에도 나는 말 한 마디 못하고 그냥 견뎠다. 늘 초긴장 상태로 살면서 위기의식에 시달렸다.

그때마다 나의 미래가 실종되는 것 같았다. 현재라는 마감 시간이 억겁의 고통으로 다가왔다. 아! 정말 산다는 건 두려움 그 자체였다.

삶이란 무엇인가.

어느 날 횡단보도를 건너다 말고 나는 자신에게 또다시 물었다.

다음, 생존의 의미에 대해서도 물었다. 이상하게 내 가슴은 침잠 된 채 아무 소리도 들려오지 않았다. 거리에 세찬 비바람이 날리고 있었다. 바람에 전신주가 흔들리고 상가 간판이 날아갔다. 비바람은 실연당한 여자의 눈물처럼 마음을 갈퀴처럼 긁어대고 있었다.

그러나 한쪽에선 여전히 비바람에 몸을 가린 채 다정한 밀어를 속

삭이며 길을 걸어가는 연인들도 있었다. 그들은 횡단보도 앞에서 서로의 손을 굳게 맞잡았고 길을 건너자마자 골목길로 사라졌다. 아이의 손을 맞잡은 여인들도 아파트 단지 안으로 사라졌다.

아들을 무동태운 젊은 아빠는 백화점 안으로 발걸음을 들이밀었다. 노모의 어깨를 감싸 안은 중년 남자는 달려오는 택시를 향해 급히 발걸음을 옮겼다. 두 손을 꼭 잡은 어린 남매도 동네 슈퍼를 향해 걸어갔다. 길가에서 좌판을 벌여놓은 젊은 부부는 서로의 어깨를 감싸 안으며 웃었다. 지체 장애인으로 보이는 아들과 함께 힘겹게 발걸음을 옮기는 수심 가득한 여자도 보였다.

문득 평안이 그리웠다. 세상 어느 구석엔가 평안이 숨어서 날 기다리고 있을 것 같았다. 길거리를 오가는 많은 사람들을 바라보았다. 그들은 손에 손에 나름대로 삶의 이유를 들고 있었다. 또 사랑의 기운을 떠안고서 미래를 향한 준비를 다지고 있었다. 그것을 강한 의지로 끌어당기며 꿈을 현실화하고 있었다. 그때 내 안에 번득 한 생각이 떠올랐다.

나는 사람들 속에 끼어 어디론가 발걸음을 옮기기 시작했다. 빌딩 숲을 지나 낡은 주택가를 지났고 좁다란 시장 골목길을 지나 야트막한 야산을 지났다. 그리고 철길도 지났다.

이윽고 새로운 길이 나타났다.

한 번도 가보지 않은 낯선 길. 나는 그 길을 향해 발걸음을 내밀었다. 그곳에서는 많은 음성들이 있었다. 선택과 경쟁이 차례를 기다리고 결단을 요구했다. 그때마다 나는 두려움으로 망설이며 지체했다. 다른 사람들은 저마다 자기의 장점을 내세우며 성공이라는 고지를 향해 나아갔다. 그런데 내 손에는 열등감과 소심함이 자포자기를 선언하고 있었다.

그만둬라.

내부에서 포기라는 단어를 끄집어냈다. 이전에도 그랬던 것처럼. 그러자 다른 음성이 들려왔다.

소망을 꺼내라. 네 가슴 깊은 속에 소망의 카드를 꺼내 들거라.

나는 부끄러움 끝에 모기만한 소리로 말했다.

소망.

그러자 주변에 있던 낳은 음성들이 웃으며 말했다.

의지 박약자. 겁쟁이. 못난이. 소심증환자. 열등생.

나는 있는 힘을 다해 소리 쳤다.

소망.

그때 내 눈앞에 수많은 길이 보이기 시작했다. 그 길은 나에게 가능성과 불가능성이란 전제를 두고서 선택을 요구하고 있었다. 나는 가장 가능성이 희박해 보이는 길을 택했다.

그건 바로 신(神)의 의지(意志)였다.

나는 나의 의지를 신의 의지에 접속시켰다. 그리고서 생존의 의미를 신의 존재로부터 찾아 나섰다. 그 안에는 수많은 사랑의 밀어가 있었다. 상처의 치유회복과 함께 안정감과 만족이라는 새로운 기쁨도 있었다. 과거의 고난은 유익이 되어 지혜를 생산했고 연단은 자립심을 키워냈다. 어린 날 들었던 양희 엄마의 말이 생각났다.

"너희는 도울 힘이 없는 인생을 의지하지 마라, 그는 수에 칠 가지니 오직 전능자만 의지할지니라. 경주야 많이 놀랐지? 사람은 아무도 도와주지 않는단다. 살면서 아무리 힘든 일이 생겨도 절대 사람 믿지 말고 하나님만 바라봐, 알았지?"

"네."

"불쌍한 것, 내 너를 위해 기도 하마."

삶이란 무엇인가.

그것은 고난을 견디면서 생존하는 것이다. 자기에게 주어졌던 시간에 대해 성과를 논하는 것이다. 엄숙하고 냉정한 논리로 자신을 신의 존재 앞에 내려놓는 것이다. 삶을 수수방관하고 나서 책임회피해서는 안 되는 것이다. 세월을 낭비하고 나서 방황했노라고 엉뚱한 대답을 둘러대서는 더더욱 안 되는 것이다.

빈손으로 왔다가 빈손으로 돌아가는 게 인생이라고 억지로 자위해서는 안 되는 것이다.

양희는 남편을 먼저 천국으로 올려 보내고 모 기도원의 전도사로 시무하고 있었다. 자식도 없이 홀몸이었다. 전혀 미래가 보장되지 않은 상황에서 그녀는 입만 열면 영혼구원을 외쳤다. 하루 종일 기도원 경내를 청소하고 악한 영에 사로잡힌 자를 위해 기도했다. 상한 심령을 치유한다고 피눈물을 쏟으며 기도했다.

"도대체 왜 사는 거니?"

내 물음에 그녀는 간단하게 대답했다.

"나야말로 천국에 보험을 든 셈이지."

"뭐라구?"

이상했다. 그 순간 정신이 번쩍 들면서 미래라는 단어가 떠오른 것이다. 나는 한때 미래를 위해 암보험과 장례식 보험을 들어 두었었는데.

"미래는 현실의 연장선상이란다."

"나는 사는 것도 너무 지치는데."

"생각해 봐, 우리가 어렸을 때 말야, 하루하루가 벅차지 않았니?"

"나는 혼자여서 더욱 힘들었어, 세상 천지에 나 혼자라는 생각에 죽을 생각도 여러 번 했었지."

"인생은 혼자 살아가는 것 같지만 사실은 혼자가 아니란다. 내 삶을 주관하시는 이가 내 안에 살아서 우리의 길을 인도하시는 거란다."

"그렇다면 그 분은 왜 내 인생을 힘들게만 이끌고 가셨을까."

"생각해 보렴, 그 힘든 과정을 통해 그분은 너의 약함을 강하게 만들어주셨지 않니? 그동안 우리 가족은 너를 위해 모두 눈물로 기도했단다."

"그래서 그래서……"

"이제부터는 그리스도 안에서 새로운 피조물로 살아가는 거야."

"나에겐 아무런 성과도 없는데."

"성과는 지금부터 만들면 돼."

"어떻게?"

"보다 낳은 미래를 위해 나의 의지를 그분께 의탁하는 거야."

"……?"

"그것은 하늘 본향을 바라보며 하루하루를 그분을 위해 사는 거야."

나는 양희를 따라 건물 내부로 들어섰다. 잔잔한 음률이 내 지친 영혼을 적시고 있었다. 계단을 올라 강화도어를 열고서 정면으로 보이는 빛을 향해 마음을 열었다. 나는 그날 생전 처음 낯선 음성을 들었다.

생명과 빛에 관한 이야기였다. 구원과 진리에 관한 이야기는 너무 난해해서 이해할 수가 없었다. 그러나 세상이 줄 수 없었던 위로의 힘이 느껴졌다. 난생 처음으로 감사가 흘러나오기도 했다. 감사는 내게 책임 의식을 일깨웠고 미래에 대한 소망을 품게 했다. 그리고 가장 중요한 것을 깨닫게 했다.

인생은 결코 혼자가 아닌 더불어 살아간다는 것.

또한 삶이란 아무도 가지 않은 낯선 길을 그분과 함께 걸어가는 것. 그리고 끊임없는 고난과 역경을 통한 반전의 효과와 성과를 이루어내는 것. 그래서 마침내 의지로서 목적을 성취하는 것이다.

의지는 내게 적극적으로 길을 인도했다. 내 곁에는 항상 보이지 않는 힘이 있어 나를 든든한 길로 안내했다. 그리고 숨어 있는 내 의식 속에 사랑의 의미를 알게 했다. 사랑은 모든 두려움을 몰아냈고 더한 층 의지를 강화시켰다. 나는 사랑의 의미를 깨달으면서 수많은 길을 갔다. 직선코스도 갔지만 곡선 코스와 험로도 갔다. 가시밭길도 갔고 평탄대로도 갔다.

길은 많은 함수를 가지고 있어 결코 안심할 수는 없었다. 그래서 더 절대자를 의지할 수밖에 없었다. 길을 가다가 적병을 만나기도 하고 태풍과 눈보라를 만나기도 했다. 그러나 길은 항상 예비 돼 있었다. 내가 알지 못하는 새로운 길이 언제나 나를 기다리고 있었다. 삶이라는 명제를 가지고서.

어느 날이었다. 그날도 길을 가는데 도심의 기운 속에 자연의 바람이 몰려왔다. 종로거리에 갑자기 꽃마차가 나타났다.

짙은 갈색 갈기를 흔들며 마차를 끄는 말은 영국 왕실의 기마병을 연상케 했다. 하얀 수레에는 젊은 연인 한 쌍이 타고 있었다. 행인들은 신기한 듯 마차를 바라보자 화답이라도 하듯 연인은 손을 흔들어 보였다. 따각따각 말발굽 소리와 함께 마차는 차도를 지나 청계천 쪽으로 나아갔다.

청계천이 시작되는 곳에서 거대한 물줄기가 솟아오르고 있었다. 청계천과 을지로를 잇는 구름다리에 사람들이 모여 서서 사진을 찍고 있었다. 핸드폰으로 동영상을 찍는 사람들도 있었다. 청계천은 맑은 물줄기를 흘려보내면서 크리스마스 캐럴을 사람들 마음속에 선사하고 있었다.

찬 겨울바람이 캐럴과 함께 도심을 가르고 있었다. 구름다리 위에 마차 세 대가 보였다. 갈색 말이 끄는 마차였다. 사람들이 다가가 말의 얼굴을 만지며 친근감을 표시했다. 말에게 귤을 먹이는 사람도 있었다.

아이들은 말을 신기한 눈으로 바라봤다. 말도 구경꾼들을 신기한 눈으로 바라봤다. 사람들의 사랑을 받아서인지 말은 순한 눈빛으로 사람들을 대했다. 사람들은 말을 구경만 할 뿐 전혀 탈 생각을 안 했다. 경제 한파가 사람들의 여유를 꽁꽁 동여매고 있었다.

"마차 한번 타는 데 얼마래?"

지나가던 행인이 말했다.

"글쎄, 너무 비싸 아무도 안 타는 게 아닐까."

청계천은 과거의 수많은 사연들을 싣고서 동대문 쪽으로 흘러갔다. 그리스도의 탄생을 알리는 경쾌한 캐럴을 함께 싣고서. 사람들의 마음속에 삶이라는 단어를 일깨우듯 아주 천천히.

(2009년 12월 순수문학)

세상과 나

종로 거리를 고함을 치며 지나는 남자가 있었다.

그는 옛날 무과수 제과점 뒤에 난 철 구조물을 향해 고래고래 소리 지르며 마구 흥분하고 있었다. 놀란 행인들이 그를 바라보며 뒤로 한 걸음씩 물러났다. 그는 나는 듯이 빠르게 뛰어 이번에는 교보문고 쪽으로 진출했다. 또다시 소리를 고래고래 지르며 교보문고 지하계단으로 들어섰다.

"전세 값이 치솟고 나라에 청년 백수가 지천인데 무슨 재개발이고 수도이전이란 말이냐, 이 씨펄놈들아."

천둥 치는 듯한 소리에 놀란 직원들이 우르르 출입구 쪽을 향해 달려갔다. 잠시 후 웅성대는 소리와 함께 평온이 찾아왔다.

광화문 네거리는 이상하게 차량이 뜸했다. 그 틈을 타 승용차들이 전속력으로 달렸다. 무지무지한 속력으로 달리는 차량마다 바퀴에서 거대한 파열음이 났다. 땅이 흔들리는지 건물마저 휘청이고 있었다. 전광판에서 알리는 뉴스 특보는 하나같이 죽음 일색이었다.

각종 테러와 전쟁, 재앙의 소식이 꼬리를 물고 행인들의 눈을 압박했다. 삶은 생존의 위협 속에서 안타까운 곡예를 하는 듯했다. 비가 오려는지 검은 먹장구름이 삼성중앙병원 쪽으로부터 몰려왔다. 사람들은 종종 걸음으로 지하철을 타기 위해 빠르게 계단을 내려갔다. 거리는 빗줄기에 가로막혀 순식간에 암흑천지로 변했다.

한바탕 거대한 물줄기가 도심을 훑고 지나갔다. 햇살이 다시 광화문 통로를 비춰기 시작했다. 사람들의 발걸음이 다시 빨라졌다. 사람들은 일제히 한 방향을 향해 가고 있었다. 그들은 차도를 건너고 보도를 지나 다시 지하도로 들어섰다. 긴 터널을 빠져나온 그들은 다시금 인도 블록 위에 나타났다. 거기에 여러 갈래의 길이 보였다. 한참을 망설인 그들은 길 잃은 양처럼 각기 제 갈 길로 흩어졌다.

청계천이 시작되는 광교에서 요란한 굉음이 들려왔다. 축제가 시작된 모양이다. 음악과 함께 와!하는 함성이 울렸다. 거대한 폭포수 같은 물줄기가 하늘 높이 솟아오르고 있었다. 새로 단장한 청계천은 도심 속의 아름다운 정원이었다. 빌딩 숲을 흐르는 청계천 물줄기는 시대를 뛰어넘어 사람들의 마음을 비집고 흘렀다. 물줄기는 세월을 거슬려 놓고 마음을 평온하게 하는 이상한 능력이 있었다.

들꽃, 바위, 물줄기, 사람들이 어울려 청계천은 한 폭의 수채화였다. 아이들은 물속에 뛰어들어 물장난을 하면서 기뻐했다.

머리칼을 총천연색으로 물들인 젊은이들이 광화문 지하도 입구에 모여 서서 웃옷을 벗어 제치며 흥분하고 있었다. 그들은 서로 한데 엉켜 싸움을 벌이더니 경복궁 쪽으로 일제히 달려갔다. 그때였다. 세종문화회관 앞에서 노도와 같은 음악이 들려왔다. 거리음악제가 펼쳐진 것이다. 그러자 젊은이들은 가던 발걸음을 멈추고 춤을 추기 시작했다. 온몸을 비틀면서 땅바닥에 주저앉아 맴을 도는가 하면 물구나무를 서는 친구도 있었다.

강한 비트에 맞춰 그들의 몸놀림은 물고기가 물을 만난 듯 자유자재로 움직였다. 몸이 어찌나 유연한지 고무줄을 당겼다 놓은 듯했다. 한바탕 춤이 끝나자 그들은 모두 뿔뿔이 헤어졌다. 몇 년 전에는 정신대 할머니들이 거리 농성을 벌이더니 이제는 거리마저 젊은이들 차지가 되어버린 모양이다. 거리는 온통 젊은 남녀들뿐이었다. 노인은 어쩌다 한명 나타났다 곧바로 지하도 속으로 사라졌다.

각종 조명 기구가 매달린 간이무대에 빗줄기가 엉겨 붙고 있었다. 드럼과 신디사이저 전자 기타에도 빗줄기가 쏟아졌다. 사람들은 모두 그 곁을 무심한 표정으로 지나갔다. 차도에 도랑물이 흘렀다. 언제 나타났는지 새끼 고양이 한 마리가 빠져 허우적대고 있었다. 야옹! 고양이는 슬피 울며 사람들을 향해 구조를 요청했다. 그러나 사람들은 들었는지 못 들었는지 모두 뛰어 가기에만 바빴다. 아기 고양이의 울음소리는 빗소리에 갇혀 이내 잠잠해졌다.

지하도 계단 옆에 걸인이 쓰러져 잠들어 있었다. 곁을 지나는데 찌든 냄새가 공포처럼 다가왔다. 사람들이 인상을 찌푸리며 지나는데 걸인의 눈가에서 눈물이 흘렀다. 높은 발자국 소리와 여자들의 웃음소리, 고공 비상을 위해 앞지르는 움직임이 빠르게 지하도를 지나갔다.

사람들은 저마다 앞지르기 선수가 되기 위해 애를 썼다. 엘리베이터 앞에서는 서로 경쟁자를 밀치고 올라섰다. 에스컬레이터는 이미 만원 상태였다. 계단을 한 발짝 한 발짝 오르는 사람은 힘없는 노인들뿐이었다.

회행선 전철에서 사람들은 이미 녹초가 되어 있었다. 그들은 너무 빨리 달렸기 때문에 더 이상 달릴 기운이 없었다. 지쳐 쓰러진 그들 앞에 장애인이 다가와 쪽지를 내밀었다.

「오갈 데 없는 몸입니다. 한 푼 도와주시면 평생 이 은혜 잊지 않고 기억하겠습니다.」

쪽지는 바닥에 굴러 사람들의 발길에 짓밟혔다. 전철은 정류장이 지날 때마다 더 더욱더 많은 사람들이 올라타 혼잡을 이루었다. 사람들은 지쳐 통로에 마구 쓰러졌다. 쓰러진 사람들 위로 무수한 발길이 지나갔다. 쓰러진 사람들은 아픔도 모르고 서서히 죽어갔다. 마치 인기연예인들의 공연을 보러 갔다가 밟혀 죽은 사람들처럼.

인생은 회행선이다.

끊임없는 변화를 추구한다지만 새로운 비상을 위해 변신을 거듭한다지만 인생은 결국 회행선이다. 추구하는 목표는 다 달라도 죽음이라는 종착역을 향해 달려가는 결국은 회행선이라는 열차에 공동 탑승한 것이다. 죽음의 축제에 초대된 사람들은 그 의미조차 모르고 명예에 목숨을 투자했다. 한꺼번에 너무 많은 투자한 나머지 몰락한 사람도 많았다. 명예와 함께 재산과 생명까지 곤두박질 친 사람도 있었다.

동민은 버스에서 내려 가파른 언덕길을 올라갔다. 언덕을 지나자 계단이 나타났다. 아슬아슬한 계단을 지나자 각종 현수막이 눈앞에서 나풀거렸다. 각종 구호가 적힌 현수막은 정의와 이기심을 동시에 추구하고 있었다. 선거철인 모양이었다. 도약을 위한 이름도 적혀 있는 걸 보면.

그곳을 지나자 시장통이 보였다. 살기 위한 가장 신성한 몸부림이 그곳에선 한창 진행 중이었다. 장사꾼들의 호객소리와 싸움소리가 왁자하니 들려왔다. 시장 옆 상가 건물에서 웨딩드레스 차림의 신부가 나왔다. 검은색 승용차에 올라타면서 그녀는 행복한 미소를 보였다.

동민은 신부를 멍한 표정으로 바라보다 다시금 발걸음을 재촉했다. 그는 길가에서 생활정보지를 빼들고 막다른 골목길로 들어섰다. 거기서 그의 모습은 끝이 났다.

동민은 대학 졸업 이후 4년째 백수신세를 못 면하고 있었다. 머리 터지게 공부해서 일류대학 나오고 그 힘든 군대생활까지 마쳤는데도 현실은 언제나 오리무중이었다. 취업 재수 4년째를 맞은 그는 이제 더 이상 입사원서 내밀 곳도 없어졌다. 취업도 대학 입시처럼 하향 지원이 필요했는데 너무 좋은 조건만 고르다 보니 백수가 되고 만 것이다.

어쨌든 그는 바로 대표적인 이태백(이십 대의 태반이 백수라는 뜻)이 되고 말았다. 이제 내년이면 그의 나이도 삼십이 된다. 그러면 취직은 고사하고 아르바이트자리마저도 위태롭게 된다. 지금까지는 그냥 놀고먹기가 미안해 임시방편으로다 아르바이트 비슷한 것도 했지만 그것은 어디까지나 다 한시적인 것이었다.

그는 처지가 비슷한 동료들끼리 모여 장래 일을 의논했지만 내용이란 게 늘 뻔했다. 장사를 시작하든가 중소기업의 낮은 직종이라도 취업을 해야겠다는 것이었다. 그러나 그것 역시 공염불에 불과했다. 장사를 시작하려니 자본이 딸리고 경험도 없어 위험천만하긴 마찬가지였다. 또 중소기업에 취직하려니 급여가 형편없이 낮고 자존심이 허락지 않았다.

걸핏하면 도산하는 중소기업이 어디 한두 군데인가. 동민의 어머니는 여고(女高) 교감으로 아직까지 현직에 있었다. 삼십 년 전, 명문대를 수석 졸업한 어머니는 본래 꿈이 법관이었다. 그러나 친정부모의 극심한 반대로 사범대로 진로를 바꿨다. 가난한 친정을 먹여 살려야 했기 때문이다.

동생들의 대학 등록금은 물론 생활비까지 책임져야 했던 어머니는 같은 직장에서 만난 동료교사와 결혼하고 나서도 또다시 짐을 떠안아야 했다. 남편이 교통사고로 급사해 자녀들의 앞날을 책임져야 했기 때문이다. 환갑이 가까운 지금까지 아들 용돈을 대주고 있는 것이다.

누구보다 지적(知的) 자부심이 높은 어머니는 지고는 못 사는 성격의 소유자였다. 그것이 곧 자존심을 지키는 길이라 생각하는 모양이었다. 그녀는 시간만 나면 푸념하듯 말했다.

"우리 동민이 대학 다닐 때만 해도 모두들 나만 보면 부러워 죽는다고 야단이었는데…… 잘생긴 인물에다 일류대 다닌다고 얼마나 부러워들 하는지…… 하지만 쥐구멍에도 볕들 날 있다고 초일류 기업 엘리트 사원이 되어서 이 엄마를 기쁘게 해 줄 날이 곧 올 테니."

어머니의 일류병은 세월이 가도 시들지 않는 중병이다. 그 일류병은 어머니의 자존심과도 긴밀히 연결돼 있음을 동민은 알고 있었다. 여러 번 취업 낙방 끝에 중소기업에 입사를 결심했을 때 제일 먼저 반대한 사람도 어머니였다.

"넌 니 생각만 하냐, 엄마 체면도 생각해야지."

인터넷이 보편화되다 보니 많은 일을 컴퓨터가 대신하고 그 바람에 늘어나는 건 조기 퇴직자와 젊은 백수들뿐이었다.

입사원서를 백 번 넣었다 모두 거절당한 어떤 남자는 충격 끝에 정신 분열증이 왔다고 한다. 왜 취직을 못 하느냐는 부모의 성화를 견디다 못해 정신이 돌아버린 것이다. 사람은 자신의 한계와 맞부딪칠 때 가장 많이 당황하고 못 견뎌 한다. 그러나 이 세상은 감당 못 할 일들이 얼마나 비일비재한가.

어릴 때부터 과보호 속에 왕자 공주처럼 지내다가 갑자기 삶의 위기 앞에 놓인 이 시대의 많은 백수들이 그래서 더 견디기 힘든 것이 아닌가. 인내의 쓰디 쓴 경험을 하지 못한 그들은 불시에 만난 삶의 적 앞에 그대로 무방비로 노출된 셈이다. 경험 부재는 그들을 삶의 마지막 코너까지 내몰았다. 더 이상 삶을 감내하지 못하는 사람들 중에는 자살로서 인내의 한계를 보인 경우도 있었다.

자기 한 몸 살아내기도 힘든 세상에서는 의무라는 말조차 싫어했다. 사랑도 책임지려는 사람이 없었다. 결혼도 책임지기 싫어 회피하는 세 상이었다. 당장 목구멍에 풀칠하기도 어려운데 무슨 사랑 타령이냐.

동민 역시 마찬가지였다. 만일 결혼을 하게 된다면 전문직에 종사 하는 여성이라야 했다. 결혼하고 나서도 안심하고 다닐 수 있는 직장 이라야 된다. 요즘 남자들은 여자가 집안에 틀어박혀서 살림만 하면 부담스러워한다. 왜 저 여자는 나만 바라보고 사나. 그러다 내가 갑자 기 덜컥 죽기라도 하면 그땐 자식들과 어떻게 살려고.

다른 여자들처럼 직업을 가져야 할 것 아닌가. 한술 더 떠 남편에게 순종적인 여자는 종국에 가서는 버림받기 십상이라고 한다. 남편 하나 잘 모시고 현모양처 노릇하다가는 언제 다른 여자에게 밀려 쫓겨날지 모른다는 것이다.

봉건시대 남자처럼 젊었을 때는 남의 계집 품에 놀아나다가 늙고 힘없어지면 조강지처 찾는 게 아니라 아예 남편에 의해 버림받는다는 것이다. 저 여자는 어떻게 해도 상관없다는 게 그 이유이다. 세상에 널리고 널린 게 여자이고 또 그중에는 능력 있고 똑바른 여자도 많은 데 왜 하필이면 그런 부담스런 여자를 왕비병으로 모시고 산단 말인 가.

남자들은 그렇게 말하면서 정작 자신들이 왕자병에 걸린 건 모르고 있었다. 요즘은 여자들도 약아서 자식을 하나 이상은 절대 낳으려 하 지 않는다. 키우기도 힘들고 경제 여건도 따라주지 않기 때문이란다. 출산율이 세계 최하위를 기록한 원인도 거기에 있다.

동민은 하루하루가 고혈을 짜내는 듯한 고통 속에 살아갔다.

언젠가부터 그의 도약은 멈춰 있었다. 인생이란 게 한발 한발 정상적인 삶의 궤도를 향해 앞으로 나아가야 하는데 갑자기 그 길이 없어져 버린 것이다. 도약은커녕 당장 숨 쉬고 살기도 어려울 만큼 형편이 계속 하향곡선을 그리고 있지 않은가. 내가 이렇게 되려고 그 힘든 입시 치르고 군대까지 갔다 왔단 말인가. 하긴 다른 친구들도 별다르지 않았다. 취업 재수가 징그럽다며 캐나다나 호주로 아예 이민 가버린 경우도 있었다.

"나는 이 나라 자체에 환멸을 느낀 지 오래다."

떠나는 것만이 대수는 아닐진대 무턱대고 이민 길에 오르면 그 다음은 어떡하려구? 친구들의 물음에 그는 간단히 대답했다.

"산 입에 거미줄이야 치겠냐. 뭐든 해서 먹고살 수 있겠지."

여러 번 취직에 실패하고 나자 삶이 공포처럼 느껴질 때도 있었다. 이 힘든 세상 왜 태어났던고. 나는 결혼을 하더라도 절대 자식은 낳지 않으리라. 왜냐하면 내 자식도 나처럼 어렵게 대학 입시 치르고 취직하느라 힘들게 살 테니까. 앞으로 더 심해지면 심해졌지 결코 나아지지 않을 것이다.

동민은 거리에 나설 때마다 아예 얼굴 자체를 가리고 싶은 심정이었다. 모두들 앞을 향해 나가는데 자신만 삶의 대열에서 이탈된 것 같았다. 소속을 잃은 그는 무기력과 낙심의 그물 안에 갇혔다. 대학 시절과 군대 시절에는 그렇게도 바쁘던 시간들이 백수가 되고 나자 차고 넘치는 게 시간이었다. 홍수처럼 넘쳐나는 시간을 그는 비디오와 소설책으로 메웠다. 그러다 보니 느는 건 공상과 망상이었다.

그것도 어느 정도지 시간이 지나자 현실에 대한 감각마저 없어지는 것 같았다. 한 마디로 주제 파악할 겨를도 없었다.

　도저히 사람 사는 꼴이 아니구나.

　그는 궁리 끝에 국립 도서관을 찾았다. 어린 학생들뿐일 거라고 생
각했는데 아니었다. 자기보다 더 늙은 취업 재수생들이 많았다. 열람
실로 올라가다 보니 아래층 서고 옆에 취업 정보방이 보였다. 취업에
관한 각종 정보가 나열돼 있었다. 문을 열고 들어서자 그는 묘한 동질
의식을 느꼈다.

　그곳에는 과연 취업에 관한 많은 정보가 있었다. 각종 취업 정보 신
문은 물론 아르바이트에 관한 정보도 많았다. 컴퓨터 앞에 앉아 인터
넷으로 이력서를 발송하는 남자는 표정이 아주 심각했다. 어떤 여자는
간호사 출신인지 각 대학병원 취업공고에 클릭하고 있었다.

　또 한 남자는 이력서를 작성하다 말고 긴 한숨을 내쉬고 있었다. 그
는 건장한 체격답게 보디가드 경호업체에 응시하고 있었다. 얼핏 보니
그는 태권도, 유도, 호신술, 특공 무술 등 격투기 종목만 서너 개가 넘
는 유단자였다. 얼마나 인물이 좋은지 영화배우 장동건이 생각날 정도
였다. 차라리 영화배우를 하지 싶을 정도로 인물이 출중했다. 그의 뒤
에서 여자 둘이 서서 킥킥대고 웃었다.

　"얘 저 정도 인물이면 차라리 모델이나 영화배우 하는 게 낫겠다,
안 그러니?"

　들었는지 못 들었는지 남자는 한숨을 내쉬더니 또 다른 경호업체에
클릭했다.

　요즘은 잘 생겼든 못 생겼든 상관없이 백수가 넘쳐나는 세상이다.
취업을 위해 여자들은 물론 남자들도 성형수술대에 오른다. 그러고 보
면 저 남자도 바로 성형 미남(?)

　동민은 언젠가 들은 우스갯소리가 생각났다. 옛날에는 얼굴 못 생

긴 여자는 용서해도 몸매 나쁜 여자는 용서 못 한다는 말이 유행이더
니 요즘은 얼굴 못 생긴 여자는 용서해도 능력 없는 여자는 용서 못
한다는 말이 유행이란다. 능력 있는 여자 만나서 편하게 살려는 좀비
족과 평강공주를 만나 팔자를 고치려는 온달들 때문에 생겨난 말이기
도 하다.

갈수록 일자리가 바늘구멍이다 보니 세상에 별 희한한 단어가 다
생겨나는 것이다. 동민이 지금까지 버텨온 좌우명은 자존심이었다. 그
건 그의 살아 있는 이유이기도 했다. 또한 그것은 어머니에게서 물려
받은 것이기도 했다. 어머니가 평소에 하던 말이 그의 뇌리에 각인된
모양이다.

자존심을 잃은 사람은 살 가치를 상실한 사람이다. 즉 자존심이란
인격적인 삶을 지탱하기 위해 치르는 마지막 감정 관문이다. 그런데
그 자존심을 유지하기 위해선 치러야 할 최소한의 의무 조항이 있다.
그건 다름 아닌 남들보다 우위에 설 수 있어야 한다. 남들보다 못한
조건에 있으면 불이익을 당해도 항거할 수 있는 힘이 없다.

그래서 그는 항상 그 우위를 차지하기 위해 노력했다. 그러나 세상
만사가 노력한다고 다 이루어지는 건 아니었다. 그는 자신의 노력이
실패로 돌아갈 때마다 얼핏 성경구절을 떠올렸다.

「여호와께서 복을 주시기 때문에 사람이 부하게 되는 것이지 노력
만 한다고 해서 부하게 되는 것은 아니다」

그러면서 하늘에 계신 절대자를 원망했다. 정말이지 개떡 같은 인
생이었다. 되는 일이라곤 눈을 씻고 찾으려야 찾을 수 없었다. 아침에
일어나면 또다시 백수의 나날이 시작되고 인터넷과 취업박람회를 찾
아 발걸음을 옮기고……

하긴 어떻게 입에 딱 맞는 떡이 있겠는가마는 도대체 취직이란 게 그에겐 넘지 못할 산처럼 보였다. 그는 대학시절은 물론 취업 재수 4년째인 지금까지 컴퓨터는 기본이고 토플과 토익, 영어회화까지 완벽하게 구사하리만큼 준비했었다. 그런데 어쩐 일인지 면접을 보는 족족 낙방인 것이다.

그러다 보니 일단 서류면접은 통과했다 하더라도 또다시 낙방을 먹을 것 같아 노이로제 증상마저 생겼다. 그는 면접요령에 대처하는 책자도 읽어보고 만전의 준비를 했지만 그렇다고 기회가 자주 오는 것도 아니어서 매양 백수 신세는 쉽게 면해지는 게 아니었다.

'이번만큼은 이번만큼은 반드시 백수를 면해 보리라.'

도서관에는 젊은 취업생뿐만 아니라 중년여자들도 많았다. 중년 여자들의 대부분은 공인 중개사나 보험설계사 시험 준비를 하고 있었다. 그들은 손에 핸드폰을 들고서 수시로 자녀와 통화했다. 그리고 주부답게 꼭 도시락을 먹었다. 그런가 하면 공무원 시험준비를 앞둔 젊은이들도 많았다. 개중에는 사법고시나 행정고시 등, 국가고시를 준비중인 여자도 있었다.

그런가 하면 인터넷 정보방에서는 오프라인으로 학원강의를 듣는 사람도 있었다. 취업을 앞둔 남자들은 휴게실에 모여 서로 정보를 주고받기도 했다. 동민이 인터넷으로 취업을 클릭할 때였다. 바로 옆 컴퓨터에 앉은 남자가 이력서를 작성하고 있었다. 표정이 굳고 심각해 보였다. 자세히 보니 그는 키가 160cm도 안 되어 보였다. 얼굴 인상도 칙칙한 게 어딘지 모르게 궁상이 흘렀다. 뱁새눈에다 거무튀튀한 낯 색이 마치 추물같이 보였다.

그가 이력서를 작성하는데 눈에 띄는 곳이 있었다. 그는 광주에 있는 4년제 대학을 졸업한 후 잠시 직장에 머무른 적이 있었다. 관공서 비슷한 곳인데 급여가 육십만 원이었다. 그 월급을 받고 육 개월이나 다녔던 것이다. 자세히 보니 그는 나이도 꽤 들어 보였다. 이마에 흐르는 땀을 씻는데 꽤 긴장되는 모양이었다.

자판을 들여다보며 열심히 입력하는데 어떤 결의마저 느껴졌다. 꼭 취직하고야 말겠다는 그러나 실패에 대한 두려움도 역력했다. 동민은 남자를 바라보며 자신도 모르게 낮은 한숨을 내쉬었다.

에휴, 저 인물 갖고 서류심사에 통과하더라도 면접에서는 떨어지고 말겠다.

염려가 저절로 떠올랐다. 동민은 자리에서 일어나 얼른 화장실로 달려가 거울을 보았다. 거기에는 과연 잘 생기고 명민해 보이는 남자가 자신을 향해 미소를 짓고 있었다. 어디 내 놓아도 빠지지 않는 인물이다. 그는 방금 전에 보았던 남자를 떠올리며 우쭐해졌다. 동민은 다시 컴퓨터 정보방으로 돌아왔다.

자리에 앉는데 느낌이 이상했다. 방금 전에 찌푸린 인상으로 이력서를 전송하던 남자는 어디로 갔는지 벙거지를 뒤집어 쓴 남자가 앉아서 사이트를 여기저기 클릭하고 있었다. 순간 역겨운 냄새가 확 풍겨왔다. 곁에 앉아서 인터넷으로 강의를 듣던 여자가 코를 잡더니 자리에서 일어났다.

그걸 아는지 모르는지 남자는 계속 마우스를 눌러댔다. 자세히 보니 그는 노숙자 같았다. 때에 찌든 남방과 바지에서 오물로 보이는 흔적이 보였다. 꺾어 신은 운동화와 수세미 같은 머리칼, 검정 칠을 한 듯한 얼굴이 영락없는 노숙자였다. 그의 표정에서 언뜻 사악한 기운이 보였다. 그가 한 곳을 클릭하더니 음험한 미소를 지었다.

순간 컴퓨터 화상에 총천연색 섹스 장면이 등장했다. 서양남녀들이 뒤엉켜 온갖 섹스포즈를 취하고 있었다. 백 개도 넘어 보이는 바둑판만한 사각형 안에는 서양남녀들이 뱀이 꿈틀거리는 것 같은 기괴한 형상으로 움직이고 있었다. 그가 정신없이 화면에 몰입하려는 찰나 직원이 다가왔다.

"음란 사이트는 접속 못하게 되어 있습니다, 들어오실 때 주의 사항 읽어 보셨죠?"

남자의 표정이 험악하게 변하는 듯싶더니 괴성이 터져 나왔다.

"아! 씨팔 사람 무시하지 말라 이거야 내가 이래봬도 왕년에 잘 나가는 모 그룹 회장실에 근무했다 이거야, 그 그룹이 공중분해 되는 바람에 쫓겨나긴 했지만……"

정보방 안에 있던 젊은이들의 시선이 그에게 집중됐다. 그것을 눈치 챈 그는 힘이 나는지 여직원에게 마구 삿대질까지 했다.

그는 누가 물은 것도 아닌데 자기의 과거를 장황하게 설명하기 시작했다. 물론 말도 안 되는 허풍이었다. 그런데 우스운 건 그 이야기를 정보방 안에 있던 사람들이 모두 심각하게 듣는다는 사실이었다. 그들은 마치 그 이야기가 자신들과 무슨 긴밀한 연관이라도 있는 양 심각한 표정으로 귀 기울여 들었다. 신이 난 그는 또다시 뇌까렸다.

"내가 이 도서관에 와서 무슨 죽을 죄 지은 것도 아니고 그깟 인터넷 좀 한 것 가지고 이렇게 눈에 쌍심지 킬 이유가 있냐 이 말이야 내 말은, 공짜로 하기로 되어 있는 거 내 마음대로 했는데 왜 지랄들이냐고."

사람들의 표정에서 짜증이 묻어났다. 그들은 자리에서 일어나 밖으로 나가더니 다시 들어오지 않았다. 그가 또다시 포문을 열려는 찰나 남자 직원이 나타났다. 남자 직원이 버둥대는 그를 끌고 나가면서 혼 잣말을 했다.

"이건 개나 소나 인터넷을 할 줄 아니, 인터넷이 최첨단 악마라니 까."

요즘은 네 살 다섯 살 꼬마들도 인터넷을 할 줄 안다. 야후꾸러기로 들어가면 어린이들의 게임천국이 있다. 그곳을 클릭하기만 해도 온갖 게임이 다 쏟아져 나온다. 꼬마들은 게임에 몰입하면서 어른들 세계에 발을 들여놓는다. 기계 문명에 익숙해지면서 집중력을 키워간다.

게임에 이기고 질 때마다 소리치며 즐거워하는 것이다. 인터넷을 열면 음란사이트는 물론 동성애, 자살사이트, 청부살인까지 할 수 있 는 세상이다. 온갖 죄악의 온상지가 되어 버리고 만 것이다.

인터넷 덕분에 문학은 실종위기를 겪었고 이제는 무용론까지 대두 되었다. 독자는 날이 갈수록 현저하게 줄어 이제 문학은 문학인들만의 집안잔치처럼 되어 버렸다.

생각하는 것을 싫어하고 느낌만 발달된 현대인들은 인터넷 세상에 몰입돼 짜릿한 쾌락으로 대신하고 마는 것이다.

정보방 옆에는 대형 화면의 수상기가 5대 설치돼 있다. 비디오나 DVD를 넣고 영화감상을 하는 곳이다. 대부분 꽉 차 있지만 가끔씩 공석이 나기도 한다. 그래서 동민도 몇 번 들어가 시청한 적이 있다.

그러나 보고 나면 꼭 후회감이 들었다. 남들은 열심히 책과 씨름하 는데 자신만 혼자 시간을 죽이는 것 같아서였다. 그런 몇 번의 후회감 을 맛보고 나서는 다시는 그곳 근처에 얼씬하지 않았다. 열람실에 들 어서면 동민은 자신도 모르게 긴장이 되었다. 각종 수험도서를 쌓아 놓고 미래를 준비하는 모습에서 인생에 대한 진지함을 느꼈다.

그들은 적어도 편법이나 청탁을 앞세우는 기존의 무리와는 다르다. 정직과 실력으로 자신의 인생을 설계하려는 진정한 인생의 승리자인 것이다. 그들에겐 공휴일이나 여름 휴가철도 따로 없다. 오직 책과 자신의 인생을 논한다. 그러다 그들은 어느 사이엔가 하나 둘 사라져 간다. 합격이라는 영예를 가지고 직장으로 돌아가는 것이다. 진정한 인생의 승리의 기쁨을 맛보며.

동민은 도서관에 다니면서 삶의 태도가 바뀌기 시작했다. 자존심에 대한 고정관념이 흔들리면서 삶에 대한 전의가 느껴졌다. 어느 날 자리에서 일어난 그는 어머니에게 말했다.

"엄마, 저 오늘부터 도시락 싸 갈래요."

"왜 벌써 용돈 떨어졌냐?"

"아뇨, 저도 이제부터 좀 더 진지하게 인생을 살려고요."

"꽤 쓸 만한 소리를 하는구나. 그러려므나 그깟 도시락 하나 더 싸는 게 뭐 대수냐."

어머니는 기특하다는 표정으로 말했다. 동민은 어머니가 싸주는 도시락을 들고 도서관으로 갔다. 점심시간에 맞춰 식당에 내려가니 벌써 자리 대부분이 차 있었다. 빈자리를 찾아 앉는데 격세지감이 느껴졌다. 고등학교 다닐 때 말고 도시락은 처음이었다.

옆을 돌아보니 식당에서 파는 라면이나 김밥으로 점심을 때우는 사람이 많았다. 도시락을 먹는 사람도 절반가량 됐다. 두 손을 모은 채 기도하는 사람도 눈에 띄었다. 그런가 하면 핸드폰으로 게임을 하는 여자도 있었다. 도시락을 풀어 보니 흑미 밥과 마른 반찬 서너 가지가 있었다. 실로 얼마 만에 먹는 도시락이던가. 그는 어머니 젖을 빼는 심정으로 도시락을 먹었다.

젊은 처녀시절부터 지금까지 어머니는 잠시도 직장을 떠나 본 적이 없었다. 가정과 직장을 지키느라 마음 놓고 여행 한번 떠나본 일 없는 어머니였다. 여동생은 어머니의 뒤를 이어 중학교 수학 선생으로 근무하고 있었다. 그런데 어머니의 기쁨이자 자랑인 아들은 아직까지 백수 신세를 못 면하고 있는 것이다.

어머니는 최고학부를 나왔다는 자부심으로 일평생을 사신 분이다. 졸업할 때는 총장상을 받았다고 한다. 자식 욕심 많기로 말하면 둘째 가라면 서러워할 정도다. 언젠가 그가 중소기업 일자리라도 알아보아야겠다고 했을 때 어머니는 펄쩍 뛰면서 말했다.

"엄마 체면도 생각해 주려무나. 네가 번듯한 직장에 들어가야 며느리도 내 맘대로 고를 것 아니냐. 아! 엄마도 어서 손자 손녀 안아보고 싶구나."

그 생각을 하는데 갑자기 눈물이 쏟아질 것 같았다. 불효자가 따로 없었다. 정신없이 밥을 퍼먹는데 옆에서 이야기하는 소리가 들렸다.

"글쎄 자존심 내세웠다간 죽도 밥도 안 된다니까, 자존심이고 체면이고 다 버려야 해, 우선 합격부터 하고 보는 거라구, 그거야말로 확실한 이기심의 선택 아니겠어."

확실한 이기심의 선택?

귀가 번쩍 띄는 것 같았다. 확실한 이기심의 선택을 위하여 자존심과 체면을 버리라구? 그래 어찌 보면 자존심을 낮추는 것이 지혜인지도 모른다. 어차피 인생사란 게 내 맘대로 되는 건 아닐 테니까.

일보전진을 위해 일보 후퇴하는 것도 좋은 방법일 테니까. 동민은 자리에서 일어서다 말고 맞은편에서 식사하는 여자를 보았다. 여자는 젓가락으로 라면을 돌돌 말아먹고 있었다. 긴 머리를 귀로 넘기는데 얼굴 선과 목선이 아름다웠다. 자세히 보니 총명한 눈빛과 오뚝한 콧날이 꽤 미모였다. 여자도 동민의 시선을 의식했는지 그를 바라보았다.

동민의 외모가 워낙 출중했던 탓일까. 여자가 그를 바라보더니 생긋 웃었다. 그 후 그녀와는 식당에서 몇 번 마주쳤지만 서로 아는 체하지는 않았다. 흔한 눈인사도 나누지 않은 채 그들은 제 갈 길로 갔다.

어느덧 동민에게도 기쁨이 찾아오고 있었다.

재벌 기업은 아니지만 꽤 알려진 유수 기업에 이력서를 이메일로 발송하던 날이었다. 전날 밤 동민은 꿈을 꾸었다. 돼지가 품속으로 뛰어드는 꿈이었다. 꿈에서 깨어나자 그는 뿌듯한 자신감을 느꼈다. 긍정적인 예감이 그의 뇌세포를 황홀하게 했다.

"이번만은 틀림없는 합격이다, 서류전형은 물론 면접까지."

일주일도 안 돼 연락이 왔다. 서류전형에 합격했으니 면접을 보러 오라고 했다. 그런데 눈에 띄는 대목이 용모단정이었다. 지금까지 열 번도 넘게 면접을 봐 왔지만 그런 대목은 없었다.

이상하다.

그러나 면접을 보면서 의문점은 곧 해결되었다. 그곳은 물류 계통과 긴밀한 연관관계를 맺고 있었는데 가끔씩 백화점이나 쇼핑몰에 파견사원으로 나갈 일이 있는데 외모가 따라주어야 한다는 것이었다. 한마디로 실력도 실력이지만 외모가 받쳐 주어야 한다는 것이었다. 외모라면 걱정할 게 없었다. 지금까지 살면서 인상 나쁘다는 말은 들어 본 적이 없었다. 친부(親父)를 닮아 그는 외모라면 어디에 내놓아도 자신 있었다. 내성적인 성격 말고는 모두 자신이 있었다.

심사위원들은 우선 그의 외모에 많은 점수를 주었다. 저 정도라면 여성고객을 끌어당기기에 안성맞춤이라는 판단을 굳힌 것 같았다. 동민은 심사위원들의 만족한 미소를 보고 다시 한 번 자신감을 얻었다. 그는 면접 결과를 묻는 어머니에게 자신 있는 목소리로 말했다.

"이번에는 틀림없어요."

"확실하냐?"

"그럼요, 제 외모가 받쳐 주잖아요. 이곳은 실력도 실력이지만 외모를 더 많이 보더라구요. 잘만 하면 해외 영업 파트로도 빠져서 외국 갈 기회도 생길 것 같아요."

"하긴, 동민이 넌 내 아들이지만 인물 하나는 어디 내놓아도 안 빠지지, 돌아가신 느이 아버지가 그랬다. 여선생들 사이에서 인기가 최고였으니까, 키 크지 체격 좋지, 인물 훤하지 영화배우 남궁원 저리 가라였지, 게다가 여자라곤 내가 처음이었단다. 얼마나 수줍음이 많던지……."

어머니는 아직도 환상에 잠겨 있는 듯했다. 어머니가 아버지와 결혼한 이유는 딱 두 가지였다.

"잘생긴 외모에다 여자라곤 아내밖에 모르는 순진무구였단다."

최종 합격서가 날아오고 신입사원 리셉션이 있던 날이었다. 한창 분위기가 무르익어 가고 있었다. 뷔페상이 차려져 있는 곳으로 발걸음을 옮기는데 이상한 느낌에 그는 뒤를 돌아다보았다. 흰 가운을 입은 여자가 그를 바라보고 있었다. 명찰을 보니 출장 음식업체 영양사였다.

누구? 화장 탓일까. 가까이 가서 자세히 보니 그제야 생각이 났다. 도서관 식당에서 만났던 얼굴 선이 고운 그 여자였다.

"이곳에 취직하셨군요."

"네 그렇습니다. 그런데 영양사셨나 봐요."

명찰을 다시 올려다보니 이름이 정미숙이었다.

"전 차동민입니다. 얼마 전 입사했죠. 미숙씬 언제?"

"저도 한 달쯤 됐어요. 대학원을 가려다 아무래도 취직하는 게 나을 것 같아서요. 그런데 이렇게 동민 씨를 만나 뵙게 되다니 반가운데요."

"반갑다니 저도 반갑습니다."

그때였다. 함께 입사한 사장 비서실의 김혜리가 저쪽에 있다가 쏜살같이 달려왔다.

"김동민씨, 저와 함께 저쪽으로 가요 네?"

"전 차동민입니다. 몇 번이나 말해야 알아듣겠습니까?"

동민의 말투와는 달리 여자는 아주 적극적이었다. 아예 동민의 팔에 매달려 얼음 조각상이 있는 쪽으로 끌고 갔다. 가면서 정미숙을 흘끗 뒤돌아보았다. 그녀의 얼굴에서 강한 질투심이 보였다.

일 년이 지났다. 회사에서 회식이 끝나고 몇몇 동료들과 함께 나이트클럽에 갔다.

청바지를 엉덩이에 간신히 걸친 여자들이 무대에서 춤을 추고 있었다. 곡명은 시대에 걸맞지 않게 비지스의 'stay in live'였다. 어디서 나타났는지 거의 반나의 무희들이 무대를 오가며 현란한 몸짓으로 춤을 추었다.

빠른 템포에 맞춰 무희들의 동작은 더 선정적으로 변했다. 춤을 추던 남자들이 술병을 든 채 무대 위로 뛰어 올랐다. 몸과 몸이 부딪치면서 여기저기서 괴성이 터져 나왔다. 사이키 조명과 몸짓이 어우러지면서 그들은 광란의 물결에 휩쓸렸다.

누군가 동민의 귓가에 대고 소리쳤다.

"우리에게 내일은 없다. 오늘 마시고 죽도록 섹스나 즐기자."

"뼈 빠지게 회사 위해 충성했더니 당장 해고란다. 망할 놈의 회사 확 공중분해 돼버려라."

"취직했다고 좋아했더니 어느 날 갑자기 실적 미달이라고 나가라니 이런 망할 놈의 경우가 어디 있더란 말이냐."

"그러게 취직했다고 좋아할 것도 못 된다니까, 또 언제 잘릴지 모르니까. 그러니 오늘 당장 마시고 죽어버리자구, 어차피 이놈의 세상 막 갈 데로 갔으니까."

"어차피 종말이야, 지진이 나든지 화산이 폭발하든지 아님 해일이 밀려오든지 내 알게 뭐냐, 오늘 당장 마시고 취하자구 에이! 확 지구 폭발이라도 일어나 버려라."

종말은 지구뿐만이 아니라 사람들 마음속에 먼저 찾아온 모양이었다. 소속감을 잃은 사람들이 자포자기의 심정으로 종말을 향해 치닫고 있었다.

이튿날 은행에서 나오던 동민은 계단 위에 누워 잠자는 남자를 보았다. 그는 그 위태한 잠을 자면서 너무도 평화로워 보였다. 벙거지로 얼굴을 가린 채 차렷 자세로 똑바로 누워 잠을 자는 데도 누구 하나 쳐다보는 사람이 없었다. 사람들은 이미 시대의 무위와 실업의 물결에 익숙해진 것일까.

어쩌면 무관심만이 고통을 덜기 위한 한 방법인지도 모른다. 만일 서로의 고통에 대해 가슴 아파하고 관심 가져 준다면 고통은 꼬리를 물고 전염병처럼 퍼져 가리라. 고통도 죽음도 결국은 혼자만의 몫이 아니던가. 사람들은 거리마다 모여 서서 속이 확 뒤집어진다고 소리를 질러댔다.

그런가 하면 저마다 자신의 길을 알려 달라고 탄원했다. 무위의 물결에서 자신을 건져 달라고 절대자를 향해 부르짖었다. 아니 세상과 자신을 향해 원망과 분노를 쏟아 놓았다. 때를 맞춰 광화문 뉴스 전광판에 재앙을 알리는 경고가 떴다.

「미국 동부에 또 다른 허리케인 강타 예상, 아르헨티나에 대규모 산사태 발생 마을 전체가 땅속으로 함몰, 파키스탄에 또다시 강진(強震) 수만 명의 사상자 발생, 베트남 조류 독감 근원지를 가다」

화면에는 재난을 만나 피난 가는 행렬이 끝도 없이 이어졌다. 집더미에 깔려 있는 시체를 꺼내느라 안간힘을 쓰는 모습도 보였다. 재앙이 휩쓸고 간 텅 빈 들판에서 망연자실 서 있는 원주민 여자도 보였다. 그런가 하면 조류 독감으로 아이를 잃은 여인이 눈물을 흘리는 모습도 보였다. 집에 놀러온 친구를 대접하기 위해 닭을 잡다 조류독감에 걸려 일 주일 만에 죽은 남자가 영정이 되어 가족 앞에 서 있는 모습도 보였다.

이제 조류 독감은 페스트 이상으로 온 인류를 위협하는 대 재앙을 가져올 것이다. 각 나라에서는 백신을 구하기 위해 초비상이 걸렸다. 특히 아프리카 지역에서는 백신을 구하기 위해 혈안이 됐다. 이제 위협은 시시각각으로 다가오고 있다. 지진이나 태풍은 물론 많은 사람의 생명을 휩쓸 조류 독감이라는 신종 바이러스의 출현이 바로 그것이다.

사람들은 모두 미래를 향해 급박하게 발걸음을 옮기고 있었다. 그건 미래에 대한 안전대책이라기보다 현재의 고통을 잊기 위한 회피책이었다. 언제 만날지 모르는 불시의 적(適), 무위 앞에 사람들은 초긴장을 나타냈다.

무위는 언제 짐 보따리, 병 보따리로 변해 사람들의 뇌리를 압박할
지 몰랐다. 자기 정체성을 상실한 젊은 백수들은 나라의 실책을 비판
하고 정신적 폭도로 변했다. 좌절의 쓰라린 경험은 미래마저 방기하게
만들었다. 걸핏하면 지구 종말이라며 실패를 합리화했다.

거리는 이단(異端)들이 뿌린 전단지로 너저분했고 시한부적 종말
현상만 가득했다. 수많은 젊은이들은 현재와 미래 사이에서 방황하며
눈물을 흘렸다.

시대는 더 이상 아이를 낳으려 하지 않을 것이다. 시대는 사람을 더
이상 필요로 하지 않을 것이다. 컴퓨터와 기계문명이 사람들 사이를
비집고 앉아 주도적 역할을 하기 때문이다. 그러나 마지막 희망은 남
아 있었다. 그건 정직과 성실이었다.

끊임없는 자기 정진과 편법이나 불의를 외면하는 신실함이었다. 동
민은 그 마지막 희망을 향해 안간힘을 썼다.. 어느 날 그에게도 사랑하
는 여자가 생겼다. 바로 도서관에서 만났던 정미숙이었다. 완벽함을
추구하는 그녀의 성격은 일, 사랑 중 그 어느 것 하나도 소홀함이 없
었다. 그녀야말로 사랑과 책임을 동시에 질 수 있는 미모와 재능을 겸
비한 여자였다. 그것은 동민이 바라던 바였다.

그 이전 그는 한동안 김혜리와 정미숙을 놓고 심각한 고민에 빠진
적이 있었다. 회사에서의 입지를 생각하면 김혜리를 선택하는 것이 더
유익인지 몰랐다. 하지만 김혜리는 너무 감정이 헤프고 질투심이 강했
다. 또 남자에게 너무 의존적인 경향이 강해 부담스럽기까지 했다. 결
혼하자마자 직장을 그만두고 집안에 틀어박혀 사랑 타령이나 외워댈
여자였다. 한마디로 왕비병에 사로잡혀 일생을 살아갈 여자였다.

사랑=책임=경제

세 단어가 한꺼번에 떠오르면서 그는 갈등을 거듭했다. 그리고 마침내 김혜리의 끈질긴 유혹을 물리치고 정미숙을 선택했다. 그러나 막상 결혼날짜가 다가오자 책임이라는 단어에 집착하면서 긴장하기 시작했다. 내가 과연 한 가정을 책임질 만큼 능력이 있는 걸까.

그는 주변에서, 어느 날 한순간 백수가 되어 직장을 쫓겨나는 동료들을 바라보면서 가장(家長)의 처지에 대해 비애를 느낀 적이 있었다. 그런 일이 나에게 닥치지 말란 법이 어디 있단 말인가. 그러면서 그런 똑같은 시대의 짐을 아내에게만큼은 지게하고 싶지 않다는 생각이 들었다.

아이가 태어나면······.

그는 한순간 결단을 내렸다. 자신이 사랑과 책임, 경제를 한꺼번에 다 챙기기로.

중간에 모험하는 일이 생길지라도 그는 사랑을 우선시하기로 했다. 정직과 성실이 자신의 앞날을 지켜 줄 거라 믿었기 때문이다.

동민은 회행선 전철을 타고 여의나루역에 내렸다. 공원 앞을 지나는데 사람들의 다급한 외침이 들려왔다. 차량을 뚫고 마포대교 쪽으로 마구 뛰어가는 남자가 있었다. 그는 한쪽 팔을 내저으며 괴성을 지르고 있었다. 운전자들이 차창 밖으로 고개를 내밀며 욕설을 퍼부었다.

"망할 자식 죽으려고 환장을 했나?"

그러자 차도를 건너가던 남자가 되받았다.

"그래 망할 자식아! 죽으려고 환장했다. 어쩔래? 니가 이 백수의 심정을 아냐?"

차도를 건너간 남자는 무슨 힘이 생겼는지 한강대교 아치 위로 올라가기 시작했다. 위태위태하게 올라가던 그는 마침내 정상 위에 우뚝

섰다. 많은 차량 운전자들이 그에게 시선을 집중하며 말했다.

"저거 자살하려고 쇼하는 거 아냐?"

남자는 두 손을 입으로 가져가더니 뭐라고 고함을 치기 시작했다. 웅웅거리는 차량 소리에 파묻혀 남자의 목소리는 잘 들리지 않았다. 그는 웃옷을 벗더니 마구 휘두르기 시작했다. 때로는 안타까운 목소리로 발악을 하며 호소하는 듯 보였다. 언제 달려 왔는지 119 구급대가 아치 옆에 머물러 있었다. 위에서 그 모양을 내려다 본 그는 더욱 큰 소리로 외쳤다.

"아이가 배고파 울고 있다. 집 나간 아내를 찾아다오!"

"아내가 왜 집을 나갔는가."

누군가 그의 말을 되받았다.

"십 년 동안 일하던 직장에서 갑자기 명퇴 당했다. 그래서 아내가 충격을 받고 집을 나간 거다. 아! 망할 놈의 세상."

남자는 당장이라도 한강으로 뛰어들 기세였다. 그가 시퍼런 강물을 향해 두 팔을 벌렸다. 거센 바람이 그의 어깨를 사정없이 흔들었다.

"잠 잠깐만, 아이를 아이를 생각하시오."

다급한 외침이 바람 속에 떠밀려 사라지는 순간 남자의 몸이 공중에 붕 솟았다. 아주 눈 깜짝할 순간이었다. 남자의 몸은 다이빙하듯 그대로 강물 속으로 빠졌다. 물살이 원을 그리며 남자의 몸을 단번에 삼켜 버렸다. 그 광경을 지켜보던 사람들의 입가에서 가는 신음이 흘러 나왔다. 사이렌 소리가 붉은 경광등과 함께 강물을 타고 멀리 퍼져 갔다.

바로 그때였다. 어디서 나타났는지 각종 현수막을 앞세운 한 떼의 노조원들이 공원 앞 차도를 점거하더니 구호를 외치기 시작했다. 그들은 무슨 민주투사라도 되는 양 머리에 띠까지 두르고 노래를 불렀다.
그 가사의 의미가 뭔지 동민은 자꾸만 헷갈렸다. 낮은 한숨이 나왔다.
좀 더 나은 대우를 받겠다고 투쟁하는 그들의 모습이 부러웠다. 그들
뒤로 취업 박람회 애드벌룬을 높게 띄운 건물이 보였다. 그리고 대형
교회 앞 인도에서 장애인이 리어카를 끌고 가면서 부르는 찬송가 소리
가 들려왔다.

「세상과 나는 간 곳 없고 구속한 주만 보이도다」

그때 그의 내부에서 강한 외침이 들려왔다.

'삶을 걸어갈 때 잠시 머물거나 멀리 돌아갈 때 두려워하지 말아라.
때로는 험로도 가시밭길도 걸을 줄 알아야 한다. 정직과 성실로 걸어
라. 힘들다고 주저앉지 말아라. 끝까지 인생의 경주를 즐겨라.'

투지가 강한 의지와 함께 그의 내부를 에워쌌다. 순간 그는 승리자
가 된 것 같았다. '닛쉬' 생소한 단어가 떠오르면서 그의 뇌리를 강타
했다. 거리를 지나는데 싸늘한 가을 기운을 안고서 단감이 나뭇가지
끝에 매달려 있는 모습이 보였다.

가을과 단감.

고즈넉한 시간의 흐름이 가을과 함께 발밑에 머물러 있었다. 가슴
가득 평화가 몰려왔다.

(2007년 만다라 문학)

프리 허그

명동 한복판에서 Free hug 팻말을 들고 서 있는 여자를 보았다. 아마도 여대생이지 싶었다. 날씬하고 귀염성 있는 얼굴이 오가는 행인들을 바라보며 미소 짓고 있었다. 언젠가 그와 비슷한 광경을 방송에서 본 적이 있다. 그때는 서른 살쯤 된 남자였는데 백화점 앞에서 중년의 여자가 나타나 남자를 품에 안아 주었다. 따뜻한 미소를 안고서.

그리고 한참 후 초로의 노인이 나타나 남자에게 뭔가 귀엣말을 나누며 안아 주었다. 그러자 주변에서 박수가 터지며 웃음이 터져 나왔다. 절대 고독 속에 살아가는 현대인들의 빈 가슴을 일면식도 없는 타인이 나타나 안아 주며 정(情)을 표시해 준 것이다. 지금도 그때처럼 어디서 몰래 카메라가 지켜보고 있는지도 모른다. 사람들은 그녀의 표정을 힐끔거리며 지나갔다. 입안에 가득 웃음을 머금고서.

여자의 표정은 그야말로 진지했다. 여전히 두 팔로 팻말을 들고서 자신을 안아 줄 사람을 기다렸다. 한참을 기다려도 나타나지 않자 표정이 굳어지기 시작했다. 그렇게 한 시간쯤 지났을까. 다섯 살쯤 되어 보이는 꼬마 아이가 나타났다. 손에 커다란 풍선을 들고.

꼬마는 풍선을 여자에게 내밀며 두 팔을 벌렸다. 그리고는 여자의 품에 담싹 안겼다. 허리를 껴안고는 행인들을 향해 배시시 웃었다. 여기저기서 박수가 터져 나왔다. 카메라 플래시가 터지고 카메라 앵글 돌아가는 소리와 함께 방송 제작진이 나타났다. 오늘 방송도 성공이었다.

여자는 아이를 들어 볼에 뽀뽀를 해주고는 제작진과 함께 사라졌다.

거리는 다시 사람들의 발걸음과 웃음소리로 가득해졌다. 아! 세상은 아직까지 살만한 것인가 보다. 악이 득세하고 불의가 판치는 그래서 종말이라고 떠들어대도 지구는 여전히 잘 돌아가고 있다. 북극의 빙하가 녹아 북극곰과 물범과 그린 랜드 고래가 사라지고, 일본에서는 대규모의 강진이 발생해 수천 명의 사상자가 발생해도 여전히 지구는 돌아가고 있다. 가난한 가슴을 끌어안고 내일을 걱정하며 지구의 온난화를 견디고 있다. 명동은 언제 적부터 명동이었을까.

어느 시절, 어느 때부터 번화가의 몫을 담당했을까. 문단야사에 따르면 50년대 초반부터 문인들이 명동에 자주 모이면서 많은 일화가 생겼다고 한다. 배고픈 문인들이 명동에 있는 다방에 모여 줄담배를 피워 물면서 문학이니 예술이니 하며 동지애를 느꼈을 것이다. 물론 거기에는 문단의 두뇌들이 모여 나라의 장래를 놓고 끊임없는 공방이 오갔을 것이다. 그런 모든 이야기는 전설이 되어 지면을 장식하고 있다. 지금 그 명동에 수많은 발걸음이 오가고 있다.

밀리오레 앞길에 조각물이 보인다. 소매치기와 격투를 벌이는 경찰관과 함께 싸우다 죽은, 의인이 숨진 곳이다. 그 의인이 숨진 곳에 조각물을 만들어 행인들의 의식을 일깨우고 있다. 그러나 과연 몇 사람이나 그 동상을 보며 자신의 무딘 양심을 탓할까. 세상은 점점 의인이 사라지고 있다. 악인이 득세하고 불의가 정의를 핍박하고 거짓이 진실을 사기쳐 먹는 세상이다. 그나마 세상이 강도의 소굴이 되지 않는 건 법 제도가 있어 약자를 보호하고 있다는 사실이다. 물론 개중에는 그 법마저 교묘히 이용해 약자를 더 큰 수렁으로 밀어 넣는 후안무치도 있다.

그러나 그는 믿는다. 어둠이 짙을수록 새벽은 밝아오는 법. 시대의

의인은 살아 반드시 악의 세력으로부터 약자를 보호하고 정의가 하수
처럼 흐르는 세상이 올 것이라는 것을.

　명동 한복판을 지난다. 머리에 붉은 띠를 두르고 북을 둥둥 치며 지
나는 종파(宗派)가 보인다. 무당 복장을 하고서 지나는 노인 일행도
있다. 흰 소복을 한 채 지나는 여자들도 있다. 상(喪)을 당한 유족인
줄 알았는데 알고 보니 연극배우들이다. 명동은 건물마다 쏟아내는 음
악이 광풍처럼 흐르고 있다.

　길거리는 노점상들이 다 차지하고 발걸음마다 외로움을 호소하고
있다. 텅 빈 가슴을 열어 보이며 서로 서로 관심을 호소하고 있다. 돈
과 문화, 젊음과 방종이 무리지어 흐르는 명동이다. 사람들은 외로운
가슴을 안고서 서로 안아 달라고 호소한다. 의류점이 사라지고 핸드폰
기기를 파는 통신점 앞이다. 다섯 살쯤 됐을까. 남자 아이가 엄마의
다리를 붙잡고 앉아 있다. 앉아 있는 게 아니라 아예 매달려 있다. 아
무데도 못 가게 아예 붙잡고 늘어진 것이다.

　"이거 못 놔?"

　"못 놔."

　"너 자꾸 그러면 맞는다."

　"그래도 못 놔."

　여자와 아이는 누가 더 끈질긴가 내기를 하는 것 같다. 곁을 지나는
여자가 말한다. 엄마나 아들이나 똑같군. 하긴 어디 가겠어, 그 엄마
에 그 아들이지.

　"빨리 놔."

　"못 놔."

　"너 진짜 맞는다."

"그래도 못 놔."

사람들의 시선이 모아진다. 여자는 곤혹스런 표정을 짓는다. 사람들이 여자에게 무언의 압력을 가한다. 웬만하면 아들 뜻대로 해주지.

"엄마가 안아줄 테니까 이거 놔."

"정말? 정말이지."

아이는 엄마의 다리를 감고 있던 팔을 놓더니 대뜸 품에 안겨든다. 여자는 아들을 안고 명동을 지난다. 자식 이기는 부모 없다더니…… 사람들은 웃으며 모자(母子)를 바라본다. 싸움은 어이없게도 아들의 판정승으로 끝났다. 아이가 엄마의 품에 안겨 노래를 부른다.

"뒷다리가 쑥 앞다리가 쑥 개구리 됐네……."

예닐곱 살쯤 됐을까, 커다란 아이를 가슴에 안은 남자가 명동을 지난다. 아이는 키가 키고 몸집이 크다. 아빠가 안기에는 많이 커버렸다. 아빠의 가슴에 안긴 아이는 노래를 부른다. 두 손으로 아빠의 가슴을 때려가며 노래를 한다. 남자는 흐뭇한 표정으로 아이를 바라본다. 행인들을 향해 눈빛으로 말을 건넨다.

이렇게 잘 생긴 아들 본 적 있어?

딸아이를 가슴에 안고 지나는 여자, 남자도 있다. 아이는 품에서 자란다. 부모의 따스한 사랑의 공기를 마시며 안위와 배려를 먹고 아이는 자신의 존재를 확인받으며 자란다. 안정감과 따스한 사랑의 공기를 마시며 몸과 마음이 성장한다. 세상은 비약적으로 발전하고 있다. 컴퓨터의 가상세계가 현실로 둔갑하면서 기계문명이 사람을 조종하고 있는 느낌마저 든다. 그 삭막한 기계문명은 인간 사이의 정마저 차단하는지 사람들은 저마다 외로움을 호소하며 쾌락으로 대신하는 경향마저 있다. 쾌락과 감정은 과연 어떤 함수관계로 작용하는 걸까.

감정은 이해하는 것이 아닌 느끼는 것이다. 바로 사랑이 그렇다. 사랑은 논리를 따짐으로 존재하는 것이 아니다. 사랑은 비논리고 이해가 아닌 상호의존적인 감정관계다. 그러나 요즘 사람들은 사랑을 이해하고 감정의 쾌락으로 해석한다. 사랑을 부요한 감정놀음 따위로 해석하는 것이다. 그냥 그때그때 감정에 충실한 것을 사랑에 대한 반응이라 생각한다. 그래서 요즘은 젊은 치들이 버스 안이나 전철 안에서 마구 키스를 해대고 포옹을 하고 심지어 가슴속에 손을 집어놓고 해괴한 짓거리를 하는 것이다.

남자보다 여자가 더 적극적으로 애정공세를 펼치고 난리도 아닌 것이다. 어린 치들은 한술 더 뜬다. 중학생쯤 되었을까. 암튼 이제 갓 초등학교를 졸업했을 애송이들 같았다. 이 어린것들이 공부한다 핑계대고 도서관에 온 모양이다. 밥을 먹고 나더니 여자애가 휴지를 꺼내 남자애의 얼굴을 닦아주었다. 그러더니 아예 가슴에 폭 파묻혀 기대는 것이다. 입술이 남자애의 얼굴에 점점 다가가는데 이건 목불인견이었다. 부모가 누군지 한심했다. 저런 것을 자식이라고 뼈 빠지게 돈 벌어 대고 도서관 가서 착실하게 공부 잘하는 줄 알고 도시락까지 싸 보냈으니, 하긴 세상에 자식에게 속지 않는 부모가 몇이나 되겠는가.

하지만 그 모든 바탕에는 사랑이라는 감정이 깔려있는 것을 누구도 부정 못할 것이다. 저 어린 치들마저도. 여자애는 일부러 그랬는지 핫팬츠를 입고 있었다. 허벅지가 그대로 드러난 팬츠를 입고서 그 다리를 남자애의 무릎 위에 올려놓았다. 그러더니 이번에는 남자애의 가슴에 머리를 기대더니 남자의 손을 끌어 가슴 쪽으로 옮겨가는 게 아닌가. 세상 말세라더니 그 말이 꼭 맞았다. 벌건 대낮에 그것도 어린 학생들이 공부하는 도서관에서 어린것들이 흉측스럽게 애정행각을 벌이다니, 그는 자리에 일어나면서 벽력같이 소리를 질렀다.

"야! 이것들아 하라는 공부들은 않고서!"

그 다음은 모르겠다. 너무 흥분해 제정신이 아니었던 것 같다. 일대 소동이 벌어진 것 같은데 사람들이 몰려들어 큰소리와 욕설이 오가고, 암튼 아수라장이 된 것만큼은 틀림없다. 그런데 다음 순간 안에서 자책이 일었다. 왜 내가 남의 감정놀음에 끼어들어 난리를 쳤단 말인가.

그것도 일면식도 없는 남의 집 아이들에게. 하긴 남녀공학인 어느 대학에서는 강의시간에도 남녀가 붙어 앉아 키스를 하고 가슴속에 손을 넣고 만지는 바람에 수업방해가 된다고 인터넷 사이트에 올랐다고 한다. 그런데 정작 본인들은 남의 애정표현의 자유를 왜 침해 하냐고 큰소리를 치더란다. 그러자 다른 학생 왈 "야! 그럴 것 같으면 너희들은 아침부터 모텔로 갈 것이지 학교는 뭐 하러 오냐?" 말 되는 소리였다.

"여기는 너희 집 안방이 아니고 서양도 아니고 동방예의지국이란 말야."

그러자 어디선가 비아냥거리는 소리가 났다. 동방예의지국 좋아하시네. 현대가 각박해질수록 사람들은 더욱 사랑에 목말라한다. 자신의 마음을 보듬어 줄 상대를 찾기 위해 눈에 불을 켜고 돌아다닌다. 사람에겐 사랑 받고 싶어 하는 본능적인 욕구가 있다. 그 욕구를 채움 받지 못하면 마음에 상처가 침입한다. 그래서 모두가 사랑받기 위해 혈안이 돼 돌아다니는 것이다. 그 잘못된 행태가 바로 불륜이다.

한 여자가 있다. 그녀는 남편이 두 눈 시퍼렇게 뜨고 살아 있음에도 불구하고 늘 자신을 사랑해 줄 남자를 찾기 위해 미친 듯이 돌아다닌다. 상대의 마음을 얻기 위해 몸과 마음을 열 준비가 항상 되어 있다. 때에 따라 간이고 쓸개고 사랑을 위해서라면 다 내어 줄 용의도 있다.

상대가 부르면 불원천리 달려간다. 그녀의 정신은 늘 새로운 사랑을 찾아 떠나갈 준비가 되어 있다. 물론 현재의 남편에게도 충실하다. 사랑 받고 인정받기 위해서다.

그녀는 잠시라도 남편의 사랑과 관심이 멀어졌다 하면 미칠 듯이 괴로워한다. 그리고 속옷을 새로 산다. 헤어스타일을 바꾼다 온통 법석을 떤다. 눈물을 흘리며 여기저기 전화를 걸어 하소연한다.

"그이한테 여자가 생긴 건 아닐까, 요즘 통 내 곁에 가까이 안 온다니까."

애인한테도 마찬가지다. 잠시 전화가 뜸하면 제가 먼저 안달이 난다. 연신 전화를 넣어 몸이 아프네 우울증이 생기네 하며 온갖 관심을 유도한다. 그래도 상대의 반응이 시원찮으면 아무래도 암인 것 같다며 눈물 콧물 흘리며 난리가 난다. 그녀의 마음은 상대의 마음을 움직이기 위해 늘 변화무쌍하다. 자식도 안중에 없다. 언제나 사랑하는 남자에게만 집중한다. 그녀의 행태를 지켜본 친구가 말했다.

"너의 사랑의 종말은 무엇이니?"

그러다 그녀는 바로 그 친구의 남편과 바람이 나고 말았다. 그것도 자신이 물었던 사랑의 종말의 주인공한테. 어느 날인가부터 남편의 태도에 이상을 느낀 그녀는 미칠 듯이 괴로워하며 그 이유를 캐묻기 시작했다. 처음에는 머뭇머뭇하던 남편이 나중에는 짜증을 내며 말했다.

"난 니가 지겨워, 늘 사랑 타령이나 외워대는 니가 견딜 수 없이 짜증이 나, 넌 남자를 지겹게 하는 여자야, 알겠어? 이게 바로 그 이유야."

그 말에 여자는 발작을 일으켰다.

"내가? 내가 당신한테 어떻게 했는데."

이튿날 남자는 아내의 친구인 애인한테 말했다.

"글쎄 어제 바로 그 난리를 치렀다니까."

"그래서 저와의 관계에 대해서도 다 말씀하셨어요?"

"미쳤어? 그걸 말하게."

"그런데 걔는 제 주제도 모르고…… 한심한 년."

"주제를 모르긴 당신도 마찬가지 아닌가."

"뭐가 마찬가지예요, 난 남편 이외에 남자는 당신뿐이라구요."

"그럼 당신 친구는?"

그는 아내라는 호칭 대신 당신 친구라는 표현을 했다. 그건 그녀를 만날 때만 사용하는 칭호였다. 그녀는 잠시 머뭇거리다 말했다.

"걔는 벌써 여러 명의 남자를 거친 상태라구요."

"뭐라구?"

남자는 분노로 말을 잇지 못했다.

"왜 그렇게 놀라세요? 당신도 마찬가지이면서."

이번에는 여자가 되받아 치며 말했다.

"남자하고 여자하고 같아?"

"뭐가 다른데요?"

여자 역시 분노에 찬 음성으로 말했다. 그날 그들은 싸움만 티격태격하다 헤어지고 말았다. 집으로 돌아온 남자는 아내의 부재에 놀랐다. 분명 집안 어딘가에 쭈그리고 앉아 울고 있을 줄 알았는데 보이질 않는 것이다. 그는 아내의 핸드폰을 걸어 보았지만 받지 않았다. 좀 전에 들었던 말이 떠올랐다. 불길한 예감에 그는 계속 핸드폰을 넣었지만 역시 받지 않았다.

"내 이것들을 당장."

남자는 아내의 친구인 애인한테 전화를 걸었다.

"당신 우리 집사람 지금 이디 있는 줄 알지, 빨리 대."

여자는 잠시 뜸을 들이며 말했다.

"지금 서울에 없을 텐데요."

"뭐라구?"

"지금쯤 강원도나 아님 남쪽 바닷가 어딘가를 헤매고 있을 텐데."

"네 이 여편네를 당장."

"그런데 왜 그렇게 흥분하시고 그러세요, 한두 번 겪는 일도 아닐 텐데요."

여자는 일부러 화를 돋우기라도 하듯 느물거리며 말했다. 그녀는 이미 남편과 합의이혼하기로 결심을 굳힌 상태였다.

"당신도 그쯤 해서 마음 정리하세요— 이미 마음이 떠난 여자 붙잡은들 무슨 소용이 있겠어요, 또."

"또 뭐?"

"제가 있잖아요. 제 친구와는 이제 호적 정리를 하실 때도 된 것 같은데."

그 말에 남자는 할 말을 잊었다.

"당신도 그리 떳떳하진 않잖아요, 서로 피장파장 아닌가요?"

"애들 문제는 어떡하고."

남자는 다소 풀죽은 목소리로 말했다.

"애 엄마한테 데려가라고 하세요. 그게 순리 아닌가요?"

"순리라……."

그러다 남자는 생각난 듯이 말했다.

"그럼 당신은?"

"전 이미 합의이혼하기로 결정했어요, 당신 결정만 남았어요."

일이 너무 빠르게 쉽게 결론에 이르고 있었다.

"그런데 집사람이 순순히 이혼해줄까."

"해줄 거예요. 자기도 원하는 바니까."

"그건 당신이 그 사람을 몰라서 하는 말이야."

"만일 이혼 안 해주면 쌍벌 간통죄로 고소하세요."

"그런 다음에는?"

그들의 대화는 거기에서 끊겼다. 집 나간 줄 알았던 아내에게서 연락이 온 것이다. 또 한 여자가 있다. 그녀는 40대 중반의 나이에도 여전히 섹스어필하다. 특히 하체가 성적 매력을 물씬 풍긴다. 남자들은 그녀의 하체에 시선을 고정시키고 상상력을 극대화한다.

둔부에서 발목까지 이어지는 S라인은 예술적이다. 그녀 역시 사랑받고 싶어 몸부림을 한다. 늘 남의 시선을 의식하기 때문에 잠시도 자유가 없다. 늘 외모 가꾸기에 바쁘고 교양 있는 말로 자신을 포장하기에 지식 소양도 높다. 사람들은 늘 궁금해 한다. 그녀의 남편은 얼마나 행복할까. 저런 절세가인을 아내로 두었으니 죽어도 여한이 없겠다.

그러나 남편을 만나 보면 금세 실망한다. 그녀의 남편은 평범하다 못해 약간 못생긴 축에 속하기 때문이다. 내성적인 성격 탓에 대인관계도 원활하지 못하고 경제적인 능력도 뛰어나지 않다. 미인을 차지하기에 부족한 면마저 보인다. 그러나 그는 아내에게 헌신적이리만치 잘하는 편이다. 아내의 사랑을 얻기 위해 집안일도 도맡아 한다. 그럼에도 그녀는 늘 사랑에 목말라 한다. 어릴 때 사랑받지 못하고 산 원한이 사무치기 때문이다. 바로 애정결핍증이 그 원인인 것이다.

그녀는 생부로부터 버림받았다. 생부는 그녀와 본처를 두고 떠났다. 그에겐 결혼하기 이전부터 예정된 사랑이 있었다고 한다. 그 예정된

사랑이 잠시 한눈을 판 사이 홧김에 마음에도 없는 여자와 결혼한 것
이다. 그러니 그 결혼 생활이 평탄할 리 없었다. 생부는 하구한날 놓
쳐버린 옛사랑을 두고 눈물 흘리며 괴로워했다. 처자식은 아예 뒷전이
었다. 그러던 어느 날 잃었던 옛사랑이 찾아왔다.

기적처럼.

생부는 뒤도 안 돌아보고 옛사랑을 따라 나섰다. 그때 생모는 이미
둘째 아이를 임신하고 있었다. 뱃속에 든 생명만 아니었다면 그 연놈
이 보는 앞에서 혀 깨물고 죽고 말았을 거라는 푸념을 그녀는 어린 시
절 내내 들어야 했다. 어머니는 화병 때문에 나이 오십도 되기 전에
죽었다. 남편에 대한 분노 때문에 심장 발작을 일으킨 적도 여러 번이
었다.

"쳐 죽일 놈, 그럴 것 같으면 처음부터 결혼을 말았어야지, 왜 남의
멀쩡한 가슴에 불을 지펴? 그 연놈들 죽어도 옳게 못 죽을 것이다."

어머니는 나이 오십에 이르도록 피부와 자태가 고왔다. 선한 눈매
와 균형 잡힌 몸매와 또 그에 걸맞는 학식도 갖추고 있었다. 당시로선
교양과 미모를 겸비한 인텔리에 속했다. 그러나 결혼 한번 잘못한 죄
로 씻을 수 없는 오명을 뒤집어 써야 했다. 학교 교사로 재직했던 어
머니는 자식들 공부시키느라 재혼은 꿈도 꾸지 못했다. 아니 남자 자
체를 불신하기에 이른 것이다.

"제아무리 잘난 놈도 필요 없다. 또 속에 진짜 좋아하는 년 따로 숨
겨주고 뒤통수치고 달아날 게 뻔하다."

생부로 인한 분노가 모든 남자들에게 확산된 것이다. 그녀는 어머
니의 무관심과 생부에 대한 분노 그리움으로 어린 시절을 보냈다. 어
머니의 빼어난 외모를 그대로 빼어 박은 그녀는 어딜 가나 남자가 따

랐다. 그러나 그녀는 생부에 대한 기억 때문에 아무도 믿을 수가 없었다. 그러다 그녀는 자신과 비슷한 남자를 만났다. 그는 사랑을 간절히 원하고 있었다. 사랑을 위해서라면 무엇이든 다 바칠 각오가 되어 있었다. 순교자처럼 그는 사랑에 너무 진지했고 그녀의 마음에 합당한 모든 것을 갖추고 있었다.

"아무것도 필요 없다. 당신 하나면 된다."

남자의 결혼 조건이었다. 그녀와 남편은 서로 서로 사랑 받기 위해 애썼다. 그녀는 밥을 굶는 한이 있더라고 몸매 관리는 꼭 했다. 집안은 엉망이어도 외모 가꾸는 데는 목숨을 걸었다. 그리고 남편 역시 마찬가지였다. 그에게 직장생활은 두 번째였다. 늘 아내에게 최선을 다했다. 퇴근해 돌아오면 집안청소부터 했고 음식도 잘 만들어 아내에게 대접했다. 아내의 옷도 손수 다림질했고 태어날 아기를 위해 태교 공부도 열심히 했다. 그러고 나서 꼭 하는 말이 있었다.

"내가 이렇게 당신한테 최선을 다하니 당신도 나에게 관심 갖고 사랑해 달라."

어젯밤 만취한 그는 아침부터 몹시 기분이 나빴다.

회사에 들러 대충 일을 마무리하고는 자동차를 몰고 영동고속도로로 들어섰다. 그가 속한 회사는 아버지가 오너로 있기 때문에 그는 비교적 자유로운 편이었다. 굵직한 일은 큰형이 처리하고 그는 회사에서 진행되는 큰 수주 건수를 맡아 했다. 대외적으로 이미지가 좋아야 그 일을 할 수 있었는데 그 적임자가 바로 그였다. 왜냐하면 그의 외모는 영화배우나 웬만한 모델 못지않게 뛰어 났기 때문이다. 그의 속사정을 듣고 나면 아! 하고 무릎을 칠 것이다.

그의 생모가 영화배우 출신이기 때문이다. 그러니까 그는 본처 소

생이 아닌 혼외정사로 낳은 서자 출신이었다. 그의 성장과정이 어떠했
는지는 불을 보듯 뻔하다. 가족은 그에게 결코 오너 자리를 내주지 않
았다. 겉으로는 온화한 척 친절을 베풀어도 상속문제만 나오면 눈에
불을 켜고 으르렁댔다.

　그때마다 그는 열외의 대상이었다. 널랑은 아예 넘보지 말라는 일
종의 경고 메시지였다. 그렇지 않아도 그는 형제간의 피 터지는 재산
싸움에 말려들 생각은 조금도 없었다. 따라서 후계자 수업 같은 것에
도 관심이 없었다. 그는 마음 편한 걸 삶의 제일순위로 삼았기 때문에
직장에서의 승진 따위에도 관심이 없었다.

　형제들은 그의 그런 성격을 철저히 이용했다. 외모가 뛰어난 그를
중요한 수주 계약이나 체결 때만 간판스타로 이용했다. 그걸 그도 모
르지 않았다. 그러나 시끄러운 걸 체질상 싫어하는 그는 모든 걸 알고
도 넘어갔다. 친부의 예리함과 생모의 섬세함을 닮은 그는 어릴 때부
터 늘 혼자 지냈다. 외로움은 그의 친구이자 천적이었다. 그는 나이
삼십이 넘어서도 늘 병적인 외로움을 앓았다. 그와 함께 독한 이기심
이 마음속에서 자라나고 있었다.

　이기심이 강할수록 사랑 받고 싶은 욕구도 강했다. 그는 진정한 사
랑을 하고 싶었다. 때 묻지 않은 건강한 사랑, 손익을 따지지 않는 순
수한 사랑, 그런 사랑에 목매달고 싶었다. 그러면서 한편으론 사랑하
길 두려워했다. 상처받는데 넌더리났기 때문이다. 그의 나이 삼십이
넘자 가족들은 그룹 차원에서 결혼을 서둘렀다. 이른바 정략결혼이었
다. 본인들의 의사와 상관없이 경쟁사와 결혼을 통한 인맥을 맺는 것
이 그들의 목적이었다. 그렇게 함으로써 상생의 관계를 유지하자는 일
종의 계약 같은 것이었다.

그는 거부했지만 어쩔 수 없이 맞선 자리에 끌려갔다. 처음에는 그 의도를 몰랐다. 양가 집안에서 골프 회동이 있는데 후계자들도 참석한 다고 했다. 그는 그런 자리를 몹시 싫어했지만 친부의 강력한 권고 앞에 무릎 꿇고 말았다. 친부가 부성애가 가득 담긴 애절한 눈빛으로 호소하고 있었기 때문이다. 그런 눈빛은 세상에 태어나 처음이었다.

"중요한 자리다. 애비 체면을 생각해서라도 이번만큼은 따라다오."

그때까지만 해도 맞선자리일 줄은 꿈에도 생각지 못했다. 그냥 중요한 모임이라는 것만 인지할 따름이었다. 그런데 골프가 끝나고 나서였다. 양가 소개가 있는데 빼어난 미인이 나타난 것이다. 그야말로 S라인에 얼굴이 막 하강한 천사 같았다. 다소곳한 태도에 말씨도 부드러워 TV사극에 나오는 왕비 같았다. 자연스럽게 양가 집안의 혼사 문제가 나왔다.

"따님 인물이 워낙 출중하십니다."

그의 친부가 일부러 덕담을 늘어놓으며 말했다.

"안 그래도 우리 집안에 영화 감독하는 조카아이가 있는데 저 애를 영화배우 시키라고 하도 조르는 바람에 거절하느라 애먹었습니다."

가끔씩 TV에 얼굴을 잘 내미는 그는 전자제품을 대량으로 수출한다는 모 재벌 총수임이 틀림없었다. 총수는 그를 향해 미소 진 얼굴로 말했다.

"그쪽도 우리애에 비해 결코 만만치 않군요. 소문으로만 들었는데 역시, 영화배우 모델 못지않게 잘생겼습니다."

"그런가요, 하긴 재 인물은 즈이 엄마를 닮았습니다."

"아! 아!"

그제야 생각난 듯 총수는 무릎을 치며 하하대고 웃었다. 그의 생모가 영화배우 출신이란 걸 그제야 눈치 챈 것이다.

"혼사란 모름지기 균형이 맞아야 하는 게야. 둘이 오늘 서로 대화도 나눠보고 잘 해보려무나."

그들은 둘을 남겨놓고 퇴장해버렸다. 한 쌍의 원앙새가 따로 없었다. 둘이서 거리를 나서면 영화 촬영 온 줄 알고 구경꾼들이 순식간에 몰려들었다. 둘은 서로 서로 만족했다. 양가 집안은 물론 성격이나 외모 또한 대만족이었다. 그야말로 차이 없는 균등이었다. 자연스럽게 혼사 말이 오가기 시작했다. 그런데 본격적인 협상에 들어서자 저쪽 말이 달라지기 시작했다. 친아들이 아니라는 것이 문제였다. 그 이유는 뻔했다. 재산 상속에 있어 차이가 있기 때문에 다시 신중히 생각해보자는 것이었다.

본인들의 의사가 더 중요하지 않겠느냐는 말에 여자 역시 마찬가지 입장이라고 했다. 그러니까 그녀는 그동안 교제하면서 신중하게 그 문제를 염두에 두고 있었던 것이었다. 나중에 알고 보니 그들만큼 실리 계산에 밝은 사람들도 없었다. 여자도 마찬가지였다. 처음에는 그의 외모에 끌려 교제를 계속했는데 재산 문제가 불거지자 집안의 의사에 따르기로 결정한 것이다. 후일에 들은 이야기지만 그의 집안보다 더 월등한 재산가에게 맞선 제의가 들어왔다고 한다.

그 일로 인해 그는 여간 타격을 입은 게 아니었다. 그녀를 백퍼센트 신뢰한 것은 아니었지만 그렇다고 의심하거나 나쁘게 보지도 않았다. 요즘 여자답지 않게 조신하고 이해심도 많고 무엇보다 예의가 바랐기 때문이다. 더구나 그녀에게는 상대를 배려할 줄 아는 마음 씀씀이가 있었다. 굴곡 없이 자란 탓인지 심성도 고왔다. 그러나 그건 그의 순전한 착각이었다. 일단 사랑이라는 안경을 쓰고 바라봤기 때문이었다.

여자와는 헤어지자는 인사도 없이 끝이 나고 말았다. 여자 쪽에서 서둘러 없던 일로 하자고 했기 때문이다. 그로부터 정확히 삼 개월 뒤 그녀는 미국 유학을 끝마치고 귀국한 또다른 재벌 2세와 웨딩마치를 올렸다. 삼 개월이라면 정말 눈 깜짝할 만큼 빠른 시일이었다. 그는 아직도 이별 후유증에서 벗어나지 못하고 있는데 그녀는 미래를 향해 힘찬 발돋움을 하고 있었던 것이다. 그건 그에게 있어 가히 충격적인 사건이었다.

세상 못 믿을 게 여자 마음이라는 흔한 말이 그렇게 실감날 수가 없었다. 그 일 이후 그는 더욱 어영부영 살았다. 집안일에는 더욱 신경을 안 썼다. 여행과 방종으로 일관했다. 그건 그의 형제들이 원하는 것이기도 했다. 그는 겉으로는 무관심한 척 초연한 척했지만 속마음은 달랐다. 내부적으로 갈급한 욕구에 시달리고 있었던 것이다. 그 정체가 매우 모호했지만 그는 끊임없이 그 욕구에 시달렸다.

그는 어느 날 거리를 지나다 팻말을 들고 서 있는 여자를 보았다.

Free hug

아! 가슴속에서 용솟음치는 소리가 들렸다. 바로 그거다. 그건 어찌 보면 전적인 배려라는 뜻도 담고 있었다. 아니 무조건적인 신뢰라는 뜻도 숨어 있었다. 아무것도 묻지 말고 무조건 나를 안아 달라. 순수한 박애적인 의미도 숨어 있었다. 사람들은 모두 빙글 빙글 웃기만 할 뿐 선뜻 다가서는 사람이 없었다. 그는 그녀를 향해 용감하게 뛰어갔다. 그리고 자신도 모르게 두 팔을 벌려 여자를 안았다.

아악! 여자가 놀라 비명을 질렀다.

어느 날 그녀는 보았다.

자신의 마음 안에 드리운 어두운 그림자를. 마음속에 들리는 울음의 정체를. 그 슬픔의 근저를. 그건 바로 수치심이었다. 그 수치심과 함께 열등감이 사랑 받지 못했다는 소외감과 함께 묶여 있었다. 그녀의 생각은 언제나 한가지였다. 혼자라는 것이었다. 그건 아무와도 화합할 줄 모르는 치명적인 약점이자 공포였다. 그 허기진 영혼 속에 비수가 자라고 있었다. 사람들에 대한 적대감과 불신이었다.

그녀는 항상 마음이 조급했다. 버스를 기다리다가도 조금만 지체되면 당장 욕부터 나왔다. 그날도 바로 그런 날이었을 게다. 지갑 속에서 동전이 짤랑거렸다. 벌써 십 분이 지난 것 같은데 여전히 버스가 오지 않았다. 다시 오 분이 지났다. 그녀는 속에서 부아가 났다. 다른 버스는 잘 오는데 오늘따라 잘 오지를 않는 것이다. 그녀는 갑자기 팔이 아프고 다리가 저렸다. 이러다 버스 환승 못하는 거 아냐? 신호등마다 빨간불이 켜진 모양이다. 차량 정체 현상이 계속 이어졌다. 그러자 그냥 차로를 무단횡단 하는 사람마저 생겨났다. 여기저기서 클랙슨 소리가 울렸다.

그때였다. 그녀 눈앞을 휙 스쳐 지나는 것이 있었다. 그건 바로 그녀가 그토록 기다리던 버스였다. 버스는 눈 깜짝할 사이 그녀 앞을 지나 사거리로 달려갔다.

"아이고 저놈의 버스."

당장 입에서 욕부터 나왔다. 눈이 빠지게 기다렸더니 그냥 가버린 것이다. 속에서 불길 같은 것이 치솟았다. 저 놈의 버스가 미쳤나 왜 그냥 가? 아이구 속 터져.

그녀는 두 달 전 다니던 회사를 그만 둔 상태였다. 이번에 그만 둔 이유는 이제 막 입사한 신입사원 때문이었다. 신입사원인 미스현은 이제 대학을 갓 졸업한 신출내기로 인물이 빼어났다. 입사하자마자 당장 남자 직원들의 눈이 휘둥그레졌다. 평소에도 여직원들에게 불친절하고 매너 없기로 소문난 총무과장도 그녀에게만큼은 온갖 친절을 다 베풀었다.

심지어 자판기에서 손수 커피도 빼다 줄 정도였다. 총각 사원들은 모두 그녀에게 목을 맨다고 해도 과언이 아니었다. 그녀는 미인에다 뒷 배경도 좋았다. 소문에 의하면 그녀의 아버지가 경영진의 멤버라는 것이었다. 그야말로 최고의 일등 신붓감이었다. 그런데 문제는 다른 곳에서 발생하고 있었다. 남자 직원들이 미스 현과 그녀 둘을 놓고 입방아를 찧어대는 것이었다.

"저 새로 들어온 미스 현하고 저 노처녀 미스 성 말야, 너무 대조된다고 생각지 않아?"

그것은 곧 미인인 미스 현에 비해 그녀의 외모가 훨씬 뒤떨어진다는 일종의 야유였다. 얼굴과 몸매를 비교해 가며 입방아를 찧어대는 축은 주로 총각 사원이었다. 또 잠자리의 비유를 들어가며 농담거리로 삼는 축은 유부남 사원들이었다. 그들은 그것을 무슨 가십거리라도 만난 듯 그녀가 듣건 말건 입에 올렸다. 지금이 어떤 시댄가. 70년대 80년대 군사정권 시대도 아닌데, 어디서 여자 몸매를 거론해 가며 성적 농담을 즐기는가. 그녀는 분노와 함께 심한 욕설을 퍼부었다.

"야! 이 망할 새끼들아, 집구석에 가서 니 여편네랑 여동생들한테나 말해라."

그 이후에 쏟아져 나온 말들은 그녀 자신도 이해하지 못할 희한한 것들이었다. 한참 욕설을 퍼붓고 나자 그녀 자신도 어리둥절했다. 듣고 있던 직원들도 어이가 없는지 말했다.

"그러게 어서 결혼을 하라니까, 그럼 이런 저런 소리 안 듣고 편하게 남편이 벌어다 주는 돈 갖고 살면 되잖아."

옆자리의 민대리가 말했다.

"그러게 말야, 성(聖)처녀 결혼할 날짜는 언제일지 궁금하단 말야."

유부남인 부장이 그녀 곁을 지나며 은밀한 목소리로 말했다.

"그나저나 남자들이 눈이 삐었지 저런 처녀를 그냥 곱게 놔두고 말야."

그 의미를 파악할 사이도 없이 그녀 입에서 또다시 폭포수 같은 욕설이 터져 나왔다. 집기와 서류 뭉치가 부장 앞에서 춤을 추며 날아다녔다. 그와 동시에 직원들은 미쳐 날뛰는 야수를 보는 듯 멍한 표정을 지었다.

"저러니 여적 싱글이지."

키 155센티에 허리 28인치 몸무게 50킬로가 그녀의 몸매였다. 아무리 허리를 졸라매도 27인치가 안 됐다. 음식조절을 하면 26인치가 되겠지만 그건 꿈속에서나 가능한 일이었다. 그녀는 스트레스를 오직 식탐으로 해결했다. 폭식이 그녀의 식습관이었다. 얼굴은 그다지 밉상은 아니었으나 그렇다고 선한 인상도 아니었다. 그날 사건 이후로 그녀는 자의반 타의반으로 직장을 그만두었다. 그 난리를 치고 다시 직장에 나갈 용기가 나지 않았다.

그만 참았어야 하는데, 후회할 때는 이미 늦었다. 그런 식으로 일자리를 잃은 적이 한두 번이 아니었다. 그때마다 그녀는 모든 걸 남의 탓으로 돌려보냈다.

인덕이 없으려니까.

그곳을 그만 두고 나니 정말 갈 곳이 없었다. 백수 노릇도 한두 번이지 그녀는 날마다 자신과의 결투를 벌였다. 사실 그녀는 잠시도 가만히 못 있는 체질이었다. 비교적 활동적인 체질인데 대인관계에 매번 문제가 발생하는 바람에 항상 폭풍전야와 같은 위기감에 사로잡혀 살았던 것이다. 이윽고 버스가 도착했다. 버스에 발걸음을 올려놓자마자 그녀는 버스카드 판독기를 읽었다.

환승입니다.

천만다행이었다. 마침 자리가 있어 앉았다. 앉고 보니 저절로 한숨이 나왔다. 이럴 줄 알았으면 욕을 하고 난리 치는 게 아니었는데. 스스로에게 미안하고 부끄러웠다. 그런 식으로 그녀는 늘 조급한 자신에게 화가 나고 그로 인해 끝도 없이 후회감에 시달렸다.

Free hug

사실 그 단어는 어찌 보면 그가 가장 원하는 것인지도 몰랐다. 명동에서의 사건 이후 그는 심각한 병적 외로움을 앓았다. 하루에도 수십 번 마음이 뒤바뀌면서 감정이 급물살을 탔다. 기쁨과 슬픔, 안정과 번민이 수시로 그의 가슴을 요동쳤다. 한 순간은 기쁨과 환희로 극한 행복감에 취하는가 하면 얼마 안 가 나락으로 굴러 떨어지는 듯한 불안이 파도처럼 몰려드는 것이었다. 하루에도 수십 번씩 감정이 파도타기를 하면서 그는 심각한 외로움에 사로잡혔다. 그 갈급증이라니…….

절해고도에 갇혀, 그는 숨 쉴 힘조차 없었다. 그의 주변에는 분명 많은 사람들이 있는데 그는 언제나 혼자였다. 군중 속의 외로움? 그것과는 또 다른 차원의 것이었다. 그는 가끔씩 자리에 누워 병을 앓았다. 열이 오르고 가슴이 조여드는 듯한 증상이 한동안 이어졌다. 병원에 가 검사를 했지만 아무 이상이 없다 했다. 의사의 말로는 심인성 증상이라고 했다. 오랜만에 만난 대학 친구가 말했다.

"아무래도 조울증 초기 증세 같다."

그러면서 친구는 종교를 가질 것을 권유했다.

"마음의 안정을 되찾아야 해, 네 마음을 신께 의탁하도록 해라."

뜬금없는 말에 그는 의아한 표정을 지었다.

"차라리 나보고 마인드 컨트롤을 하라고 해라."

"내 말은 그게 아니고…… 니가 너무 불안해 하니까."

그렇게 말하는 친구는 이제 정신과 병원을 개업한 지 일 년 되는 신출내기 의사였다.

"요즘 우울증 환자가 속출하는 시대다, 무릇 지킬만한 것보다 네 마음을 지키라고 했다. 마음 관리를 잘해라."

"나 좀 한번 안아 주고 가라."

그는 돌아서는 친구를 향해 말했다.

"뭐라구?"

친구가 눈을 치뜨며 말했다.

"나 한번만 안아주고 가라구."

그의 절박한 눈빛을 대하자 친구는 결심한 듯 다가오더니 두 팔로 힘껏 안아 주었다.

"세상에서 가장 먼저 추구할 게 있다면 평안이라고 하더라. 네 마음을 신께 맡기고 자유해라."

친구는 그의 등을 가만히 두드려 주었다. 그는 친구와 헤어지고 나서 여의도 강가로 갔다. 마포대교 건너편에서 뿜어져 나오는 불빛을 보며 혼자 중얼거렸다.

젠장 마음을 어떻게 맡기라는 거야.

"사랑하지 않으면 상처는 받지 않겠지만 행복은 없는 거랍니다."

언젠가 들은 말이 생각났다. 누구였더라. 그는 기억 체계를 동원해

보았지만 떠오르는 얼굴은 없었다. 갑자기 마음이 조급해졌다. 강바람이 세차게 얼굴을 때렸다. 쏟아지는 도심의 불빛에도 강은 여전히 어두웠다. 고수부지 한 끝에 주차장이 보였다. 사람들이 모여 웅성대고 있었다. 아마도 밤차로 여행을 떠나는 사람들 같았다. 조금 더 걸어가니 오리배가 보였다. 장난감같이 오리 배는 밤에 묶여 아침을 기다리고 있었다.

화단과 매점이 눈에 들어 왔다. 그는 주머니를 뒤적였다. 담배를 찾았지만 보이지 않았다. 매점으로 걸어가는데 어디선가 음악이 들려왔다.

"당신은 사랑받기 위해 태어난 사람 지금도 그 사랑 받고 있지요."

그 음률이 마음을 울리고 있었다. 주변이 점점 환해지고 있었다. 빛줄기가 어둠을 조각내면서 음률이 점점 강하게 마음을 다스리고 있었다. 허기지고 갈급한 영혼에 만족이 스며들고 있었다. 지치고 상한 영혼들이 그 빛줄기 가운데로 몰려들고 있었다. 강물 속에 뛰어들기 위해 신발을 벗었던 청년은 눈물을 흘리고 있었다. 노숙자로 보이는 노인과 걸인이나 다름없는 중년 여인도 눈물을 떨구며 강가에서 이리로 오고 있었다. 그들 머리와 가슴 위로 커다란 십자가 불빛이 쏟아지고 있었다.

어둠이 짙을수록 새벽은 밝아오듯이 그들 영혼 위로 자유가 임하고 있었다. 그때 그들의 가슴을 포근히 감싸는 기운이 있었다. 안정된 기쁨과 영적 충만이었다.

그때 그는 언뜻 한 단어를 떠올렸다.

프리 허그.

그건 인간을 향한 신의 의지였다.

수고하고 무거운 짐진 자들아, 다 내게로 오라 내가 너희를 쉬게 하리니.

한 여자가 보였다. 그녀는 얼마 전, 이혼 수속을 끝내고 인생 막장을 향해 걸어가고 있었다. 생각했던 위자료는커녕 입고 있던 옷만 간신히 걸친 채 집 밖으로 끌려 나갔다. 남편과 자식 모두에게 버림받은 것이다. 그녀는 친구들 사이에서도 왕따 신세가 되었다. 그녀에겐 모두가 적대자로 변한 셈이다. 그녀는 긴 머리를 손으로 쓸어 올리며 계단을 하나씩 올라갔다. 그녀 뒤로 방금 전 자살을 시도하려 했던 청년도 따라 올라갔다.

그리고 강가에서 마지막을 밤을 보내려 했던 사람들도 하나씩 따라 올라갔다. 그 행렬은 마치 무슨 행사를 치르는 것처럼 길게 이어졌다. 그들 머리 위로 또다시 강렬한 십자가 불빛이 쏟아졌다. 날이 밝아오고 있었다. 어둠이 완전히 걷히고 햇살이 비추기 시작했다. 어디선가 아이들이 합창하는 소리가 들려왔다.

「개울가에 올챙이 한 마리 꼬물꼬물 헤엄치다.

뒷다리가 쑥 앞다리가 쑤욱 팔딱 팔딱 개구리 됐네」

그 옆에는 언젠가 명동에서 Free hug 간판을 들고 서 있던 여자 모습도 보였다. 사람들은 모두 강한 햇살을 받으며 강하고 안전한 절대자의 품속에 안기고 있었다. 변치 않는 절대자의 품속에. 그들 귓가에 세미한 음성이 들려오고 있었다.

"프리 허그."

(2008년 말씀과 문학)

환란은 인내를

　봄비가 부슬부슬 내리는 어느 새벽이었다.

　○○교회 앞 도로에서 뺑소니 차량 사건이 발생했다. 사건이 발생한 시각은 오전 6시쯤이었고 주변에 목격자라곤 피해자의 남편 단 한 사람뿐이었다. 목격자에 의하면 뺑소니 차량은 교회를 빠져 나와 차로로 내려서기 직전 피해자를 치고는 그대로 도주했다. 이른 새벽에다 안개가 끼어 불분명하긴 했지만 차량은 몸체가 큰 걸로 보아 체어맨이거나 에쿠스임에 틀림없다.

　그러나 채 미명이 가시지 않았고 자세히 확인하지 않아 그건 불분명한 사실이다. 피해자는 교회 인근에서 토스트를 구워 팔던 노점상이었다. 일찍 출근하는 직장인들을 대상으로 이른 새벽부터 나와 토스트를 팔고 있었다. 그날따라 손님이 뜸해 밖으로 나와 거리를 바라보고 있는데 웬 검정색 승용차가 나타나 여자를 치고 달아난 것이다.

　피해자의 남편이 나타났을 때, 뺑소니 차량은 도로 인터체인지를 돌아 고속도로로 접어들고 있었다. 잠시 후, 119 구급대에 의해 인근에 있는 종합병원 응급실에 실려간 피해자는 두개골이 파손되는 심각한 증상을 보였다. 평소에도 천식증세를 자주 일으키던 환자는 수술이 끝난 뒤에도 의식불명에서 깨어나지 못했다. 그리고 삼일 만에 기적적으로 의식을 회복했을 때 기질적 뇌증후군이란 새로운 병명을 추가하고 있었다. 사고 발생 시 뇌에 가해진 충격으로 인해 정신체계에 심각한 이상을 초래하고 만 것이다.

어느 화창한 봄날 일요일이었다. 예배가 막 시작되었는데 갑자기 성전 입구에서 큰 소란이 벌어졌다. 가방과 검은 비닐 보따리를 여러 개 든 중년 여자가 마침 입장하고 있는 성가대를 제치고 앞좌석을 향해 나가는 것이었다. 더구나 그녀의 입에선 알아들을 수 없는 괴성이 터지고 있었다.

"나사렛 예수의 이름으로……."

그 다음 말은 도저히 알아들을 수 없었다. 쉭쉭하는 것 같기도 하고 꿱꿱거리는 오리 소리 같기도 하고 무슨 산짐승 소리 같기도 했다. 성가대원을 제치고 앞으로 가는 그녀의 모습은 완전 거렁뱅이였다. 한복 비슷한 복장은 때에 절어 너절했고 신발은 너무 낡아 발가락이 비죽이 나와 있었다. 머리칼은 헝클어져 완전 산발이었다. 앞좌석을 향해 나가던 그녀의 발걸음에 제동이 걸렸다. 봉사하던 남자 집사가 그녀를 제지하고 나선 것이다.

"뭐여! 이거?"

그녀가 남자 집사의 손길을 홱 뿌리치더니 발등을 콱! 찍고 말았다.

"아얏!"

남자 집사는 발을 들고 그 자리에서 콩콩 뛰었다.

"사탄놈의 새키."

그녀의 눈빛은 흰자위만 남아 번뜩이고 있었다. 언뜻 보기에도 소름 끼치는 눈이었다. 그녀가 성가대원을 향해 눈길을 돌리는 순간 아악! 하고 비명이 터져 나왔다. 그녀의 눈빛을 확인한 남자 성도들의 입에서도 똑같은 비명이 터져 나왔다. 그들이 놀라 뒤로 물러서는 순간 그녀는 마구 몸부림치며 발작을 일으키기 시작했다. 입에서 거품을 내더니 그대로 뒤로 넘어지고 만 것이다. 쓰러진 그녀는 가방과 비닐 보따리를 잔뜩 움켜 쥔 채 미동도 안 했다. 뜻밖의 사태에 놀란 교인들은 쓰러진 그녀를 그저 멍하니 바라볼 뿐이었다. 잠시 정적이 흐른 뒤, 힘센 청년 몇 사람이 다가와 그녀를 앞뒤에서 잡아채고는 성전 밖으로 끌고 나갔다.

그녀가 나가고 성전 문은 굳게 닫혔다. 그때만큼은 당회장 목사도 어쩔 수 없는지 침묵을 지켰다. 그리고 그날 설교는 이상하리만치 싸늘한 분위기가 흘렀다. 설교하는 목사도 청중들도 반응이 영 시원찮았다. 예배가 끝난 뒤 교인들은 수런거리며 교회를 빠져나갔다.

그들은 알 수 없는 영적 침체감에 빠져 마음이 계속 가라앉고 있었다. 느닷없이 나타나 소동을 벌인 그녀에 대한 착잡한 마음이 영적인 물음표가 되어 떠올랐다. 그 다음 주도 또 그 다음 주도 여자는 계속 나타났다. 손에 여러 보퉁이를 든 채로 여전히 눈이 돌아가 있었다. 그녀가 나타나면 으레 성전 입구는 초비상이 걸렸고 드잡이와 함께 심한 욕설까지 오갔다. 경건하던 교회 분위기는 오간 데 없고 살벌한 분위기가 감도는 것이었다.

힘이 달릴 때마다 그녀는 손에 든 보퉁이를 하나씩 집어던지며 항의를 했다. 한번은 얼마나 세게 던졌는지 안에 든 내용물이 모두 쏟아졌다. 머리빗, 손목시계, 헤어밴드, 이어링, 팔찌, 반지 등 장신구와 속옷 나부랭이가 우르르 쏟아져 나왔다. 내용물이 쏟아지자 그녀의 표정은 삽시간에 흑색으로 변했다. 급히 주워 담더니 쏜살같이 밖으로 뛰쳐나갔다. 그런 증상은 날이 궂거나 비가 오는 날이면 심화돼 일대 소동이 벌어지곤 했다. 갑자기 외마디 소리를 지르며 뒤로 넘어지는가 하면 여자, 특히 머리칼이 긴 여자 교인만 보면 달려들어 주먹을 휘둘렀다.

그런데 이상한 것은 그렇게 맞은 당사자는 오히려 초연했다.

당장 화를 내면서 저 여자를 쫓아내라고 할 것 같은데도 오히려 불쌍한 표정을 지으며 자리를 피했다. 제 정신이 아닌 여자를 두고 왈가왈부 하고 싶지 않다는 것이었다. 그리고 그녀에게 다가가 돈을 몰래 쥐어주거나 옷가지를 건네는 교인들도 있었다. 식당에 나타나면 대부분의 교인들은 눈살부터 찡그렸지만 마음 착한 교인들은 일부러 친절하게 대해 주었다. 그들 마음속에는 한결같이 당회장 목사의 설교가 떠오르고 있었다. 악인도 사랑받고 싶어 한다. 그러자 여자의 태도가 이상하리만치 달라지기 시작했다. 태도가 양순해지고 표정이 밝아진 것이다.

그러나…….

겨울이 끝나갈 무렵 교회 마당에 처연한 빗줄기가 내리고 있었다. 주차장이 보이는 공터 뒤편에 이상한 물체가 보였다. 꿈틀거리는 걸로 보아 살아있는 생물체임에 틀림없었다. 끙! 하고 신음소리가 나는가 싶더니 물체가 드디어 모습을 드러냈다. 손에 검은 비닐봉지를 들고 우비를 뒤집어쓰고 있었다. 심상치 않은 그 물체는 비칠거리며 일어나더니 당회장실이 있는 교육관 쪽으로 발걸음을 옮기기 시작했다. 산발한 머리에서 빗물이 뚝뚝 흘러내렸다. 입가엔 울음인지 웃음인지 모를 기운이 잔뜩 매달려 있었다. 때마침 주변에는 아무도 없었고 우르릉쾅! 하는 소리와 함께 빗줄기가 본격적으로 쏟아지기 시작했다. 그 소리에 놀라기라도 한 듯 물체는 하늘을 향해 괴성을 질렀다.

"우우우 웅…."

철버덕거리는 신발 사이로 발가락이 삐죽이 보였다. 그녀였다. 그녀는 신들린 듯한 표정으로 괴성을 지르며 당회장실로 난입했다. 문을 쾅 열어 제키는 순간 안에 있던 목사와 여전도사는 일제히 소리를 지르며 자리에서 일어났다.

"으으왁 귀 귀신이닷."

젊은 여전도사는 부들부들 떨며 말했다.

"음란한 사탄의 새끼들 이곳에서 무슨 짓을 한 거지? 이 마귀 새끼들아."

여자가 괴기스런 웃음을 흘리며 말하는데 꼭 지옥에서 건너온 하수인 같았다. 자세히 보니 여자는 일그러진 얼굴에 주름이 가득했다. 검붉은 낯 색은 육십도 훨씬 더 되어 보였고 오른쪽 뺨은 화상을 입었는지 완전히 이지러져 있었다. 너무도 흉측한 모습에 목사와 전도사는 이내 외면하고 말았다.

"빨리 나가욧! 여기가 어디라고."

여전도사는 소리만 내지를 뿐 계속해서 덜덜 떨었다. 그때였다. 어느새 벗었는지 여자가 칙칙한 우비를 목사와 여전도사를 향해 집어던졌다. 우비는 철버덕하고 목사와 여전도사를 명중시켰다. 그들을 덮어버린 우비에서 빗물이 뚝뚝 떨어졌다. 목사는 너무도 놀란 표정으로 여자만 멍하니 응시할 뿐이었다. 그러다 한순간 표정이 돌변했다.

"다 당신……."

"으하하핫핫…… 으하하하."

여자는 계속 괴성을 지르며 두 사람을 노려보더니 문을 쾅 닫고는 나가버렸다. 그녀의 출현은 기습적일 때가 많았는데 그 때문에 목사는 노이로제에 걸릴 지경이었다. 그녀가 나타나면 청년들이 몰려나와 못 들어가게 막는데 여자는 안 끌려 나가기 위해 발버둥을 쳤지만 소용없었다. 그 바람에 교인들의 이맛살이 저절로 찌푸려들 정도였다. 오늘은 안 나타나는구나 안심하면 어느 사이엔가 청중을 뚫고 나타나 소리를 냅다 지르고……

그녀로 인해 문제가 자주 발생하자 나중에는 예배가 시작되고 나면 출입문 자체를 봉쇄하자는 의견까지 나왔다. 그러나 그런 의견은 얼마 안 가 무산되고 말았다. 그렇게 끈질기게 교회에 찾아와 침입객 노릇을 하던 그녀가 갑자기 행방을 감추고 만 것이다. 그러기를 한 달, 두 달 어느새 반년이 흘렀다.

그 동안에도 목사의 가슴은 방망이질을 멈추지 않았다.

설마 이번 주에는…… 이번 주에는 하면서 그의 설교는 점차 활기를 띠어갔다. 평온한 표정이 흐르더니 설교의 내용과 패턴이 달라졌다. 교회는 다시 영적 부흥의 새로운 도약단계로 들어서고 있었다. 그러던 어느 수요 저녁 예배 때였다. 그날은 봄꽃이 교회 뜰을 흐드러지게 장식하고 있었다. 마치 한편의 영화를 보듯 아름다운 전경이었다. 마침 부활절을 앞두고 있는 시기이기도 했다. 성가대의 찬양이 막 끝났는데 밖에서 쾅! 하는 굉음이 들려왔다. 마치 폭탄이 터지는 듯한 강력한 폭발음이었다. 놀란 교인들이 밖으로 뛰쳐나가 보니 마당 한가운데 있던 목사의 자동차가 불타고 있었다.

새빨간 불꽃이 검은 연기와 함께 하늘로 치솟고 있었다. 불티가 사방으로 날아올랐다. 주변에 다른 차량도 많이 있는데 유독 당회장 목사의 차만 불에 타는 걸로 보아 방화(放火)임에 틀림없었다. 누군가 고의로 불을 지른 것이다. 목사와 교인들은 멍하니 서서 타오르는 불길을 바라보았다. 너무도 어이없는 일이 벌어지자 그만 넋이 나가버리고 만 것일까. 그들은 당장 달려들어 불 끌 생각을 하지 못했다. 잠시 후, 교회 사찰 집사가 소화기를 들고 나타났을 때 불길은 이미 소강상태에 접어들고 있었다.

그날 예배가 엉망이 된 것은 두 말할 나위가 없다. 간신히 예배를 끝마치고 나온 목사는 불타 버린 자동차를 멍하니 바라보았다. 십오 년 동안 끌고 다니던 구형 승용차를 처분하고 난 뒤 새로 구입한 소나타 쓰리였다. 비록 중고 자동차 시장에서 구입한 것이었지만 성능도 좋고 모처럼 타보는 중형인지라 기분이 좋았었는데 구입한 지 몇 달도 되지 않아 그만 잿덩어리가 되고 만 것이다. 자동차 주변으로 아직도 불티가 어지럽게 날아다녔다. 그리고 알 수 없는 매캐한 냄새가 코를 찔렀다.

그가 불 탄 자동차를 바라보고 있는 사이 인근 경찰서에서 김형사가 나타났다. 방화(放火)로 추정한 그는 목사를 보자마자 아니꼬운 웃음을 머금었다.

"아니 세상에 어디 불을 지를 데가 없어서 목사님 차에다……."

형사는 수첩을 꺼내 몇 가지 적더니 옆에 서 있는 목사 사모(師母)에게 물었다.

"평상시에도 이런 사고가 종종 있었나요?"

그는 다소 무리다 싶을 정도로 빈정거리듯 말했다. 마치 목사가 원인 제공이라도 한 듯한 말투였다.

"이런 사고라니요?"

기분 나쁜 듯 목사의 아내는 거친 말투로 물었다. 중간 키에 날렵한 몸매를 한 그녀는 40대 중반으로 보였다. 풍채가 좋은 목사에 비하면 마르면서도 이목구비가 반듯한 미모였다.

"뭐 통상적인 질문이니까 너무 신경 쓰지 마십시오, 그런데 신성한 교회에서 이런 차량 화재 사건이 발생하다니 좀 이상한 생각이 드는데요."

형사는 교회 전경을 둘러보며 중얼거리듯 말했다. 그러면서도 뭔가 캐내려는 눈치가 역력했다.

"평상시에 말입니다. 교회에 와서 행패를 부리거나 아님 목사님께 직접 해코지를 한다거나 아님 교회 이권 다툼이라거나 그런 일은 없었습니까?"

나도 이 정도쯤은 안다는 어떤 자부심 같은 게 엿보이는 말투였다.

"그런 일 없습니다."

목사는 아예 귀찮다는 표정을 지었다.

"거참 이상하네요, 다른 차는 멀쩡한데 왜 목사님 차만 불을 질렀을까요?"

"어차피 범인을 잡을 수 없다면 덮어두고 말지요."

"그야 목사님 입장이야 그럴 수 있지만 우리 입장으로선……."

형사는 불타버린 자동차를 여기 저기 살펴보더니 여전히 미심쩍은 표정을 거두지 않았다. 그러더니 생각난 듯이 말했다.

"얼마 전에 교회에 와서 행패를 부리던 여자 노숙자가 있었다면서요?"

"그게 언제적 이야긴데, 그만 둡시다. 자동차야 새로 사면 되는 거고."

그러자 옆에 서 있던 목사의 아내가 끼어들며 말했다.

"아니에요, 꼭 범인을 잡아주세요, 차후에 이런 일이 또 발생하지 말란 법이 없으니까요."

형사는 고개를 갸우뚱하며 혼잣말을 했다.

"이상하다 뭔가 있긴 있는 것 같은데."

형사가 돌아가고 난 뒤 목사는 교회 중직들에게 각별히 당부했다. 어차피 좋지 않은 일 소문 낼 것 없이 이 선에서 처리하고 말자. 다음부터는 좀더 차량 보호에 만전을 기하자는 선에서 마무리 됐다. 그러나 아무리 생각해도 이해 안 가는 것은 어떻게 많은 자동차 중에서 하필이면 목사의 자동차를 택해 불을 질렀을까 하는 거였다.

여러 가지 의문점이 제기되었지만 워낙 사안이 미묘한 탓인지 더 이상 거론하기조차 싫어했다. 다음부터 조심하면 되지 하는 식으로 일단락되었다.

그러나 사건은 몇 달 뒤 또다시 발생했다. 이번에는 자동차를 교육관 옆에 있는 화단 곁에 두었다. 그곳은 여름에 그늘을 피하기 위해 차양을 쳐 둔 곳으로 자동차 한 대 주차하기엔 안성맞춤인 곳이었다. 사람들의 눈에도 잘 띄고 설사 불을 지르고 도망친다 해도 금세 붙잡힐 거리였다. 그런데도 차량이 전소되는 사태가 발생한 것이었다.

그것도 차량이 전소될 때까지 아무도 몰랐다는 사실이 더 큰 실책이었다. 그들이 예배를 마치고 나왔을 때는 이미 차량은 불에 타 형체만 겨우 알아 볼 정도였다. 자동차를 세워 두었던 곳은 차양이 불에 타 사라졌고 불티가 여기저기 날아 지저분했다. 그나마 다행인 건 불에 탄 자동차 이외엔 별다른 손실액이 없었다는 사실이다. 한 가지 있긴 있었다. 얼마 전에 구입한 내비게이션이 불에 타 흔적도 없이 사라진 것이다. 한 번도 아니고 두 번씩이나 같은 사고가 발생하자 모두들 긴장하는 일색이었다.

"다음부터 교회 오실 땐 택시를 타거나 다른 교통수단을 이용하십시오."

개척 당시부터 교회 일에 열심을 냈던 허장로는 심각한 표정으로 말했다. 그러자 여기저기서 이구동성으로 말했다.

"아니 그런데 도대체 어떤 놈들이 자동차에 불을 지르는 거야, 그것도 다른 사람도 아닌 우리 당회장 목사님 차를 차암 내."

"마귀 역사야, 아암 마귀 역사고말고."

"혹시 우리 교회에 흑심을 품은 인근 불량배거나 아님 당회장 목사님을 음해하기 위해 꾸며낸 사탄의 일이 틀림없어."

"아냐, 우리 목사님을 겁주기 위해 교회를 훼방하는 세력들이 꾸며낸 일일지도 몰라."

"아니 왜 허구 많은 교회 중에 그것도 우리 목사님 차에다 불을 지르냔 말야."

"자! 자! 소설 그만 쓰고 다시는 이런 사고가 발생하지 않도록 더욱 조심하는 수밖에."

목사는 똑같은 사고가 두 번이나 발생하자 지난번보다 더 많이 당황하는 눈치였다. 웬만한 일에는 요동도 않는 평상시의 성격에 비해 그는 다소 신경질적인 반응을 보였다. 다음부턴 대중교통 수단을 이용하겠다고 말은 했지만 외부 출장이 잦은 그로서는 어쩔 수 없이 자동차를 또 구입해야 했다.

이번에는 소형 마티즈였다. 역시 장안동에 있는 중고 자동차 시장에서 구입한 거였다. 자동차 기사가 따로 없는 그로서는 또다시 자동차를 주차장에 세워 두어야 했다. 그리고 사찰 집사로 하여금 cctv를 통해 잘 지키라고 신신당부했다. 관리를 잘 한 탓인지 구입한 날로부터 육 개월 가량은 차량 유지가 잘 되었다.

그러던 어느 날, 그날은 월요일이었다. 모처럼의 휴일이라 집에서 쉬고 있는데 핸드폰으로 문자 메시지가 날아왔다.

「명일(明日) 일곱 시 차량 화재 사건이 또 있겠음」

그는 발신번호를 추적 통화를 시도했지만 실패했다. 그런 전화번호는 존재하지 않았다. 누군가 장난으로 그런 메시지를 보냈다고 생각하기엔 의심스런 부분이 많았다. 이미 먼젓번에 있었던 차량 화재 사건을 알고 있는 걸로 보아 동일범이거나 아니면 그 사건을 알고 있는 사람이 모방 범죄를 흉내 낸 것이 틀림없었다. 그렇다면 범인은 교회 내에 있는 그를 잘 알고 있는 사람일 것이다.

그러나 어떻게 범인을 알아낸단 말인가. 그는 무엇보다도 교인들 간에 떠도는 소문이 가장 마음이 쓰였다. 누군가 목사에게 앙심을 품고 두 번씩이나 차량에 불을 질렀다며 추측성 소문이 난무했다. 문자 메시지에 나와 있는 대로 내일 또다시 방화 사건이 발생한다면 큰 낭패가 아닐 수 없다. 그땐 걷잡을 수 없이 소문이 일파만파로 번져 나갈 것이다. 차량 방화 사건과 목사의 사생활까지 연계시켜 무슨 소문이 날는지 모른다. 이번만은 막아야 한다. 눈에 불을 켜고 지켜서라도 막아야 한다.

내일은 부흥 사경회가 시작되는 날이다. 그걸 알고 일부러 날을 택했는지도 모른다. 강민형 목사는 또다시 발생할지 모르는 불상사를 대비해 이번에는 아예 자동차를 집에 두고 가기로 했다. 집 안팎 단속을 잘 한 뒤 아내와 둘이서 택시를 타고 교회에 도착했다. 준비했던 대로 부흥회는 잘 진행되었고 성황리에 끝났다. 집회가 끝난 뒤 부흥강사와 함께 본당 계단을 내려설 때였다. 교회 정문에서 봉사하던 정집사가 놀란 표정으로 뛰어왔다.

"모 목사님 크 큰일 났습니다. 또 또……."

정집사는 숨이 턱에 차서 말을 잇지 못했다. 그 모양을 보자 목사는

가슴이 무너져 내리는 것 같았다. 무슨 급박한 사건이 발생한 게 틀림
없다.

"무슨 일이신데 그러는 겁니까?"

"저기 저기에······.

그는 숨을 몰아쉬더니 옆에 서있는 부흥 강사 목사에게 말했다.

"목사님 자동차가······."

강민형 목사는 순간 아찔한 현기증을 느꼈다. 이번에는 부흥 강사
목사의 자동차를 불태웠단 말인가.

"내 자동차가 없어지기라도 했단 말이오?"

"그 그런 게 아니고······ 누가 목사님 자동차에다 불을 놓은 모양입
니다."

"뭐 뭐라구욧?"

부흥강사는 표정이 새파랗게 질리면서 덜덜 떨었다. 강대상에서는
그렇게 큰소리 탕탕 치더니 급박한 상황에 이르자 그 역시 어쩔 수 없
는 모양이었다. 그들이 불 난 자리로 달려갔을 때 이미 교인들이 모여
웅성대고 있었다.

부흥 강사 목사의 자동차는 에쿠스였다. 얼마 전 교인이 선물했다
고 한다. 그는 그 외제 자동차를 선물한 교인을 입에 침이 마르게 칭
찬하고 다니면서 주의 종에게 잘하면 반드시 축복 받는다고 역설했다.
그리고 그 이야기는 그가 어느 부흥성회를 가든 반복되어 선포됐다.
그런데 그 소중한 자동차가 한 순간에 불에 타 없어지고 말았으니 그
로선 기가 막힐 노릇이었다. 그의 표정에 분노의 빛이 떠올랐다.

"그 그게 어떤 자동찬데······."

"목사님 죄송합니다. 곧 범인을 잡도록 노력하겠습니다."

그러자 이번에는 웅성대는 교인들이 나서며 말했다.

"목사님 이번만큼은 꼭 범인을 잡아야 합니다. 정식으로 경찰에 수사를 의뢰합시다. 이건 한두 번도 아니고……."

"한두 번이 아니라뇨 그렇담 전에도 이런 사고가 있었단 말입니까?"

부흥 강사는 놀란 눈빛으로 말했다.

"사탄의 역사야 사탄의 역사. 아! 글쎄 얼마 전에는 귀신들린 여자가 나타나서는…… 난리도 그런 난리가 없었다는 것 아닙니까, 전에 비오는 날에는 글쎄."

정집사는 주책없이 주절주절 그간의 사건을 쏟아냈다. 그는 교회일이라면 적극적인 반면 낄 데 안 낄 데 구분 못하는 눈치꾸러기 1세였다.

"정집사님 그만 하세요, 손님 앞에서……."

강민형 목사는 언성을 높이며 미간을 찌푸렸다. 순간 부흥 강사 목사의 눈빛이 묘하게 변했다.

"그나저나 내 자동차는 어쩐담, 보험에 들어 있긴 하지만……."

그는 은근히 보상을 바라는 눈치였다.

"일단 경찰에 수사를 의뢰한 다음, 보상 문제는 차후에 결정하기로 합시다."

"아니 당장 타고 다닐 차가 없어졌는데 차후에라니…… 나 이것 참 난감해서."

부흥강사는 예정된 3일간의 일정을 마치고 떠나면서 계속 찜찜한 표정을 지었다. 그동안 경찰서에서 형사가 몇 차례 다녀갔고 수사는 광범위하게 진행되었다. 사건을 맡은 형사는 처음 방화사건이 났을 때 다녀갔던 인근 경찰서에 있는 김형사였다. 그는 같은 사건이 세 번이

나 반복해 발생하자 묘한 호기심을 가지고 달려들어 수사를 시작했다. 그는 전에도 차량 방화 사건을 맡은 적이 있었는데 모두의 예상을 뒤엎고 사건을 완결 지어 그 능력을 평가받은 적이 있었다.

특히 오리무중에 빠진 사건일수록 특유의 기지를 발휘해 해결하는 수완을 보였다. 에쿠스는 교회 정문 곁에 있는 좁은 공간에 있었다. 본당 건물과는 좀 멀찍이 떨어져 있어 불이 나도 모를 만도 했다. 정문 옆에 경비실이 있었지만 경비가 늘 자리를 지키는 것은 아니어서 마음만 먹으면 언제든지 범행이 가능한 곳이었다.

그가 에쿠스 앞으로 다가갔을 때 휘발유 냄새와 함께 매캐한 연기가 자욱했다. 아직도 열기가 사라지지 않아 가까이 다가가기가 겁날 정도였다. 열기가 사라질 쯤 다가가 자동차 안과 밖을 살펴보니 단서가 될 만한 게 전혀 보이지 않았다. 범인의 것으로 보이는 아주 사소한 징후도 전혀 포착되지 않았다.

김형사는 첫 단계로 교회 내의 목사를 반대하는 세력과 교회와 지역 주민과의 문제의 소지에 대해서 탐문 수사를 벌였다. 또 목사 개인의 사생활에 대해서도 다방면으로 수사를 했다. 수사하면서 놀란 사실은 강민형 목사에 대한 비평이나 험담이 전혀 없다는 것이었다.

그러나 그는 그게 더 이상했다. 어느 단체든 어떤 조직이든 반대자가 있기 마련이고 시샘하는 무리가 한둘은 꼭 있게 마련인데 전혀 그렇지 않다니, 그렇다면 그는 인간 예수란 말인가. 아니다. 예수도 살아 있을 땐 많은 대적자들에게 핍박당하고 끝내는 십자가까지 지지 않았던가.

그런데 어떻게 인간관계를 했기에 비판하는 소리가 전혀 없다는 말인가. 아무리 천사 날개를 달았어도 그렇지. 생각할수록 이상했다. 신앙이 없는 그로서는 그 모든 게 의심투성이였다.

하긴 모든 의심은 수사의 첫걸음이 된다.

또 한 가지는 자동차가 불타는 동안 목격자가 없다는 사실이었다. 자동차가 불 탈 때면 분명 펑하는 소리와 함께 인근에서라도 목격자가 나타날 법 한데 세 번이나 자동차가 불 탈 동안 목격자가 없었다는 것은 아무리 생각해도 납득이 안 갔다.

이것은 목격자가 있는 데도 나타나지 않거나 아님 알고도 일부러 모른 척하는 게 틀림없다. 김형사는 다방면으로 수사를 펼쳐 보았지만 그가 상상하는 세속적인 관심사는 포착되지 않았다. 그가 상상하고 유추했던 혐의점은 모두 수사상에서 물 건너 가 버렸다. 교인들은 보통 사람들과 달리 당회장 목사에 대한 어떤 의심 섞인 말이나 험담에 대해 아주 싫어했다. 형사가 묻는 말에 당장 거부 반응을 보이거나 난색을 표하는 경우가 더 많았다.

한 사람 있긴 있었다. 그는 얼마 전 등록한 새신자로 우경철이란 40대 중반의 남자였다. 인상이 험하고 어떤 적개심 같은 게 엿보이는 그는 보통 교인들과는 달리 말투도 거칠고 상스러웠다. 그는 당장 목사와 교회 중직들 간에 비리를 꼬집었다.

그의 말에 의하면 교회도 일반 사업체와 별반 다를 게 없다는 거였다. 모든 게 힘 있는 사람들에 의해 좌지우지되는 게 사회와 교회가 똑같다는 게 그의 주장이었다. 그는 목사의 사생활에 대해서도 많은 이야기를 했는데 이야기인즉슨 목사가 너무 명예욕에 사로잡혀 산다는 것이었다. 자동차가 불탄 지 얼마나 되었다고 그 새 자동차를 두 번이나 산단 말인가. 그것도 요즘 같은 불경기에.

그러다가 느닷없이 그 사람만큼 착하고 진실한 목회자도 드물 것이라고 말했다. 목사가 너무 약하고 순해 빠지다 보니까 교인들이 목사를 쥐고 흔드는 경향이 있다며 가슴이 아프다고 했다. 가만히 이야기를 들어보니 앞뒤가 맞지 않는 것이 목사를 칭찬하는 것도 아니고 그렇다고 비난하는 것 같지도 않아 헷갈렸다. 그러나 더 의심스러운 건 어떻게 새 신자가 그렇게 많은 사실을 알고 있는가 하는 거였다. 우경철은 그 이외에도 많은 말을 했는데 계속 횡설수설하는 폼이 정신 상태가 약간 불안해 보이기도 했다. 그렇다고 그의 이야기를 믿을 수도 안 믿을 수도 없었다.

그는 지금까지 자신이 경험했던 수사 경력과 교회라는 신앙 공동체와는 많은 괴리가 있음을 알았다. 아무리 상상력과 경험을 동원해도 단서는커녕 아무 것도 수사상에 떠오르는 게 없었다. 그는 처음 맡아보는 교회 내의 차량 방화 사건을 두고 공연히 맡았다는 후회감이 들기 시작했다. 그 흔한 목격자 한 사람 나타날만한데 그야말로 오리무중이었다. 그러던 어느 날 그는 새벽녘에 교회 밖에서 서성대는 한 남자를 보았다. 그는 교회 문 밖에서 어떤 여자와 드잡이를 하고 있었다. 여자는 헝클어진 머리를 남자에게 붙잡힌 채 심한 욕을 얻어먹고 있었다.

"이 미친년아 집구석에서 죽은 듯이 엎어져 있지 왜 자꾸 나다녀? 동네 개망신 할일 있냐?"

남자는 분이 나는지 여자의 멱살을 쥐고 마구 흔들었다. 그런데 이상한 건 여자의 태도였다. 여자는 순한 양처럼 남자의 손에 의해 이리 끌리고 저리 끌리면서도 말 한마디 안 했다. 김형사는 그 이상한 부부를 바라보면서 속으로 비웃었다. 저것들은 새벽 댓바람부터 부부싸움을 동네 개망신 당하듯 하고 있구만. 그런데 남자의 인상이 어쩐지 낮익어 보였다. 누구? 그는 교회 안으로 발걸음을 옮겨 놓으며 머리를 갸우뚱했다. 아! 그는 얼마 전 교회에 새신자로 등록한 우경철이란 남자였다. 어쩐지 정신 상태가 약간 불안해 보이더니만…… 새벽부터 그것도 교회 앞에서 쌈박질이나 하고 미련퉁이 같은 인간.

　김형사는 교회 앞 식당에서 해장국으로 아침을 해결하고 난 뒤, 다시 교회로 들어갔다. 뭔가 단서가 될 만한 게 잡힐 것 같아서였다. 그는 두 번째 차량사고가 났던 교육관 앞으로 가다 말고 생각난 듯이 재빠르게 교회 공용 주차장으로 뛰어갔다. 범인은 또 다시 범행을 계획할지도 모른다. 세 번이나 감쪽같이 속여 넘겼으니 이번에는 또 다른 방법으로 차량에 불을 지르기 위해 현장답사 중일지도 모른다. 먼젓번의 세 번은 똑같이 실내가 아닌 실외에서 행해졌다. 교회 마당에서 벌어졌으니 망정이지 건물 내에서 차량 폭발 사고가 났다면 대형 사고로 번질 뻔했다.

　또다시 차량 폭발 사고가 발생한다면 이번에는 공용 주차장이다. 교회측에서는 또 다른 사고 발발을 우려해 지난해까지 쓰던 교회 휴게실을 주차장으로 급조해 사용하고 있었다.

　사고 방지를 위해서인지 구석진 면에 cctv가 보였다. 먼지가 뽀얗게 묻어 있었다. 그런데 자세히 살펴보니 누군가에 의해 부속품이 망가져 작동 자체가 되지 않았다. 또다시 범행을 저지르기 위해 일부러 망가뜨린 게 틀림없다. 김형사는 혹시나 하는 생각에서 cctv에 있는 모든 지문을 채취하기 시작했다. 그러나 생각처럼 지문은 잘 채취되지 않았다. 먼지가 켜켜로 쌓인 데다 여러 사람의 지문이 한데 엉겨 도무지 식별이 안 됐다. 공연히 헛고생했군 하면서 돌아서는데 놀란 듯이 후다닥 주차장을 뛰쳐나가는 발걸음이 있었다. 뒷모습이 운동선수처럼 기골이 장대하고 걸음이 빨랐다. 김형사가 급히 뒤따라 나갔지만 그 모습은 이미 사라지고 없었다. 잡았다면 틀림없이 수사상에 도움이 될 만한 것을 건졌을지도 모를 텐데.

그는 닭 쫓던 개 지붕 쳐다보듯이 멍하니 서서 하늘을 올려다보았다. 솜구름이 희한하게도 교회 지붕과 맞닿을 듯이 낮게 드리워져 떠 있었다. 그 옆으로 점점이 작은 뭉게구름이, 마치 어미새 옆의 새끼새처럼 모여 있었다.

그는 그 광경을 바라보며 어릴 때 주일학교에서 배웠던 출애굽 사건을 기억했다. 모세가 이스라엘 백성을 이끌고 광야를 지날 때 낮에는 구름기둥으로 밤에는 불기둥으로 인도했던 하나님의 징표가 지금 그 앞에서 무언가를 암시하는 것 같았다. 그는 문득 주머니에서 담배를 꺼내 물었다. 담배 연기를 폐부 깊숙이 빨아들이고 나서 좀 전에 주차장을 뛰쳐나갔던 사내의 뒷모습을 연상했다.

뒷모습으로 보아 그는 체격이 건장한 중년 이전의 남자 같았다. 언뜻 보았지만 옷차림은 작업복으로 노동자이거나 아님 부랑자 같아 보이기도 했다. 그는 형사다운 직감으로 그 짧은 순간을 기억해 내면서 혼자 피식 웃었다. 담뱃불이 수명을 다해가고 있었다. 그는 담배를 발바닥으로 비벼 끄면서 아차! 싶었다. 교회 내에서는 금연이라는 사실을 잊었던 것이다. 할 수 없지 다음부터 조심하면 되지.

그는 교회 문 밖으로 나가다 말고 다시 발걸음을 교육관 옆 화단 곁으로 옮겼다. 차량 화재 사건으로 차양이 불타 없어진 곳에 화단만 동그마니 남아 있었다. 화단과 주차장은 거의 직선 코스로 맞닿아 있었다. 그는 화단을 유심히 살피다 담배꽁초 하나를 집어 들었다. 초록 잎사귀 뒤에 숨겨져 있던 담배에서 아직도 온기가 느껴졌다. 그러니까 방금 전까지 누군가 이곳에 서서 담배를 피우다 던져 버린 것이다. 그는 그 꽁초를 소중하게 집어 들었다.

그의 내부에서 육감이 떠올랐다. 틀림없이 아까 주차장에 들어섰던 그 자의 꽁초일 것이다. 이곳에서 담배를 피우며 망을 보고 있다가 아무도 안 보인다 싶을 때 주차장으로 들어서다 그를 보자마자 혼비백산 내뺀 것이다.

아마도 그의 심중엔 또다시 차량 방화 사건을 저지르기 위한 모종의 계획이 꿈틀거리고 있었을 것이다. 김형사는 소설 같은 구상을 떠올리다 말고 새벽녘에 보았던 우경철을 떠올렸다. 우연의 일치일까. 우경철과 남자의 뒷모습이 흡사해 보였다. 의심은 확증으로 옮기는 첫 단계가 된다.

그는 담배꽁초를 국립과학수사 연구소로 옮겨 감식을 의뢰하는 한편, 우경철의 신상에 대해서도 은밀히 알아보았다. 그를 새신자로 인도한 사람을 알아보았더니 뜻밖에도 강민형 목사였다. 그리고 더 놀라운 건 우경철이 평소에도 강민형 목사와 자주 만났다는 사실이었다. 그리고 무슨 일 때문인지 몰라도 우경철이 강민형 목사로부터 금전적인 많은 도움을 받아 왔다는 사실도 알아냈다.

계좌 추적을 해본 결과 강민형 목사의 계좌에서 우경철의 계좌로 매달 빠져나간 액수가 포착되었다. 생각과는 달리 목사의 월급은 많지 않았다. 그 많지 않은 월급에서 매달 우경철에서 송금하고 나면 나머지 가지고는 생활하기에도 빠듯할 액수였다. 그런데 그 와중에 차량 화재 사건까지 터지고 말았으니 그의 통장은 이미 바닥을 드러냈을지도 모른다. 교계 소문에 의하면 그는 털어도 먼지 안 날 사람으로 통하고 있었다. 그런데 무엇 때문에 우경철에게 그 적지 않은 돈을 송금했던 걸까. 뭔가 잡힐 듯 잡힐 듯하면서도 잘 떠오르지 않았다. 그는 동료 형사를 시켜 우경철의 뒤를 밟게 하는 한편 그에 대한 좀더 자세한 정보 수집에 들어갔다.

우경철은 김형사가 짐작했던 것처럼 일정한 직업이 없이 떠도는 백수건달이었다. 그에 비하면 돈 씀씀이는 괜찮다는 소문이었다. 하긴 그 돈이 누구 손에서 나왔겠는가. 다 강민형 목사의 주머니에서 나온 게 아니겠는가.

감식 결과 담배의 타액은 우경철의 것으로 밝혀졌다. 그것은 그야말로 뜻밖의 수확이었다. 그보다 더 중요한 건 그에게 정신병동에서 퇴원한 지 얼마 안 되는 아내가 있다는 사실이었다. 딸이 한 명 있었는데 그나마 몇 년 전에 교통사고로 죽었다고 했다. 김형사는 우선 강민형 목사와 우경철의 관계를 알아보기 위해 ○○ 교회로 들어섰다. 당회장실 앞에 이르렀을 때 그는 안에서 들려오는 목소리에 깜짝 놀라 귀를 기울였다. 그는 다름 아닌 우경철의 목소리였다.

"아! 정말 숨 쉬고 사는 게 고역이란 말요. 하루 세 끼 목구멍에 풀칠하는 게 이토록 힘들 줄 누가 알았겠소."

"벌써 돈이 떨어진 모양이군."

"미친 여편네 병수발 하느라고 더 죽을 맛이오. 이건 약도 소용없고…… 내 그놈을 잡기만 하면 그냥 확."

그가 주먹을 허공을 향해 내지르는 모양이었다.

"어허! 그러다 사람 치겠구만. 성경 말씀에도 있지 않은가. 이는 힘으로도 안 되고 능으로도 안 되고 오직 나의 신으로만 되느니라. 성령의 능력으로 고쳐야지."

"뭐요? 성령의 능력? 내 그런 것 알 바 아니고 당장 오늘밤부터 끼

니 걱정하게 되었소, 여편네가 배고파 죽는다고 징징대는 것 보고 나
왔소."

"나도 요즘에 힘들어서……."

"그러게 뭐하러 자동차는 자꾸 사요, 그냥 두 발 자전거로 걸어다니
지."

잠시 침묵이 흘렀다. 아마도 목사가 돈을 꺼내는 모양이었다. 잠시
후 문이 열리더니 우경철이 나왔다. 그는 김형사의 얼굴을 보더니 소
스라치게 놀랐다.

"갑시다."

김형사가 우경철의 팔목을 낚아채며 말했다.

"어 어딜 말요."

"어디긴 경찰서지."

"거 거길 왜요?"

"글쎄 가보면 알아."

반말투로 변하면서 김형사의 행동이 거칠어졌다. 그는 우경철의 어
깨를 우악스럽게 움켜쥐더니 거의 끌다시피 해 밖으로 나갔다. 경찰서
는 교회에서 세 블록 지나 사거리 쪽에 있었다. 교회와 엎드리면 코
닿을 거리였다. 경찰서 정문을 지나 형사실로 들어서자 여기저기서 고
함이 터져 나왔다. 욕설과 함께 퍽! 하며 등짝을 후려치는 형사가 있
는가 하면 의자를 들어 바닥에 내리치더니 그대로 머리를 책상에 내리
찧는 사람이 있었다. 그 남자의 팔뚝에 문신이 꿈틀꿈틀했다. 그가 또
다시 머리를 내리 찧으려 하자 형사가 재빨리 달려들어 수갑을 채웠
다. 그러더니 주먹으로 용의자의 얼굴을 그대로 내리쳤다. 다음 순간
구둣발로 마구 짓이기 시작했다.

"아구구구……."

용의자의 입에서 비명이 터져 나왔다.

"이 자식아 이것도 법정에서 증거로 제시해 보시지, 지금 cctv는 먹통이란 사실 알아 몰라?"

형사는 마음 놓고 용의자를 깔고 앉아 주먹을 휘둘렀다. 용의자는 숨도 제대로 안 통하는지 헉헉대며 손을 내저었다. 항복의 표시였다.

"어이! 최형사 그러다 사람 잡겠어, 그만하고 어서 조서 꾸며서 넘겨버려, 아님 내게 넘기던가. 내가 손봐줄 수도 있는데."

곁에서 컴퓨터 자판을 치고 있던 또 다른 형사가 말했다. 김형사가 우경철의 얼굴을 바라보니 완전히 공포에 질린 상이었다. 그만하면 충분히 겁은 준 셈이었다. 김형사는 우경철을 이끌고 조사실이 보이는 맨 끝방으로 들어섰다. 들어서자마자 새까만 어둠이 그들을 포위했다.

"헉."

우경철의 입가에서 신음소리가 흘러나왔다. 사방이 벽으로 빛이라곤 전등에 매달린 전구 하나였다.

"자자! 시간 낭비하지 말고 빨리 끝내자고, 나 지금 몹시 피곤하거든 며칠 전 우범지대에서 날뛰는 폭력배 소탕하느라 얼마나 힘들었는지 말야."

김형사는 말을 주절주절 내쏟더니 갑자기 웃옷을 훌러덩 벗었다. 배꼽 밑으로 한 일자로 그어진 징그러운 흉터가 보였다. 우경철이 놀라는 모습을 보이자 김형사는 얼른 등을 보였다. 사선으로 그어진 흉터가 눈에 확 들어왔다. 둘 다 칼자국임에 틀림없었다. 그는 일부러 위악스런 표정을 지으며 우경철의 얼굴을 뚫어져라 쳐다보았다.

"작년에 말야, 강릉에서 있었던 조직폭력배끼리 패싸움이 있었을 때 말야, 그 사건을 내가 진두지휘했는데 이놈들이 회칼 들고 날치는데 난 그때 꼭 죽는 줄 알았다니까, 아! 그 씹어 먹어도 시원찮은 놈들이 회칼로 내 아랫배를 긋는데…… 정신이 날아가는 줄 알았다니까."

김형사는 언제 준비했는지 책상 밑에서 날이 센 회칼을 꺼내들었다.

"그때 그놈들이 이 회칼로……."

그는 일부러 회칼을 우경철 앞에 들이대더니 다음 순간 공중을 향해 횡 내리 그었다. 공기를 가르는 칼바람 소리가 둘 사이를 갈랐다. 우경철은 몸을 뒤로 젖히며 완전히 사색이 되어 벌벌 떨었다. 어느새 옷을 갈아입은 김형사가 말했다.

"그때 말야, 내가 어땠는 줄 알아?"

김형사는 뒤로 돌아서는가 싶더니 갑자기 품에서 권총을 꺼내 들었다.

"왜 왜 이러십니까 지 지금…… 뭐하자는 겁니까."

그가 권총을 우경철의 머리에 겨누며 말했다.

"그 때 말야, 내가 이렇게 녀석의 머리에 대고 방아쇠를 빵 당겨버렸지."

"네?"

우경철은 너무도 놀란 나머지 오줌을 싸버리고 말았다.

"그때 말야, 정당방위니 뭐니 하고 한참 말들이 많았지만 가재는 게 편이라고 결국 내 손을 들어 주더군, 회칼 들고 날치는 폭력배들 앞에서 권총 사용은 너무 당연하다는 거지, 그 판사 양반 나중에 나에게 뭐라는 줄 알아? 아! 권총은 괜히 주었나 그런 놈 쏴 죽이라고 주었지, 명답이지 명답이야, 그때 신문 기자 놈들은 별별 소릴 다 써 댔지만 용감한 시민들은 내게 박수갈채를 보내더군."

김형사는 만감이 교차하는 표정을 지으며 계속 말을 이어갔다.

"김형사님 같은 분이 계시기에 우리가 안심하고 길을 가고 안심하고 잠을 잘 수 있다며 왜 경찰은 그런 형사에게 특진의 기회를 안 주느냐는 거야, 이 형사라는 직업이 말야 박봉에다 피곤하고 위험한 3D 업종이긴 하지만 그런 시민들의 격려가 있기에 그래도 할 만하다 그거지음."

그는 동료에게 주워들은 이야기에다 뻥을 가미시켜 말하면서 다짜고짜로 물었다.

"이번이 처음인가?"

"처 처음이라뇨?"

"뭘 다 알면서⋯⋯ 너 처음 아니지?"

"도 도대체 무슨 말씀이신지⋯⋯."

"너 목사 차에다 불은 왜 지른 거야?"

그는 책상을 일부러 소리 나게 탕! 치면서 말했다.

"당신 양심이 있어 없어 아니 말야 목사에게서 용돈까지 얻어 써가면서 도대체 그런 짓은 왜 한 건데, 어디 그 터진 입으로 말이나 들어보자."

"불을 지르다뇨 제가 왜요."

우경철은 고개를 절레절레 흔들며 말했다.

"너 내가 처음부터 말했지 시간 끌지 말고 빨리 빨리 끝내자구 오리발 내밀 생각 말고 솔직히 털어놔 봐. 정말 몰라?"

"전 전 전혀 모르는 일인데요."

"몰라? 몰라? 내가 아무 증거 없이 이러는 것 같애 너 공무 집행 방해죄가 얼마나 큰지 알아 몰라?"

"그 글쎄 전……."

"그럼 한 가지만 묻자, 너 그 교회 주차장엔 왜 간 건데?"

"주 주차장요?"

우경철은 그 대목에 이르자 고개를 푹 숙이고 말았다. 시인한다는 뜻이었다.

"정상 참작이라는 것도 있으니까 어서 털어놔."

우경철은 한동안 입을 열지 않았다. 대답할 말을 궁리하는지 아님 발뺌할 생각을 하는지 망설이는 눈치였다.

"저 저희 목사님께서도 이…… 이…… 사실을 알고 계십니까?"

"물론이야."

김형사의 말에 우경철은 눈물을 뿌리며 말했다.

"제… 제가 죽일놈입니다, 아무 죄 없는 우리 목사님을……."

놀라운 말이었다. 그냥 짚어본 것뿐인데 우경철은 단번에 실토하고 말았다.

그는 어릴 때 주일학교에 다녔다고 한다. 세월이 흐름에 따라 교회를 떠나 있었지만 그는 신(神)의 존재에 대해 확실히 믿고 있었다. 비록 막 노동판을 전전하며 지내지만 언젠가는 꼭 교회에 나가 신앙생활을 하리라 마음먹고 있었다. 건설 경기가 한참 붐을 이룰 때면 먹고살기가 괜찮았는데 사양길에 접어들면서 사정이 악화되었다. 보다 못한 아내가 교회 앞에서 토스트를 구워 팔며 살아가는데 그만 뺑소니 교통사고가 발생한 것이다.

그것도 새벽 시간에 교회에서 나오는 차량에 의해. 뺑소니 차량이라 보험 혜택도 못 받고 빚만 잔뜩 지고 말았다. 경찰이 수사를 했지만 범인은 오리무중이었다. 그 교회 교인 중에는 체어맨이나 에쿠스

같은 차종을 지닌 사람은 없다고 했다. 불확실한 그의 말에 경찰은 처음부터 신빙성을 두지 않았고 수사를 시작한 지 얼마 되지도 않았는데 사건을 종결하고 말았다. 힘없고 가난한 시민의 아픔은 수사거리도 되지 않는 모양이었다. 퇴원한 아내는 정신이상을 일으켜 다시 입원해야 했다. 집안이 엉망이었다. 가뜩이나 살기 힘든 판에 아내마저 미쳐버리고 말았으니…… 그야말로 자살하기 일보 직전이었다. 몇 번인가 자살을 기도하려 했지만 불쌍한 아내를 생각하면 그럴 수 없었다.

그렇지 않아도 살기 힘든데 뺑소니 사건까지.

그는 할 수만 있다면 뺑소니 운전자를 잡아 반드시 자신의 손으로 죽이고 싶었다. 자동차와 함께 불에 태워 죽이고 싶었다. 어떤 놈인지 갈기갈기 찢어 죽여도 시원찮을 것 같았다. 한편 그는 어릴 때 들었던 성경 지식을 떠올리며 그는 허구헌날 하늘의 신(神)께 원망의 화살을 날려 보냈다.

전지전능하신 하나님께서는 힘없고 가난한 백성과 과부를 돌보시며 자비를 베푸시는 분이 아니던가. 더구나 자신처럼 힘없고 가난한 백성은 더욱 사랑으로 돌보시는 게 마땅하지 않은가. 그런데 돌보시기는커녕 불행에다 재앙을 거듭 주시는 이유가 뭔가. 나쁜 놈들은 착취하고 배불려도 아무런 보응을 당하지 않고 오히려 힘없는 사람들은 온갖 불행 속에 방치돼 죽어가야 한단 말인가. 그것이야말로 하나님의 횡포가 아니고 무엇이겠는가. 그는 말도 안 되는 억측을 갖다 붙이며 분노했다.

그러다 어느 날 그것을 따지기 위해 교회를 방문했다. 그러나 그는 따지기도 전 강민형 목사에게 붙들려 예배에 참석하고 말았다.

그날의 설교 제목은 '환란은 인내를'이었다.

강민형 목사는 평소에도 자신의 과거사를 중심으로 고난 당하는 자들을 위한 설교에 치중했는데 그날은 특히 상처받은 영혼에 대한 치유를 강조했다.

낮아져 본 자만이 낮은 자의 고통을 안다. 상처도 마찬가지다. 동병상련이라고 상처는 당해본 자만이 그 고통을 알 수 있다. 아무리 상상력이 뛰어나고 긍휼의 마음이 가득해도 상처는 당사자만이 느끼고 판단할 문제이다. 그래서 남의 상처에 대해 함부로 말해선 안 된다. 자신이 겪어 보지 않은 상처와 고통을 두고 함부로 정죄하면 자신도 모르게 그 죄에 빠진다. 그 말이 사탄에게 빌미거리를 제공하게 되는 것이다. 특히 남녀문제에 대해선 함부로 말해선 안 된다. 그 문제로부터 자유로운 사람은 아무도 없다. 그건 동서고금 신분고하를 막론하고 마찬가지다.

상처가 반복되면 원한이 되고 원한은 정신과 폐부를 찔러대는 독소 역할을 하게 된다. 그리고 끝내는 피해의식에 사로잡히게 된다. 피해의식은 심리 체계의 이상을 초래하고 고정관념의 틀 속에 갇히게 한다. 더 나아가 마음의 문을 닫아걸고 냉소주의자가 된다. 그 마음의 옹벽을 깨부수기 위해선 사랑과 긍휼의 힘이 절대적으로 필요하다. 상처는 오직 사랑으로만 치유된다. 아무리 강퍅하고 완악한 사람도 사랑의 힘 앞에선 녹아지고 만다. 또 아무리 영적 능력이 뛰어 나고 지혜가 넘쳐도 사랑의 힘을 능가하진 못한다. 우리는 믿음의 지체뿐 아니라 악인에게도 사랑을 베풀어야 한다. 하나님은 그들에게도 고루 햇빛을 비춰 주신다. 그들에게도 사랑을 베풀어라. 악인도 사랑 받고 싶어 한다. 아니 살아있는 생물체는 모두 사랑받고 싶어 한다. 그러나 사랑도 용서도 능력이 있어야 한다. 그것은 오직 성령의 능력으로 가능하다.

엉겁결에 예배에 참석한 우경철은 그날 엄청난 감동을 받고 말았다. 그날 설교가 꼭 자신을 위해 만들어진 것 같았다. 그러나 그 감동이 언제까지나 이어지는 건 아니었다. 설교로 녹아진 마음속에 어느새 분노와 원망이 불길같이 치솟아 올랐다. 분노가 머릿속을 활활 태울 것만 같았다. 그때마다 그는 목사를 찾아가 화풀이를 했다. 목사를 하나님의 대리인으로 생각한 것이다. 목사는 강대상에서 하나님의 말씀을 대언하는 분이 아닌가. 그러니까 목사는 거의 하나님과 동격인 셈이다.

그는 목사를 찾아가 모든 분풀이를 해댔다. 그와 더불어 말도 안 되는 억지를 부리며 생떼를 썼다.

새벽에 이 교회를 빠져 나온 그 뺑소니 운전자는 분명 이 교회 교인일 것이다. 그 놈을 잡기만 하면 찢어 죽여도 시원치 않겠지만— 그것도 따지고 보면 다 목사 잘못이다. 목사가 교인을 잘못 가르쳐놨기에 그런 뺑소니 사건이 발생한 것이다. 만일 목사가 제대로만 가르쳤다면 그런 사건은 발생하지 않았을 것이다. 우경철은 또 세상에서 발생하는 비리와 부정부패 사건도 다 목사 탓으로 몰아붙였다. 각종 비리 사건에 연루된 기독교인들을 예로 들어 그것마저 목사 책임으로 떠넘겼다. 목사가 교회에서 제대로만 가르쳤다면 그런 사건은 발생하지 않았을 것이라는 게 그의 주장이었다.

그러자 목사는 눈을 감고 생각에 잠기더니 말했다. 내 교인이든 남의 교인이든 그 차가 믿는 자의 차였다면 그건 무조건 목사의 잘못이라고 빌었다. 그러면서 자신이 죄인인 양 눈물을 펑펑 쏟으며 회개했다. 그리고 지난날 당했던 일들을 이야기했다.

젊은 시절 강민형 목사는, 사기꾼에게 걸려, 있던 재산 다 날리고 거리로 쫓겨났다. 게다가 몸에는 바이러스 세균이 이미 손 쓸 수 없을 만큼 퍼져 있었다. 그 와중에 사랑하던 아내마저 떠나버려 생각나는 건 오직 죽음뿐이었다. 동맥을 끊고 거리에 쓰러져 있던 그는 마침 지나가던 의사에게 발견돼 응급처치를 받은 뒤 살아났다. 한번은 강물에 뛰어들었다가 인근에 있던 안전요원에게 발견돼 기적적으로 살아난 적도 있었다. 죽음의 유혹은 쉽게 물러가지 않았다. 자살을 시도하기 위해 자동차에 뛰어든 그는 외상(外傷) 하나 없이 또다시 기적적으로 살아났다. 그리고 바로 그 자동차 주인에 이끌려 기도원으로 올라간 게 운명을 바꾸어 놓는 계기가 됐다. 그래서 그는 누구보다도 어렵고 힘든 사람들의 처지를 잘 이해한다고 했다.

"상한 마음의 치유는 오직 하나님의 능력으로만 가능합니다."

강민형 목사는 서랍에서 봉투를 꺼내 우경철의 손에 건네줬다.

"얼마 안 됩니다만 생활비에 보태 쓰십시오. 그리고 다음 주일부터 꼭 교회에 꼭 출석하십시오."

한동안 아내의 증세가 호전되는 듯했다. 얌전하게 누워 텔레비전을 바라보며 밥도 챙겨주는 대로 꼬박꼬박 잘 먹었다. 제법 이치에 맞는 소리를 해가며 사람을 감동시키기까지 했다. 그런데 교회에서 밥을 얻어먹고 온 다음날부터 상황이 악화됐다. 어떤 여자 교인들이 귓속말을 하면서 "귀신들림 어쩌구 하면서 미친년" 하는 소리를 들은 후부터였다. 그러더니 비가 오는 날이면 상태가 악화돼 집 밖으로 뛰쳐나갔다. 행색이 완전 미친년 꼴이었다. 나중에 알아보았더니 그 꼴로 교회에 가서 난동을 부린다는 것이었다. 우경철은 그 책임마저도 목사에게 돌렸다.

목사가 강대상에서 입만 열면 사랑을 외치면서 상처난 영혼을 감싸주라고 그렇게 강조하는데 도대체 왜 그런 교인들이 발생하느냐는 것이다. 그년들이 어떤 년들인지 당장 찾아내서 입을 찢어버리고 싶었지만 그는 자신의 존재가 드러날까 봐 애써 참았다. 그때 그의 눈에 뜨인 게 목사의 자동차였다.

돈 없는 서민은 살 길이 없어 자살하고 버스비도 없어 절절 매는데 자동차라니…… 그것도 소나타 쓰리 중형이라니…… 그의 상식으로 도서히 납득이 안 갔다. 순간 그는 아내를 치고 달아난 승용차를 생각했다. 둘 다 검은색 승용차였다.

뺑소니 차량이 소나타보다 훨씬 크긴 했지만 모양은 비슷한 것 같다. 그는 갑자기 목사가 범인일지도 모른다는 생각을 했다. 목사가 갑자기 자동차를 바꾼 이유도 그것과 연관 있다고 생각하기에 이르렀다. 그것의 결정적인 이유로 모든 게 자기 죄라며 눈물까지 흘리며 회개하지 않았던가. 그러면서 돈 봉투까지 내밀지 않았던가. 그는 어처구니없는 발상에 사로잡혀 목사가 진범일지도 모른다고 다시 한 번 생각했다. 그러면서 한편으로는 그렇게 착한 목사가 그럴 리가 없다고 생각했다. 수없는 고난과 연단을 거친 목사가 눈물을 흘리며 이야기할 때 자신도 함께 눈물을 펑펑 쏟지 않았던가. 그런 목사를 두고 진범이라니, 자신이야말로 죽일 놈이었다.

이게 다 그 원수 같은 놈의 자동차 때문이다. 하필이면 그 시기에 자동차를 바꿀 게 뭐람. 모든 게 다 그 자동차 탓이었다. 그 뺑소니 사건도 그렇고 목사가 자동차를 새로 바꾼 것도 다 그놈의 자동차가 화근이었다.

그때 그의 뇌리에서 선명하게 떠오르는 장면이 있었다. 언젠가 TV

에서 보았던 자동차 폭발 장면이었다. 홍콩 영화배우 성룡이 자동차가 폭발하는 장면 앞에서 두 손을 번쩍 들며 환호하는 장면이었다. 거대한 폭발음과 함께 새빨간 불꽃이 환상적으로 떠오르면서 그 앞에서 환호하는 사람이 자신으로 대체됐다. 그는 이상한 흥분에 들떠 밖으로 나왔다. 그의 손에는 얼마 전에 화공상에서 구입한 시너가 들려져 있었다. 마침 교회 안으로 들어서자 모두 예배에 참석하고 아무도 보이지 않았다. 모두들 신령과 진정으로 예배드리느라 악마가 침입한 줄도 모르는 모양이었다.

모두들 뜨겁게 기도하느라 차량이 폭발해도 듣지 못할 것이다. 그는 마당 한가운데 주차돼 있는 목사의 차량 앞으로 살금살금 기어갔다.

시너를 차량 전체에 골고루 뿌렸다. 차량이 폭발할 때 불이 잘 붙게 하기 위해서였다. 그런 다음 신문지에 불을 붙여서 던져버렸다. 펑! 하고 폭발음이 거대한 불꽃과 함께 타올랐다. 생각보다 소리가 컸다. 마치 천둥치는 소리 같았다. 그는 너무도 놀라 뒷문으로 도망치고 말았다. 등 뒤에서 목사와 교인들이 자꾸만 따라붙는 것 같았다.

"두 번째 방화 사건은 어떻게 한 거냐? 그때는 펑하는 소리도 나지 않았다며?"

우경철은 고개를 폭 숙인 채 말했다.

"소리가 왜 안 났겠습니까. 교인들이 통성 기도하느라 못 들은 거죠. 거기에다 앰프를 동원해 찬양을 크게 하니까."

도대체 통성 기도를 얼마나 크게 했기에 못 들었단 말인가. 그러나 그 의문점은 곧 해결되었다. 교회에서 큰소리로 찬송을 부르거나 기도를 하면 지역 주민들의 항의가 빗발쳐서 방음벽을 너무 튼튼하게 한

게 그 원인이었다. 얼른 이해가 가지 않았지만 그럴 듯했다.

"세 번째도 그런 식으로 한 거냐?"

김형사의 다그침에 우경철은 고개를 끄덕끄덕했다.

"문자 메시지 보내기 전날이었습니다. 교회에서 나오는데 아내가 교회 앞 길거리에서 누워 있는 모습을 보았습니다. 어디서 무엇을 주워 먹었는지 배가 아프다고 데굴데굴 뒹구는데 머리꼭지가 확 도는 것 같았습니다. 모두들 동물원 원숭이 구경하듯 쳐다만 보고 있는 겁니다. 사람이 아파서 나 죽어 가는데 말입니다. 세상에 악하고 더러운 인간들 같으니…… 아내를 들쳐 업고 병원으로 뛰어 가는데 나도 모르게 엉엉 울고 말았습니다. 화가 난 저는 또다시 범행을 하기로 작정했습니다. 다음날 교회에 갔는데 정문 입구에 에쿠스가 보였습니다. 제 아내를 치고 달아난 바로 그 에쿠스가…… 그러니까 여기 교인이 아니라는 목사의 주장은 거짓이었습니다.

"그렇담 너는 그 에쿠스가 부흥 강사의 자동차라는 사실을 몰랐다는 말이냐?"

"네, 저는 그 교회 교인 것이라고 생각했습니다. 언젠가 제 아내를 치고 달아난 뺑소니 차량 말입니다."

"야! 에쿠스 자동차가 그 사고 차량 한 대뿐이라냐? 강남에 가 봐라 도처에 깔리고 깔린 게 에쿠스다."

"그런데 그 에쿠스가 왜 하필이면 그날 그 교회 마당에 나타날 게 뭡니까, 듣기로는 꽤 비싼 자동차라는데 설마 목사가 타고 다닐 줄이야 누가 알았겠습니까."

"그런데 어떻게 자동차가 불타는 동안 아무도 본 사람이 없었던 거지? 소리가 나도 크게 났을 텐데, 어째 목격자도 없고 불에 다 탈 때까지 사람들이 몰랐는지 아무리 생각해 봐도 이해가 안 간다. 어디 설명 좀 해 봐라."

김형사는 호기심에 가득 찬 표정으로 물었다.

"그때 마침 부흥회 기간이라 교인들은 통성 기도 중이었습니다. 더구나 앰프를 크게 틀어 놓아 못 들었을 겁니다. 또 불난 장소와 본당과는 멀찍이 떨어져 있어서 더 그랬을 겁니다."

"그러니까 타이밍을 잘 맞췄다는 이야기가 되는군, 아무리 그래도 그렇지 하느님은 그때 뭐하신 거지?"

김형사는 우경철로 하여금 목사의 차량을 폭발하도록 방치한 신(神)을 조소하는 듯한 말투로 말했다.

우경철의 손목에 수갑이 채워졌고 그는 이제 방화범으로 중형에 처해질 위기에 몰렸다. 잠시 후 김형사로부터 호출을 받은 강민형 목사가 찾아왔다. 김형사는 목사에게 우경철이 차량 방화범이라는 사실을 알고 있느냐고 물었다. 김형사의 말에 목사는 그럴 리가 없다며 고개를 흔들었다. 아내를 그렇게 사랑하고 마음이 여린 사람이 방화범이라니 말도 안 된다고 했다.

"그렇게 등잔 밑이 어두워서야 하긴……."

김형사는 강목사의 낮은 안목을 꾸짖듯 말했다.

"목사님도 차암 순진하시긴……."

하긴 저렇게 순진하니까 자기 자동차에다 두 번이나 불을 지른 놈에게 돈까지 주었겠지.

"혹시 뭔가 착각하거나 잘못 아신 것 아닙니까, 저 불쌍한 사람이 뭐가 부족해서 제 자동차에다 불을 지른단 말입니까?"

그 말에 우경철은 바닥에 주저앉아 오열하고 말았다.

"아! 글쎄 저 작자가 다 실토했다니까요 정신병자 같은 놈, 은혜를
원수를 갚아도 유분수지, 세상에 은인을 몰라봐도 그렇지 에라 이 나
쁜 놈아."

김형사는 아직도 바닥에 앉아 울고 있는 우경철에게 다가가 머리를
쥐어박으며 말했다.

"어디 할 짓이 없어 저를 보살펴 준 목사의 차에다 불을 질러?"

"그럴 리가 없습니다. 그럴 리가 없어요."

복사는 아직도 사실로 믿어지지 않는 눈치였다. 계속 부정하더니
이윽고 차분한 어조로 말했다.

"제가 저 사람과 잠시 이야기해 보겠습니다."

옆방으로 옮겨간 강목사와 우경철은 마주 앉았다. 우경철은 눈물이
뒤범벅된 채 목사의 얼굴도 제대로 바라보지 못했다. 옆으로 비스듬히
앉은 채 고개를 푹 떨구고 있었다.

"왜 그런 짓을 했나?"

"전 전 안 그러려고 했는데, 예배드릴 땐 괜찮았는데 밖으로 나오기
만 하면 누군가 제 안에서 자꾸만 지시하는 거 같았습니다. 당회장 목
사의 차에 불을 질러라 그가 네 아내를 치고 달아난 뺑소니 차량의 주
인이다…… 밤낮으로 들려오는데 미칠 것 같았습니다, 공교롭게도 목
사님께서 자동차를 바꾼 시기와 맞아 떨어졌고 차 색깔도 똑같았기
에…… 더구나 그 에쿠스 자동차는 사고 차량과 같았기에 그만……."

그는 수갑 찬 손을 앞으로 내밀며 말했다.

"목사님 어떤 처벌도 달게 받겠습니다. 제가 무슨 낯으로 용서를 구
하겠습니까, 저야 죽어도 마땅한 놈이지만 아내는…… 아내는…… 불
쌍한 제 아내는 어떻게 되는 겁니까?"

그는 바닥에 꿇어앉아 통곡을 했다. 그는 진심으로 자신의 죄를 뉘우치고 회개하는 것 같았다. 강목사 앞에 꿇어앉아 얼굴도 제대로 들지 못했다. 강목사가 그의 어깨를 붙잡으며 말했다.

"지난 일이야 어쩌겠나, 그나저나 자네 아내가 걱정이구만. 자네가 아내를 걱정하고 사랑하는 만큼 하나님도 자네를 사랑하신다네. 내 선처를 구해 봄세."

목사는 속도 없는지 오히려 죄인을 위로하고 격려했다. 그 광경을 cctv로 지켜보고 있던 김형사는 기가 막혀 혀를 끌끌 찼다.

"저런 배은망덕한 놈에게 할 말이 따로 있지, 선처는 무슨 놈의 선처? 한 대 팍 쥐어 패기나 하지."

"아닙니다. 전 꼭 죄 값을 치를 겁니다. 제 아내만 돌봐 주신다면"

그는 울음이 복받치는지 더 이상 말을 잇지 못했다.

"글쎄 알았다니까 어서 일어나게."

강목사는 경찰에 우경철에 대한 선처를 부탁했다.

"그게 다 저런 놈들의 수작인 겁니다. 겉으로는 울면서 용서를 구하다가도 돌아서면 악마의 발톱을 내미는 게 저 놈들의 빤한 수작이라니까요 목사님 저런 놈들의 농간에 넘어가시면 안 됩니다."

김형사는 방화범만큼은 중형에 처해 일벌백계로 다스려야 한다고 거듭 주장했다. 그는 우경철의 회심을 전혀 믿지 않았고 그의 선처를 부탁하는 진정서에 많은 날인을 한 교인들을 한심한 눈으로 바라보았다.

종교적인 감상 심리에 젖어 죄인을 용서해 주라니…… 그게 어디 될 법한 소린가. 지들이 무슨 그리스도라고, 세상에 나가면 똑같이 죄짓고 방탕하는 것들이 갑자기 고상한 척 성인군자 노릇을 하려들다니…… 김형사는 그 모든 것들마저도 쇼로 여겼다. 김형사는 일단 진정서는 접수시켜 놓고 판결을 기다렸다. 그의 예상대로 우경철은 중형을 선고받고 말았다. 차량을 세 번이나 불 지른 게 어디 보통 사건인가. 아무리 정상참작이라는 게 있어도 그렇지. 신(神)을 향한 분노와 왜곡된 복수심으로 목사의 차량에 불을 지른 우경철에게 판사는 정상참작을 적용하지 않았다.

그가 교도소로 이감되던 날 강목사는 우경철의 집을 방문했다. 그가 대문간을 들어서는 순간 동물 우리산이 따로 없었다. 살림살이가 어질러져 하나도 제대로 되어 있는 게 없었다. 모두들 가스보일러를 쓰는 시대에 그 집은 연탄아궁이를 쓰고 있었다. 언제 불을 땠는지 화덕이 싸늘했다. 강목사가 몇몇 교인들과 함께 방안으로 들어섰을 때 가장 많이 눈물을 흘린 건 그의 아내였다. 우경철의 아내는 며칠을 굶었는지 뺨이 홀쭉한 채 방안에 누워 있었다. 그들은 자리에 앉아 찬송을 부르기 시작했다.

「죄에서 자유를 얻게 함은 보혈의 능력주의 보혈」

그들이 보혈 찬송을 몇 곡 부르고 났을 때 우경철의 아내가 몸을 약간 뒤채었다. 목사가 성경을 낭송했다.

「그 아들 예수의 피가 우리를 모든 죄에서 깨끗케 하실 것이오」

그러자 돌아서 누워 있던 우경철의 아내가 어깨를 들썩이며 울기 시작했다. 뜨거운 눈물이 그녀의 볼을 타고 흘러내렸다. 어깨를 들썩이며 울던 그녀가 자리에서 일어나 앉았다. 그리고 낮은 목소리로 말했다.

"목사님 어서 오십시오, 저희 누추한 곳까지 찾아와 주셔서 감사드립니다."

그녀는 벽장문을 열더니 방석을 사람 수대로 꺼내 놓았다.

"보시다시피 저희 집에는 대접해 드릴 게 아무것도 없습니다. 죄송합니다."

그 말에 목사와 교인들은 모두 소리를 높여 울었다. 그리고 그들은 모두 가슴을 치며 회개하는 기도를 했다. 축도가 끝나기 전 목사는 짧은 성경 구절을 암송했다.

「환란은 인내를 인내는 연단을 연단은 소망을 이루는 줄 앎이니라.」

"아멘."

누구보다도 우경철의 아내가 힘있게 외쳤다.

그날 밤 김형사는 오랜만에 자리에 누워 TV에서 방화를 보았다.

한때 극장가를 화려하게 장식했던 방화 '인정사정 볼 것 없다'였다. 극중에서 영화배우 박중훈이 범인을 향해 이죽거렸다.

"얌마, 판단은 판사가 하고 변명은 변호사가 하고 용서는 목사가 하고 형사는 무조건 잡는다. 알겠냐 짜샤."

(2006년 코스모스 문예)

인생

교회 식당 안에서였다.

막 식판을 들고 자리에 앉는데 앞자리에서 희한한 소리가 들려왔다.

"뭐? 외롭다고."

여자가 묻자 남자가 고개를 끄덕끄덕했다.

"그래서? 누나 보고 어떡하라구?"

"외로움의 치료방법에 대해 알려달라니까."

"사람은 다 누구나 외로운 거야."

"그래도 치료방법이 있을 거 아냐."

여자가 식판을 들고 자리에서 일어났다. 남자는 두 눈을 희번득이며 보이는 사람마다 물었다.

"외로움을 치료할 방법 없나요?"

남자는 간절히 애통한 목소리로 물었다. 언뜻 보아 남자는 장애인이었다. 일그러진 얼굴 표정과 뒤틀어진 몸짓에서 외로움을 절절히 호소하고 있었다. 한 서른 살쯤 되었을까. 남자는 관심 받고 싶어 못 견디는 눈치였다. 자기를 향해 사랑과 관심을 가져 달라고 애타게 목마르게 원하고 있었다.

"누구 나한테 외로움의 치료방법에 대해 알려줄 사람 없나요?"

남자는 이번에는 앞자리에서 식사하는 여성도들에게 물었다. 옆에 앉아 있는 남자에게는 눈도 주지 않았다. 여자들은 모두 빙긋이 웃기만 할 뿐 대답하지 않았다. 그러자 남자는 뒤틀어진 몸을 하고서 자리에서 일어나며 말했다.

"정말 외로워요. 외롭지 않을 방법에 대해 알려주세요."

그러자 앞자리에 앉은 노파가 말했다.

"외롭지 않은 사람이 어딨어, 사람은 다 누구나 외로운 거야."

남자는 그 말에 고개를 푹 떨구더니 자리에 도로 앉았다.

"아! 정말 많이 외로워."

그 장애인의 말에 교인들은 모두 쓴웃음을 지었다. 외롭다고 말하고 나면 외로움이 가시기라도 하는 걸까. 부부가 자식 낳고 함께 살아도 외로운 건 마찬가지라고 한 경실이가 생각난다. 그녀는 세상에서 자기만큼 행복한 여자는 없는 것처럼 입만 열면 남편 자랑 자식 자랑에 목을 맸었다. 그래서 나는 그녀를 팔불출 중의 팔불출이라고 속으로 얼마나 경멸했는지 모른다.

그녀가 자랑을 늘어놓을 때마다 나는 시기와 질투로 머리가 뜨거울 정도였다. 눈치 없기로 말하면 그녀는 일등이었다. 매번 모일 때마다 아니면 전화에라도 자랑을 일삼고 했다. 주재료는 남편과 자식 자랑이었지만 자기 자랑도 빼놓지 않고 했다. 얼굴이 나이보다 십 년은 어려 보인다든지 몸매가 좋아서 남자들이 자기만 지나가면 쳐다본다든지 아님 친정자랑도 심심찮게 했다.

"내 몸매가 원래 백만 불짜리 아니니?"

그녀는 눈썹 하나 까딱 않고 자랑했다.

"뒤에서 보면 영락없는 20대라나?"

"누가 그런 소릴 하디?"

"누군 누구야, 애 아빠지."

"그러면 그렇지, 왜 아니겠어. 넌 조오캤다. 그런 잘난 서방 둬서."

나는 참지 못하고 쏘아 붙였다.

"여자는 말이지 모름지기 자기를 가꿀 줄 알아야 해, 그래야 남편한 테 사랑받는 거란다."

"오죽하시겠어."

"너 남자는 여자하기 나름이란 말 모르니? 그러니까 너가……."

"그만 하지 못해?"

나는 자리에서 일어나며 꽥 소리를 질렀다. 망할 년. 욕설이 목안에 서 감돌다 내려갔다. 미친년. 서방한테 미쳐도 유분지, 만날 때마다 서방 자랑이야. 저년 서방은 바람도 안 나나. 드디어 나는 속으로 저 주를 했다. 딴 여자에 미쳐 집 나간 남편은 몇 년째 감감소식이었다. 이혼해 달라는 걸 괘씸해 이혼해 주지 않았더니 생활비마저 끊긴 지 오래된 상태였다. 안 그래도 속에서 천불이 끓어올라 미칠 지경인데 경실이년이 더 부채질하는 것이다. 멍청해도 저렇게 멍청할까. 학교 다닐 때 성적이 맨 꼬라비에서만 머물던 그녀가 돈 많고 유복한 집안 으로 결혼한 건 오직 한 가지였다. 그 잘난 몸뚱이 덕분이었다. 그녀 의 몸매는 그야말로 환상적이었다.

비너스 조각상같이 가슴과 엉덩이 라인이 완전 모델감이었다. 별명 이 걸어다니는 마네킹이었다. 롱다리에다 미니스커트를 입으면 지나 다니는 남자들이 저절로 눈길이 갔다. 얼굴도 밉상은 아니었다. 멍청 한 눈빛에 헤픈 웃음을 지으면 누구나 빠져들었다. 눈치가 없어 그렇 지 사실 마음도 나쁘지 않았다. 생전 가야 남 험담하거나 질투하는 일 도 없었다.

다만 험이 있다면 시도 때도 없이 자랑을 늘어놓는 것이었다. 그게 내 눈엔 가시였다. 나는 가능하면 그녀와 마주치는 일 없도록 노력했지만 번번이 빗나갔다. 시장을 가거나 교회엘 가면 필연처럼 꼭꼭 마주치는 것이었다. 일부러 모른 척하고 지나치려 하면 다가와 대뜸 자랑부터 늘어놓았다.

"애, 해미야 우리 딸 이번에 전교 일등했다."

"뭐 뭐라구?"

내 눈에 당장 불이 켜졌다. 순간, 시기와 분노가 속에서 폭포수처럼 끓어올랐다. 그러면서 마음 한켠에서는 그럴 리가…… 하는 의구심도 솟아올랐다. 머리는 엄마를 닮는다는 말이 있다. 경실이 자식들도 예외는 아니었다. 비싼 학원에 개인교습까지 시켜도 간신히 중간을 맴돌 뿐인데 무슨 수로 전교 일등을 했단 말인가. 미리 답안지를 누출시켜 베껴 쓰거나 아님 커닝을 했으면 몰라도.

"무 무슨 수로……."

그 뒷말은 차마 할 수가 없었다.

"농 농담 아니니?"

그 말도 할 수가 없었다.

"정 정말이니"

나는 간신히 한 마디 했다.

"두고 봐 우리 딸 다음번엔 꼭 일등할 거야?"

아니 이건 또 무슨 말인가?

"넌 목사님 설교 말씀도 못 들었니? 무엇이든 기도하고 구한 것은 받은 줄로 믿어라, 그리고 말로 선포하면 그대로 이루어진다는."

"난 또, 그러면 그렇지."

그녀는 지난주 설교내용을 자기 딸에게 그대로 적용하기로 한 모양이었다. 아무리 그래도 그렇지 어떻게 그런 말도 안 되는 거짓말을 사실처럼 천연덕스럽게 할 수 있단 말인가. 하긴 비싼 괴외비 들여 공부 시켜도 성적이 안 오르니 속이 탈만도 하겠지. 그러니 저런 말도 안 되는 영적인 법칙을 적용해서라도 소원을 이루고 싶겠지. 누군가 말했었다. 자식은 부모의 미래라고.

그래서 버릇 가르치고 힘들여 공부시키는 거라고. 사람이 만 가지 복을 다 가질 수는 없는 모양이다. 경실이가 다른 복은 다 타고났어도 자식 공부 잘하는 복은 없으니 말이다. 나는 아들을 생각했다. 전교에서 늘 수위를 달리는 영복이는 성격도 얼굴도 나를 그대로 빼다 박았다. 오죽하면 붕어빵이란 소릴 듣겠는가.

영복이는 나를 닮아 매사에 꼭 이겨야 직성이 풀리고 자기 관리 하나만큼은 철저하다. 공부도 운동도 친구 관계도 빠짐없이 잘한다. 그래서 시어머니도 내게 칭찬을 마다 않는 것이다. 아이가 엄마를 닮아 수재소릴 듣는다고. 남편은 아들이라면 죽고 못 살더니 못생기고 형편 없는 부하 여직원과 눈이 맞아 야반도주해버렸다.

처음에는 두 연놈을 능지처참해버리고 싶은 심정이었다. 그러나 사회적 법적제도가 가로막혀 있어 그리 하지 못했다. 감옥에라도 처넣을까 했다가 아들 생각해서 포기했다. 나는 분노를 못 이겨 화병을 앓다가 거의 죽음직전까지 갔었다. 한번 맺히면 풀지 못하고 되갚음을 해주어야만 직성이 풀리는데 그리하지 못하니까 몸이 대신 수난을 당한 것이다.

말이 나왔으니 말이지 나는 어릴 때부터 한번 싸운 친구와는 다시 놀지 않았다. 엉겨 붙어 싸우다가도 한 대 맞으면 두 대 세 대 때려야 직성이 풀렸다. 경쟁에서 지는 날이면 그날은 완전 초상집 분위기였다. 울고불고 난리가 났다. 손안에 든 건 무조건 내 차지가 되어야 하

고 빼앗길 시에는 결사항쟁의 각오로 맞서 싸웠다. 또한 무슨 일이 됐
건 비교하느라 정신이 없었다. 거기에는 항상 승패의식이 작용했는데
그로 인해 내 마음은 잠시도 휴식이 없었다.

항상 초긴장 상태를 유지하며 불평불만에 휩싸이는 것이다.

내 이런 성격을 잘 아는 언니는 일찍부터 나를 신앙으로 인도해 고쳐
보려 애썼지만 별 소용이 없었다. 기본 성격이 변하지 않는데 매번 천
사의 방언을 귀에 쏟아 붓는다고 달라지겠는가. 그래봤자 위선의 가면
을 덮어쓸 뿐이다. 그러나 가랑비에 옷 젖는다고 오랜 세월 영적 분위
기에 젖어들다 보니 잦아지는 기미를 보였다. 또 환난이 겹치다 보니
어느 사이엔가 신앙을 도피처로 삼는 습관에 익숙해졌다. 그러나……

경실이는 가는 허리를 뽐내며 내 앞에서 멀어져 갔다. 문득 나는 내
불룩한 배를 내려다보았다. 스트레스 해소한답시고 시도 때도 없이 먹
어대는 바람에 뱃살만 늘어났다. 경실이의 허리가 24인치라면 내 허
리둘레는 28-29인치는 될 것이었다. 뿐이랴, 나는 겨우 친정의 도움
으로 입에 풀칠이나 하는 정도였다.

여건 상, 직장생활은 못하겠고 아들은 키워야겠기에 내린 결정이었
다. 자격지심에 사람을 외면하고 사는데 하필이면 세상에 태어나 처음
으로 발걸음 디딘 교회에서 경실이를 만날 줄이야. 그녀는 어디서 들
었는지 내 처지를 환히 뚫고 있었다. 조심성 없고 눈치코치 없는 그녀
는 나를 보자마자 속을 긁어댔다.

"해미야 어쩌니, 남편 때문에 너어무 속상하겠다."

일부러 그러는지 그녀는 '너어무'에 악센트까지 넣었다. 저년이 내
복장을 뒤집는구나. 나는 속으로 칼을 갈면서 얼른 자리를 모면하려
했다.

"생활이 어렵다면서 내가 도울 일 없을까."

드디어 내 속에서 전쟁이 벌어졌다. 저년을 당장.

"됐거든, 우리 아들이 학교에서 일등해서 엄마들한테 한턱 내러 가는 길이거든."

생각지도 않은 거짓말이 불쑥 올라왔다. 대낮에 거짓말을 그것도 다른 데도 아닌 교회 안에서, 양심이 무한정 떨렸다.

"그래애 바쁘겠구나 어서 가봐, 그리고 이거 백화점 상품권인데 필요할 때 써."

나는 상품권을 내미는 경실이 손을 보다가 이윽고 낚아채듯 하고는 말했다.

"고마워."

그녀는 친절하게도 도어를 열고서 길 안내까지 했다. 가만히 보니까 경실이는 친절이 몸에 밴 여자였다. 아무한테나 무작정 친절을 베풀었다. 사람들끼리 어울려 밥을 먹을 때면 꼭 제가 나서서 값을 지불했다. 하긴 가진 건 돈뿐이니까. 뿐만 아니었다. 장애인에게는 한결 더 친절을 베풀었다.

휠체어를 밀어주는 건 기본이고 밥을 떠 먹여주고 온갖 시중을 다 들어주었다. 하긴 가진 건 건강뿐이니까. 그런데 문제는 경실이만 그런 게 아니라 아들 딸 남편까지 그러는 것이다. 하긴 그들 역시 가진 건 돈과 시간 건강뿐이니까. 나는 애써 자위하며 그들을 외면하려 했다.

겉으론 드러난 그들의 선행에 자꾸만 이의(異意)를 달았다. 저희들이 내세울 게 없으니까 착한 척 인심 좋은 척하는 것이다. 경실이의 남편은 소문과 달리 미남형이었다, 얼굴만 보자면 경실이보다 백배 나았다. 가진 재산에다 타고난 외모에다 남부럽지 않은 능력에 뭐가 아쉬워 경실이를 택했을까. 저 정도의 조건이라면 경실이보다 훨씬 좋은 조건의 여자를 만날 수도 있었을 텐데.

나는 속으로 소설을 쓰면서 그녀의 처지를 부러워했다. 아니 시기(猜忌)했다. 인생사 새옹지마라고 언젠가는 저들도 곤경에 빠지는 날이 있으리라. 나는 끓어오르는 시기심을 겨우 잠재웠다. 그럴수록 집나간 남편에 대한 분노로 속에서 천불이 났다. 내가 어쩌자고 그런 인간을 남편으로 맞아 이 개망신을 당한단 말인가.

수재 소리를 들으며 살던 나를 이렇게 비참하게 끌어내릴 수 있단말인가. 경실이년은 밤낮 남편 자랑 자식 자랑하며 내 속을 긁어대는데, 차라리 안 보면 모를까 나는 경실이와 내 처지를 생각하면 자다가도 분노가 치솟아 벌떡 일어날 지경이었다. 목사의 설교는 더 내 분노를 부채질했다. 긍정적 사고론에 입각한 그의 설교를 교인들은 박수를치고 좋아했다. 잘 될 것을 바라보고 그것을 입으로 선포하면 어느덧내 것이 된다는 것이다.

말의 위력과 사고(思考)가 만들어내는 영향력은 상상을 초월한다. 꿈과 비전이 바로 그 대표적인 예다. 그것은 바로 긍정적 사고에서 비롯되는데, 그에 따른 파급효과를 전하고 있다. 또한 부정적 사고에 대한 결과를 설명하면서 무조건 긍정적으로 변하라고 충고한다. 그러나그게 생각처럼 쉬운 일이 아니란 걸 누구나 잘 알 것이다. 세상에 긍정적이고 싶지 부정적이고 싶은 사람이 어디 있겠는가.

부정적인 데는 그만한 이유가 있다. 실패에 대한 불길한 암시가 경험이라는 사이클을 타고 계속 뇌리에 전해 오는 데 어떻게 무작정 긍정적으로 변하란 말인가. 사람의 뇌는 바로 경험이라는 축적된 결과에따라 움직이는 게 아니던가. 지금은 많이 나아졌지만 예전에 나는 지

극히 부정적 사고의 소유자였다.

원인은 간단하다. 바라고 계획하는 일마다 실패로 돌아오는 것이다. 뭐든지 기대만 하면 물거품이 되고 기대가 클수록 결과는 참담하게 돌아온다. 아무리 긍정적으로 희망을 품고 '잘 될 것이다' 암시를 걸면 뭘하나, 어차피 결과는 실패일 것을. 번번이 실패와 좌절로 이어지고 마는 것을. 차라리 기대를 않고 있으면 실망이나 안 하지. 잘 될 것으로 믿고 뭔가를 했다가는 먹물을 뒤집어쓰고 만다.

사람 만나는 일도 마찬가지다. 이번에는 아니겠지 하면 영락없이 인간 말종이 걸려든다. 사실, 인간만큼 잔인하고 무서운 존재는 없다. 악마의 속성을 지닌 인간을 만나면 평생 지울 수 없는 상처와 피해의식의 노예가 된다. 그런 경우를 사십 평생 겪어 보라. 인간이라면 치를 떨게 될 테니까.

실패도 마찬가지다. 번번이 실패와 좌절을 겪은 사람 앞에 긍정적 사고로 바꿔라고 백 번을 설명해 보라. 그 말이 귀에 들어오나. 오히려 분통만 내고 말 것이다. 거듭되는 실패 앞에 정신 못 차리고 있는 사람에게 부정적인 사고 때문에 실패가 왔다고 하면 그야말로 맞아죽을 일이다. 먼저 부정적 사고의 근원적인 문제를 해결해 주고 나서 긍정적 사고를 들이대야지 무조건 니 사고방식이 부정적이니까 실패했다는 말은 옳지 않다.

또 한 가지 예를 들겠다. 누군가가 다가와 계속 부정적인 말을 해 보라.

가령 그 사람 안에 있는 온갖 약점을 들이대며 넌 이래서 안 된다, 할 수 없다 넌 바보다, 넌 어쩔 수 없다. 넌 패배자다 라고 계속 주입해 보라. 아무리 강건한 사람이라도 부정적인 사고로 변하는 건 시간

문제다. 아니 사이코 안 되는 것만으로도 기적이다. 그런 저런 문제점을 모두 제쳐두고 무조건 너의 사고방식이 부정적이니까 안 된다는 식으로 몰아붙이면 그건 안 된다는 뜻이다.

아무리 황금률의 법칙이라도 예외가 있는 법이다. '할 수 있다 하면 된다' 해서 무조건 덤벼들었다가 낭패 보면 누가 책임지겠는가. 그런데 목사는 이런 저런 예는 다 덮어둔 채 오직 긍정적인 예만 들어 설교하고 있는 것이다. 목사 말만 빌리자면 그런 식으로만 한다면 세상에 실패할 사람은 한 사람도 없을 것이다.

그런데 어리석게도 경실이가 그 허황된 논리에 걸려든 것이다. 그녀의 맹신에 나는 기가 막혀 혀를 내두를 지경이었다. 예나 지금이나 그녀의 머리는 두 자리 수였다. 그러니 자식들이 공부를 바닥을 길밖에. 아니 겨우 중간을 맴돌밖에. 나는 속으로 한껏 그녀를 비웃으며 말했다.

그 밥에 그 나물이지 별수 있겠어. 뛰어봐야 벼룩이지.

그런데 다음 달 기현상이 벌어졌다. 영복이가 반에서 일등 자리를 다른 아이에게 내주고 만 것이다. 그건 지금까지 내가 당한 고난 중에서도 가장 큰 수치이자 망신이었다. 나는 뒷골이 당기고 어지러워 팍 쓰러져 죽고 싶은 심정이었다. 생각해 보면 그 모든 원인은 고액과외를 시키지 않은 탓이었다.

요즘은 족집게 과외라는 게 있어서 머리 나쁜 아이들을 따로 모아놓고 계속 시험을 보게 한다. 이는 특별히 학습효과를 노리는 게 아니고 정답을 알아맞히는 기술을 가르쳐주는 것이다. 그러니까 사지선다형을 놓고 정답을 알아맞히는 요령을 뜻한다. 그런 아이들 때문에 가끔 등수에 혼란이 오곤 한다. 우리 영복이는 그 당연한 희생자였다.

나는 그 밖의 다른 원인을 갖다 대며 자위하려 애썼지만 그렇다고 상
황이 달라지는 건 아니었다. 아이는 나의 전부이자 자랑거리이자 삶의
이유였다. 나야말로 오로지 아이 자랑 내세워 살아가는데 죽을 맛이었
다. 나는 끓어오르는 화를 누르며 말했다.

"괜찮아. 다음번에 일등하면 돼. 사람은 누구나 실수할 수 있는 거
야."

그런데 속에서 느닷없이 딴 목소리가 들렸다. 제 애비를 닮았나. 왜
일등을 놓쳐?

"영복아 다음 달부터 이모가 하는 영어학원 가라."

"그 역삼동에 있는 영어학원 말야. 너무 멀잖아."

아이는 난색을 표했다. 역삼동이라면 화곡동에서 한 시간 반 거리
였다. 전철을 타고서 버스로 갈아타고도 또 걸어야 했다.

"멀면 어때서? 전철 안에서 영어 단어 외우고 공부하면 되지?"

"피곤하잖아."

"우선 한 달만 다녀 봐. 내가 이모한테 말해서 전교에서 일등하도록
할게."

"난 죽었다."

"할 수 있지?"

"응."

아이는 두 눈을 치켜뜨며 말했다. 누구 아들인데 거역하랴. 영복이
는 일등 자리를 사수하기 위해서라면 무슨 일이든 할 아이였다. 어쩌
면 이번 일이 자극제가 되어 전교 일등을 차지하게 될지도 모른다. 그
때 가서 경실이년 코를 납작하게 눌러주어야지. 나는 회심의 미소를
지으며 영복이의 어깨를 두드려 주었다.

"잘해라 아들, 너는 이 엄마의 자랑거리란 걸 명심해라."

영복이를 학원에 보내놓고 나서 나는 여동생에게 수시로 전화를 걸어 채근했다.

"꼭 전교 일등하게 만들어 놓으란 말이다."

"그걸 내 맘대로 해, 암튼 나도 신경 쓰고 있으니까 너무 닦달하지 마."

여동생은 이모 된 책임을 크게 느끼는지 꽤 부담스런 목소리로 말했다. 여동생은 서울대를 나와 영국 유학까지 다녀온 수재였다. 모교에서 교수로 와 달라는 부탁을 받았지만 고액이라는 유혹을 못 이기고 강남의 유명학원 강사로 눌러 앉았다. 얼마나 콧대가 센지 나이 사십이 가까운데도 웬만한 남자는 거들떠보지도 않아 아직까지 독신이었다.

거리가 너무 멀어 보내지 않았는데 일등 자리를 놓치는 바람에 드디어 아이는 강남까지 진출하게 되었다. 영복이는 거의 매일 밤을 새다시피 공부하더니 다음 달 드디어 일등을 탈환했다. 그리고 아쉽지만 전교에서는 이등을 차지했다. 고액과외가 먹혀든 것이다. 나는 여동생에게 공로를 치하하고 조카를 위해 더 힘쓸 것을 약속 받았다.

다음 주 일요일이었다. 나는 일부러 본당이 보이는 앞마당에서 경실이를 기다렸다. 보이기만 해봐라. 얼른 달려가 자랑해야지, 그래서 저년의 코를 납작하게 눌러줘야지. 그런데 그날따라 그녀의 모습이 보이지 않았다. 나는 속으로 조바심이 일었다. 사람들이 본당 안으로 들어가기 시작했다. 나는 기다리다 지쳐 본당 계단 위로 올라섰다.

"해미야."

뒤를 돌아보니 경실이가 쳐다보고 있었다. 그러면 그렇지. 나는 속으로 쾌재를 불렀다. 저년이 오늘은 또 무슨 자랑을 하려나. 오늘이야 말로 코를 납작하게 눌러놔야지. 경실이는 내게 팔짱을 끼며 말했다.

"날씨가 많이 추워졌다 그치?"

"으응."

나는 어떤 식으로 말을 꺼낼까 고심했다. 드디어 예배가 시작됐다. 그날따라 목사의 설교가 유난히 길었다. 빨리 예배가 끝나야 할 텐데. 그래야 경실이에게 맘껏 아들 자랑을 할 텐데. 나는 초조감 때문에 목사의 설교가 하나도 귀에 들어오지 않았다. 드디어 설교가 끝났다. 나는 사람들과 인사를 나누는 경실이 뒤를 끝까지 따라붙었다. 경실이는 인사 하나만큼은 철저하게 잘한다.

교회 중직자는 물론 어린 아이들한테도 빠지지 않고 인사를 건넨다. 나는 그 점도 못마땅하다. 지가 무슨 대단한 인사라도 되는 양 인사치레를 한단 말인가. 저러는 게 다 제 인기를 얻으려는 속셈이 아니고 무엇이겠는가. 경실이는 교인들 간의 경조사는 물론 헌금도 쾌척(快擲) 하는데 앞장섰다. 다 사람들의 환심을 사기 위해서다. 그녀는 그런 식으로 친교를 나누고 한편으론 은근히 내 야코를 죽이는 것이다.

남편 자랑 자식 자랑, 재산 자랑 집안자랑하면서.

그래서 나는 때때로 그녀가 얄밉고 괘씸하기까지 하다. 친화력이 없는 나는 그녀의 행태를 미워하면서도 그러지 못하는 나 자신을 원망할 때가 있다. 사람을 만나도 그냥 지나치고 거부하는 습성이 몸에 밴 탓이다. 대인기피증이 생긴 건 순전히 남편 탓이다. 그 인간 때문에 사람 만나는 게 두려워졌다. 남편에 관한 질문만 나오면 죽을 맛이 되고 거짓말을 해야 하기 때문이다.

드디어 친교 시간이 다 끝난 모양이다. 경실이가 내게 다가왔다. 오늘은 또 무슨 자랑을 하려나. 나는 기다릴 것도 없이 내 얘기부터 했다.

"우리 영복이가 반에서 일등했지 뭐니? 아쉽게도 전교는 이등을 했지만."

나는 한껏 뻐기며 말했다. 어디 한번 당해봐라. 니의 자식들은 일등은커녕 겨우 중간에서 맴돈다며. 나는 속으로 비웃으며 그녀의 반응을 기다렸다. 과연 그녀는 당황하는 눈치였다. 그러면 그렇지. 그런데 다음 순간 전혀 엉뚱한 말이 나오는 게 아닌가.

"해미야, 축하해, 그렇지 않아도 지난번에 일등 놓쳤다고 안타까워하더니 잘 됐다, 부럽다."

그녀는 내 어깨를 두드리며 진심으로 축하해 주는 것 같았다. 어? 이게 어찌 된 노릇이지. 분명 질투하며 뒤집어져야 마땅한데. 나는 잠시 혼동이 일었다.

"해미야, 너가 학교 다닐 때 공부를 잘하더니 영복이가 너 닮았나 보다. 고생 끝에 낙이라고 영복이가 효자 노릇하는구나, 부럽다 공부 잘하는 아들 둬서."

어? 이상하다. 내가 바란 건 이게 아니었는데. 나는 계속 헷갈렸다.

"으응 그래, 경실이 너희 애들도 잘하잖아."

"그래 고맙다, 니가 기도해 주면 더 잘할 것 같아. 기도해 줄 거지?"

"으응, 그래."

"정말 고마워."

나는 순간 뒤통수를 한 대 맞은 기분이었다.

"내 동생이 말야, 강남에 있는 학원에서 강사하잖아, 니 애들도 보낼래?"

경실이는 조금 놀란 눈치였다.

"아니 됐어, 난 우리 애들이 공부보단 믿음 안에서 바르게 자라는 걸 더 원해."

그때였다. 내 입에서 생각지도 않은 말이 튀어나왔다.

"그래 잘났다 잘났어, 저 혼자 신앙심 좋은 척 다 하네."

"해미야, 나 사실은 많이 외로워."

"뭐? 뭐라구?"

"우리도 이제 중년이잖아."

"너 너 혹시?"

그 다음 말은 할 수가 없었다. 불길한 단어가 연거푸 튀어나올 것 같아서였다. 언젠가 내가 한 말이 떠올랐다. 인생사 새옹지마라고 저년의 인생이 언제까지 형통할 것인가. 이어 악담도 떠올랐다. 저년 서방은 바람도 안 나나. 그런데 저 경실이년이 웬일이람. 세상에서 제일 잘난 척 행복한 척 떠들어대더니…… 외로움은 다 뭐고 중년은 다 뭐람.

그런데 내 마음이 이상했다. 승리감을 만끽할 줄 알았는데 자꾸만 불안했다.

"너 어디 아프니? 아님 중년기 우울증?"

"우리도 이제 사십 대 중반이잖니, 몸도 마음도 아플 때가 됐지."

그녀는 마치 도 닦는 수도승처럼 말했다. 평상시 그녀의 모습과 전혀 달랐다.

"너 이제 취미생활 그만둔 거니?"

"취미생활?"

그녀는 뜬금없는 표정을 지었다.

"있잖아 너 자랑하는 거, 입만 열면 자랑했잖아, 남편 자랑 자식 자
랑 니 몸매 자랑."

경실이는 어울리지 않게 진지한 표정으로 말했다.

"원래 빈 수레가 요란한 법이잖아."

"너 무슨 일 있지, 그렇지."

"일은 무슨 이제 철이 나려고 그러는가 보지."

"아니 니가 무슨 철이 난다구 그래, 인생 힘한 꼴 겪은 나라면 모를
까."

"그러면 너는 철학자 수준이고 난 철없는 어린애 수준이란 말이니?"

어? 바본 줄 알았는데 아니네? 나는 속으로 웃으며 말했다.

"서방 복은 없어도 자식 복은 있으려는지 우리 영복이가 이 엄마의
바람을 들어주는구나."

"당연하지."

"뭐?"

나는 또다시 귀를 의심했다. 나 같으면 어림도 없을 답변이었다. 그
래 넌 차암 좋오겠다 하고 비꼬고 빈정댔을 것을. 이건 뱉도 없나. 은
근히 제 자식을 빗대 말하는 걸 모를 리 없을 텐데.

"애, 민호 민철이는 엄마를 닮아서인지 인물도 좋고 착하고 귀엽기
만 하더라."

"그건 그렇지."

경실이는 살며시 웃었다.

"우리 고등학교 다닐 때 과학 선생님 기억하니?"

"그 곱슬머리 과학선생? 총각으로 있다가 결혼했잖아, 아참 니가 혼
자 짝사랑했었던, 그런데 왜?"

"지난달에 돌아가셨대. 말기암이었대."

"뭐라구?"

어쩐지, 그래서 경실이가 달라진 거였구나.

"사람 살고 죽는 게 종이 한 장 차이라더니, 인생 차암 허무하다."

"넌 아직도 소녀적 감정에 젖어 사니? 옛날 옛적 선생님 돌아가신 것 같고 유난 떨고 있네."

"외롭고 쓸쓸하고 허무하고 그러네."

"너 혹시 여태껏 그 선생님 생각하고 있었던 거니?"

"그런 건 아니지만, 슬프잖아."

감정이 헤픈 그녀는 눈물을 글썽였다.

"아예 소설을 써라 소설을 써."

여고 2학년 때였다. 과학 담당으로 곱슬머리 총각선생이 부임했다. 체격이 좋고 미남형의 스타일이었다. 당연히 아이들의 시선이 선생님에게 집중됐다. 선생님의 관심을 얻기 위해 목숨 거는 아이들도 부지기수였다. 매일 화병에 꽃을 갖다 놓는가 하면 간식거리와 직접 짜 만든 수예품도 갖다 놓는 아이도 있었다. 그 중 으뜸은 경실이였다. 고급 넥타이핀과 만년필, 심지어 외국에서 사들인 향수도 선물했다.

선물할 때는 '사랑하는 제자 경실이가'를 빼놓지 않았다. 선물의 종류로나 가격만으로 다른 아이들과는 비교가 되지 않았다. 뿐만 아니라 경실이는 대담하기까지 했다. 몸매가 드러나는 옷을 입고 일부러 선생님 앞으로 왔다 갔다 했다. 그 백만 불짜리 몸매를 하고서. 모델 같은 경실이에게 시선이 집중된 것은 과학선생이 아니라 다른 남자 선생님들이었다.

일부러 그녀에게 다가가 농담을 걸거나 하면서 은근슬쩍 그녀의 손과 허벅지를 만졌다. 물론 과학선생은 경실이에게 관심도 없었다. 결혼을 코앞에 앞두고 있었기 때문이다. 그 사실을 눈치 챈 경실이는 목숨을 걸었다. 제깟 게 무슨 권리로 그러는지 모르지만 제 딴에 꽤 심각했다. 선생님께 나아가 강짜를 부리거나 그러지는 않았지만 하루가 다르게 여위어 갔다.

나는 그런 그녀를 사이코 취급했다.

"제정신이냐? 그런다고 현실이 달라지냐? 니가 무슨 수로 선생님 결혼식을 막아?"

"누가 막겠대?"

"그런 왜 그러는 건데?"

"그냥 그냥……."

"일찌감치 냉수 먹고 속 차려. 이것아."

과학 선생은 결혼한 지 5개월 만에 옥동자를 낳았다. 그걸 놓고 또 우리들은 얼마나 입방아를 찧어 대었던가. 해가 바뀌어 입시전쟁이 벌어졌고 과학 선생은 우리의 관심사에서 멀어졌다. 성적이 낮은 경실이는 무리하게 서울에 있는 4년제 대학에 지원했다가 연거푸 낙방했다. 재수를 했지만 또 낙방했다. 삼수 끝에 겨우 경기도에 있는 신설대학에 진학했다.

그리고 졸업과 동시에 웨딩마치를 올렸다. 집안이 워낙 부유했고 경실이 인물이 좋았기 때문에 신랑 후보감이 줄을 이었다고 한다. 반면 나는 명문 사학을 나와 학원에서 강사를 하다가 결혼했다. 경실이와 달리 나는 얼굴도 몸매도 내세울 게 없었다. 눈빛이 사납고 매서웠고 성격은 한없이 까다로웠다.

그러니 맞선만 봤다 하면 퇴짜를 맞는 것이었다. 인상이 험하고 말투가 거칠어 만나는 남자마다 거부의사를 밝혔다. 그런데 남편은 예외였다. 그는 고분고분하고 호락호락한 여자는 싫다 했다. 연약한 척하며 남자 등에 기대어 왕비병으로 살 것이기 때문에 당차고 기가 센 여자가 좋다고 했다.

남편의 성격이 우유부단하고 소심했기 때문이다. 겁이 많은 남편은 무사안일주의자였다. 생전 밖으로 나돌 줄 모르고 가정에만 충실할 줄 알았는데 그게 아니었다. 사람 속은 한 치를 모른다고 부하 여직원과 바람이 나 종적을 감추고 만 것이다. 그들은 주변 사람들을 감쪽같이 따돌리고 불륜의 싹을 키우고 있었던 것이다. 그들에 관한 소문은 일파만파로 번져 나갔다.

얌전한 고양이 부뚜막에 먼저 올라앉는다더니.

여직원도 못생기고 형편없는 추물에 속했지만 남편도 마찬가지였다. 왜소한 체격에 말 주변머리도 없는 전형적인 좀생이였다. 생전 가야 농담 한 번도 할 줄 모르고 정도(正道)에서 벗어난 일은 상상도 못했다. 그런데 그런 좀생이가 어떻게 바람이 났단 말인가. 어떻게 정상 궤도를 이탈하고 감쪽같이 사라질 수 있단 말인가.

나는 하도 기가 막히고 남사스러워 도저히 숨을 쉬고 살 수가 없었다. 제일 처음 느낀 건 끝없는 자존심의 추락이었다. 좀 더 엄밀히 말하면 버림받은 자의 슬픔이었다. 그리고 걷잡을 수 없는 수치심과 분노였다.

「내 손에 든 건 절대로 빼앗기지 않는다.」

이건 내 삶의 신조(信條)였다. 남의 것을 탐내지 않는 대신 내 것은 꼭 지키는 것이 내 삶의 원칙이었다. 그런데 그 원칙이 깨져 버린 것이다. 나는 그 사건을 놓고 절대자와 심한 반목을 일으켰다. 신(神)의 존재유무가 아니라 처사(處事)가 문제였다. 아니 신의 절대성인 주권 (主權)에 대해서도 논란을 벌였다.

이유는 한 가지였다. 두 연놈을 이 지구상에서 없애달라는 거였다. 그런 파렴치범은 반드시 응징해야 한다는 것이 내 주장이었다. 할 수만 있다면 두 연놈을 끝까지 쫓아가 물골을 내고 싶었다. 그런데 어떻게 알았을까. 그들은 아예 내가 찾지 못할 곳으로 가버리고 만 것이다. 소문에 의하면 모 회사의 중국 지사로 갔다고 한다.

중국까지 쫓아가기에는 역부족이었고 아들도 돌봐야겠기에 포기하고 말았다. 부하 여직원과 유부남 상사의 스캔들은 바람을 타고 날아다녔다. 남의 말하기 좋아하는 인간들은 아예 소설에다 영화제작까지 하고 있었다. 그들의 관계를 추측해 부풀리고 내 신상명세서까지 갖다 붙이며 드라마를 연출하고 있었다. 더구나 해괴한 소문까지 날아들었다.

중국에서 아이를 낳았다는 둥, 이혼수속을 밟기 위해 곧 귀국할 거라는 둥, 심지어는 계집년이 중국에서 성형수술을 했다는 소문마저 들려왔다. 여기저기서 말들을 쏟아내는데 이건 불난 집에 부채질이요, 끓는 가마솥에 휘발유 끼얹는 꼴이었다. 인간이 얼마나 악하고 잔인한 것인지 그때 처음 알았었다.

사람들에겐 남의 불행을 즐기려는 악취미가 있었다. 더 나아가 자기보다 못한 처지의 사람과 비교해 안도하고 위로 받으려는 못된 습성도 있었다. 그들은 내 모습을 보면서 생각했을 것이다.

잘난 척은 혼자 다하더니 꼴좋구나.

어떤 여류강사가 TV프로에서 말했다.

"너의 불행은 곧 나의 행복이다, 이런 식의 발상은 안 됩니다."

사람들은 항상 역지사지를 잊는다. 입장 바꿔 생각하라고 말하면서도 끝까지 약자를 외면하고 강자를 두둔한다. 바람난 불륜의 남녀를 질타하는 대신 피해 당사자를 욕보이고 질타하는 것이다. 니가 그러니까 서방이 바람이 나지, 하는 식이다. 그것이 사람들의 공통적인 마음 자세였다.

매일같이 화병으로 머리칼이 한 움큼씩 빠졌다. 얼굴이 검정 칠을 해놓은 것같이 번하고 피부가 조이고 가려웠다. 막대한 상처를 입은 나는 성격이 더욱 거칠어졌고 누군가 고까운 소리만 하면 죽기 살기로 달려들어 싸움판을 벌였다.

쌈닭.

나도 모르게 붙여진 별명이었다. 처지가 힘들어지자 고질병이 도지기 시작했다. 비교에서 오는 불평과 절망이었다. 매일같이 내 눈에는 남들의 잘 되는 모습만 들어왔다. 남들은 잘난 남편 덕분에 성공하고 호강에 겨워 사는 것 같았다. 매일 평안하고 기쁨에 들떠 어쩔 줄 모르는 것이었다. 특히 누군가 내 앞에 자랑을 늘어놓으면 오장육부가 뒤틀리면서 성화가 났다.

듣기 좋은 소리도 한두 번이지.

눈치코치 없는 것들은 수시로 내게 달려와 남편 자랑 돈 자랑 자식 자랑 능력 자랑을 늘어놓는 것이다. 안 그래도 속에선 천불이 끓어오를 지경인데 끓는 가마솥에 휘발유를 아예 통째 집어넣는 것이다. 그 중에서도 경실이가 제일 심했다. 그녀는 모델 같은 몸매로 다가와 늘 입만 열면 말했다. 그것도 매일 새 옷 차림이었다.

"이 나이에 허리 24인치가 흔한 일이니?"

"잘났다 잘났어, 아예 주부 모델로 나서지 그러니?"

"안 그래도 그럴까 생각했는데 애 아빠가 말려서, 아무래도 안심이 안 되나 봐."

나는 하도 기가 막혀 아예 뒤돌아섰다. 저년이 내 속에 염장을 지르는구나. 나는 결혼 전부터 몸매에 자신이 없었다. 어깨가 구부정하고 폭식을 하는 바람에 배가 늘 더부룩했다. 더구나 내 다리는 숏다리였다. 그래 치마를 입어도 바지를 입어도 어울리지 않았다. 높은 신발을 신어도 마찬가지였다. 이런 내 처지를 알고서 경실이년이 일부러 비아냥대며 자기 몸매 자랑을 일삼는 것이다.

사람은 누구든 자기 약점을 들이대면 머리 뚜껑이 열리는 법이다. 그런데 하필이면 나의 아킬레스건인 몸매를 두고 경실이년이 계속 열바치게 하는 것이다. 아무리 생각해도 그녀를 이길 재간이 없었다. 무엇으로 저년 코를 납작하게 눌러놓을까. 생각 끝에 떠올린 게 아들 영복이였다.

제까짓 년이 별수 있어? 다 제 년 닮아 자식들 공부가 형편없는 것을. 또 나는 한때 학원강사를 할까도 여러 번 생각했었다. 그래서 경실에에게는 없는 능력 자랑을 하고 싶었다. 그러나 나이도 많은 데다 강사로 써줄지도 의문이었다. 다행히 잘 사는 친정 덕으로 하루하루 버텨 나가는 중이었다. 또 아들이 기대주 노릇을 톡톡히 잘해주어 살맛이 났다.

그런데 공부 잘하는 아들을 들어 경실이 야코를 죽이려 했는데 내가 도리어 완패한 것이다. 경실이는 나와는 달리 시샘이 없었던 것이다. 나의 자가당착적인 생각은 거기서 끝나지 않았다.

"나 다시 학원 강사할까 봐."

어느 날 나는 경실이에게 말했다. 그녀에 비해 훨씬 뛰어난 지적 능력을 자랑하고 싶어서였다.

"그런데 써 줄까?"

나는 으레 그런 대답이 나올 줄 알았다. 그런데 전혀 엉뚱한 대답이 나왔다.

"우리 친척 동생이 김포공항 가는 쪽에서 대 입시학원 하는데 강사를 구한 다더라, 나이는 상관없고 실력만 있으면 된대. 보수도 섭섭지 않게 준 대, 한번 해볼래?"

의외의 말에 당황한 건 나였다. 그냥 한번 해본 소리였는데. 마치 책임질 일이라도 발생한 것처럼 나는 허둥대기 시작했다.

"더 나이 먹기 전에 능력 발휘하는 것도 좋아. 너는 학교 다닐 때부터 실력파였잖아. 이참에 확실하게 니 능력을 보여줘."

그녀는 말끝마다 나를 인정(認定)하고 있었다. 어? 이게 아닌데? 뭔가 잘못 돼도 한참 잘못된 느낌이었다.

사람은 누구나 자아중심적이다. 그래서 다른 사람도 다 제 마음 같은 줄 알고 행동하는 것이다. 나도 마찬가지였다. 내 마음이 그러니까 경실이도 그럴 것이라 미리 판단한 것이다. 나는 경실이의 약점을 들어 그녀를 약 올리고 승리감을 만끽하고 싶었는데 그만 계획에 차질을 빚고 만 것이다. 나는 눈물이 핑 돌고 말았다.

"해미야 많이 외롭지?"

경실이는 또 외로움 타령이었다. 확실히 중년의 위기인가?

"지랄이야."

나는 눈을 흘겼다.

"살다 보면 쥐구멍에도 볕들 날 온다더라."

그녀는 철학자처럼 내뱉더니 뒤돌아섰다. 황사바람이 부는지 온통 시야가 뿌옇게 보였다. 하늘이 붉은 악마처럼 지상을 향해 너울너울 춤을 추고 있었다. 호흡이 가빠지기 시작했다. 유난히 기관지가 약한 남편이 생각났다. 밭은기침을 하며 통증을 호소하던 남편은 늘 어린아이 같았다. 툭하면 아내에게 도움을 요청하던 그때마다 나는 면박을 주곤 했다.

"남자가 저렇게 소심해서 무슨 큰일을 해? 기껏해야 졸장부 소리나 듣지."

여직원과 바람나기 전에는 매일같이 싸웠다. 평소에는 기가 죽어 말대꾸도 안 했는데 그땐 무슨 믿는 구석이 있는지 한 번도 지지 않고 대들었다. 나는 여기에서 밀리면 끝장이라는 심정으로 끝까지 공격을 퍼부었다.

"나나 되니까 너 같은 거랑 살아주는 줄 알아?"

나는 막말을 하며 남편을 몰아세웠다. 그 말에 남편은 자리를 박차고 나가버렸다. 그러더니 다음날 집에 들어오지 않았다. 그 이후, 그런 현상은 반복적으로 일어났다. 처음에는 약간 의구심이 들었으나 설마 했다. 그 주변머리에 어디 가서 바람을 펴? 애써 의심을 잠재웠지만 의심은 현실이 되어 나타났다. 정부(情婦)와 함께 먼 곳으로 날아가 버린 것이다.

언젠가 나도 그 여직원을 본 적이 있다. 모자라 보이는 멍청한 표정에 욕구불만으로 가득 찬, 그녀는 한 마디로 애정결핍증 환자처럼 보였다. 사랑받고 싶은데 그 욕구가 채워지지 않으니까 입이 댓발이나 나와서 아무한테나 툴툴대는 것이다. 직장 상사의 사모님이 나타났는데도 자리에서 일어나지도 않고 컴퓨터에 고개를 처박고 있었다.

"미스정, 손님 오셨는데 커피 대접해야지, 안 그래?"

옆의 남자 직원이 말하자 그제야 자리에서 꾸물럭거리고 일어나 커피를 뽑아다 주었다. 그녀가 일어서는데 스커트 밑으로 드러난 종아리가 완전 일자였다. 게다가 엉덩이는 흉하게 튀어나와 얼굴과 몸을 합쳐 놓으면 꼭 독 같았다. 그렇게 못생겨 놓으니 여태 미혼이지. 나는 제 주제도 모른 채 그녀의 못난 외모를 속으로 맘껏 비웃었다. 그런데 남편이 그녀와 정분이 난 것이다.

남들이 그랬다면 내 반응이 어땠을까.

못난 것들끼리 꼴값을 했다고 말했을까. 그 남사스러운 사건을 아는지 모르는지 아이는 태연한 표정이었다. 냉정하고 예리한 엄마 성격을 닮은 탓일까. 아이는 아빠의 부재를 중국출장으로 둘러댔는데도 이의를 달지 않았다. 그리고 3년여의 세월이 흘러가고 있었다.

나는 칼 같은 분노를 내면으로 숨긴 채 앞날을 계획하기 시작했다. 더 이상 나이 먹기 전에 경제 기반을 마련하고 싶었다. 그러나 어딜 가도 나이가 문제였다.

나이는 장벽이 되어 나를 압박했고 현실이라는 차이를 알게 했다. 그런데 그 차이를 뚫고 구세주가 나타난 것이다. 그것도 바로 내가 그렇게 질투하던 장본인인 경실이가. 그러나 마음이 편치만은 않았다. 경실이란 존재이기 때문이다. 지금은 저렇게 천사처럼 웃고 있지만 언제 달라질지 모른다.

너의 돌파구를 뚫어준 은인이 바로 나 경실이가 아니었냐고 말하며 태도가 표변할지 모른다. 한번 당한 배신은 피해의식이 되어 매사를 달리 해석하게 했고 불안마저 일게 했다. 그래도…… 현실이 더 급박했다.

입시학원 강사로 모처럼 옛 직업을 회복, 한참 탄탄대로를 달리던 어느 날이었다. 경실에게서 전화가 왔다. 일부러 강의 끝나는 시간을 택해 전화한 것이다.

"해미야, 나 무척 외로워."

"또 가을병이 도졌구먼."

"그게 아니고……."

"중년 우울증이라구?"

"아무래도 그런 것 같아."

"배부른 투정하고 있네, 시간 남아돌음 뒤집어져서 잠이나 자."

나는 거칠게 말하고는 핸드폰을 끊었다. 그러면서 속으로 생각했다. 저 경실이년 성격에 아무리 힘들어도 남에게 하소연할 것 같지 않은데 혹시? 남편한테 애인이라도 생긴 걸까? 나는 방정맞은 추측을 하며 자신을 향해 꾸짖듯 말했다.

"니 남편이 그런다고 남의 남편도 그러란 법 있나?"

만일 그렇다면 경실이는 필시 약 먹고 자살 소동을 벌일 게 뻔하다.

다음 주 경실이 남편은 교회에 나타나지 않았다. 이상했다. 한 번도 빠지는 법이 없는데. 경실이 말로는 지방 출장 갔다고 했다. 그러면서 하는 말이 요즘 따라 지방 출장이 잦다고 했다. 나는 순간, TV 부부 드라마 '사랑과 전쟁'을 떠올렸다. 바람 피는 남자의 첫 번째 증상은 출장이라는 명목으로 장거리 여행을 떠나는 것이다. 바람난 정부(情婦)와 함께.

나는 머릿속으로 경실이 남편의 바람난 드라마를 꾸미고 있었다. 요즘 따라 출장이 잦은 남편, 와이셔츠에 여자 화장품 냄새가 나고 긴 머리칼이 묻어오는 걸로 보아 여자가 생긴 게 틀림없다. 잠자리 같이 한 지가 언제인지 모른다. 게다가 전에 없이 툭하면 아내를 무시하고 외면한다. 따지고 싶지만 의심이 현실이 될까봐 묻지 못한다. 갑자기 외로움이 폭포수처럼 흐른다.

이 의심과 비밀스런 여자의 직감을 누구에게도 말할 수 없다. 자존심 때문이다. 남편에 대한 의심이 산처럼 커진다. 분노, 자학 증상마저 인다. 문득 바람난 남편 때문에 속상해 하던 친구 얼굴이 떠오른다. 그러나 차마 의심이란 단어를 입 밖에 낼 수가 없다.

대신 다른 말로 포장해 내놓는다.

외로움이다. 그럴 듯한 단어로 중년의 외로움, 우울증 증상이 떠오른다. 친구에 전화를 걸어 하소연한다. 나 외로워, 중년기 우울증인가봐.

나는 대충 여기까지 드라마 각본을 쓰고 잠자리에 들었다. 상상 속으로 경실이는 이미 가정의 파국을 맞고 있었다. 그 대표적인 일례로 전에 없이 자주 외로움을 호소하는 것이다. 오죽하면 친구가 근무하는 직장에까지 전화해 외롭다고 구원의 메시지를 보내겠는가. 그렇게 몸매 자랑, 남편 자랑 자식 자랑에 열을 올리던 것이.

나는 속으로 비아냥대며 회심의 미소를 지었다. 인생사 새옹지마라고, 언제까지나 형통하란 법 있어? 나는 아예 그녀의 불행을 규정짓고 바라고 있었다.

다음 주 일요일이었다. 경실이 남편은 이번에도 보이지 않았다. 역시나 지방 출장 중이라 했다. 그녀는 얼굴에 외로움을 잔뜩 묻히고 만나는 사람마다 억지 미소를 보이며 악수를 했다. 그렇게나마 외로움을 해소하고 싶은 모양이었다. 기가 잔뜩 죽어 있는 걸로 보아 아무리 봐도 분위기가 심상치 않았다.

취미 생활인 자랑거리도 늘어놓지 않은 채, 표정으로 '나 외로워'를 남발하고 있었다. 남편이 바람난 게 틀림없어. 나는 속으로 눈물을 머금고 집으로 돌아왔다. 만감이 교차했다. 그녀가 자기 자랑에 몰두할 때 속으로 저주한 게 생각났다.

'저년 남편은 바람도 안 나나.'

그 저주의 함성이 내 가슴을 후벼 파고 양심이라는 마음의 기능을 강타하고 있었다. 그녀가 갑자기 외롭다고 호소할 때 알아봤어야 했다. 그러나 나는 배부른 자의 투정쯤으로 생각했었다. 그리고 때마다 시마다 그녀의 행복을 질투하고 악감정만 내세웠었다. 나의 처지와 그녀를 비교하면서 또 얼마나 질투의 화살을 날렸던가.

경실이의 얼굴은 나날이 어두워져 갔다. 남편이 중국으로 장기 출장을 떠났다고 했다. 근심과 초조의 빛이 미소마저 앗아가던, 덩달아 내 가슴의 통증마저 더해가던 어느 날이었다. 학원 강의가 끝나고 집에 왔는데 소포가 날아들었다.

중국에서 배달된 소포였다. 사각진 봉투에 서류가 들어 있는지 꽤 두툼했다. 발신인은 남편이었다. 이상하게 마음이 착 가라앉았더니 강하게 무장되었다. 언제 준비했을까. 안에는 국내에서 준비한 이혼서류가 들어 있었다. 잘 아는 사람을 통해 준비했는지 재산 분할과 양육비까지 빼곡히 기록돼 있었다.

내가 미처 생각지도 못한 세미한 부분까지 소상하게 적혀 있었다. 자신의 몫은 거의 없었다. 그가 원하는 건 단지 이혼 그 자체였다. 손이 부들부들 떨렸다. 그는 그 동안의 모든 마음의 빚을 재산 전체와, 아들 양육비로 마감하려 하고 있었다.

내가 이혼을 안 해줄까 봐 미리 수 쓰고 있는 것이었다. 이혼 사유는 뻔뻔하게도 성격차이라고 적혀 있었다. 그러나 한 가지 모르는 게 있었다. 이혼 숙려제라는 제도가 생긴 걸 모르고 있었다. 병신. 기껏 생각한다는 게. 나는 또다시 남편을 맘껏 멸시했다. 그러나 마음과는 달리 순순히 서류에 도장을 찍고 있었다.

사랑의 패배감을 잔뜩 안고서.

그러나 한편으론 회개와 자책감, 자성의 기운이 마음 속 한가운데서 울려 퍼졌다. 그중에서도 시기와 질투, 편벽된 자아의 모습이 부끄러워 얼굴을 들고 다닐 수가 없었다. 남이 잘못되기를 바랐던 내 안의 악마가 자취를 감추면서 눈물의 회개가 터져 나왔다. 동시에 외로움이 걷잡을 수없이 생각을 점령하고 말았다. 나는 참회하는 심정으로 경실이에게 문자메시지를 날렸다.

〈경실아, 인생이란 차암 외로운 건가봐. 그래도 너만큼은 끝까지 행복의 경주를 달려다오.〉

마음속에서 외로움이 폭포수처럼 흘러내리고 있었다. 정말이지 이젠 어쩔 수 없는 중년인가 보다. 교회 식당에서 외로움에 대한 대처 방법을 알려달라고 안타깝게 호소하던 장애인이 떠올랐다.

"외로움을 치료할 방법 없나요?"

다음 주 일요일이었다. 경실이가 모처럼 밝은 얼굴로 나타났다.

"이것 좀 봐, 남편이 중국 출장 갔다 사온 건데 꽤 좋아 보이지 않니?"

그녀가 내보인 건 산호반지였다. 한눈에 보기에도 비싸 보였다. 속에서 불길 같은 게 치밀어 올랐다.

"그래서?"

"이거 너 가지라고."

"뭐라구? 니 남편이 사온 걸 왜 내가 가져?"

목소리가 컸는지 지나가던 사람들이 놀란 눈빛으로 쳐다봤다.

"비싼 것 아냐, 남편이 두 개 사왔는데 누구 선물할 사람 있으면 주라고 해서 이왕이면 너한테 주는 거야, 언더스탠?"

속으로 치밀어 오르던 불길이 제멋대로 사그러들었다.

"모양이 예쁜데, 잘 낄게, 고마워."

반지가 내 손가락에 꼭 맞았다. 생각해 보니까 남편은 결혼 생활 15년 동안 반지는커녕 흔한 꽃다발 선물 한번 없었다. 망할 자식이었다. 그래 잘 헤어졌다. 너 같은 인간하고 산 내가 멍청이였다.

"고마워, 외롭다 말고 남편한테 잘해, 있잖아 유행가 가사, 있을 때 잘하라고."

경실이는 믿기지 않는 표정으로 말했다.

"반지 하나 받고 나더니 웬일이래, 남편한테 잘 하란 소릴 다하고, 오래 살고 볼일이네."

나는 차마 이혼한 이야기는 할 수가 없었다. 그동안 그녀의 가정을 두고 꾸며 쓴 상상 드라마가 너무 부끄러웠다. 인간의 죄성이 속에서 다시 한 번 꿈틀대고 일어났다.

'사람만큼 무서운 건, 없다더니 꼭 내가.'

찬양 연습을 하는지 본당 쪽에서 멜로디가 들려왔다. 회개를 촉구하는 가사 내용이 사람들의 가슴을 파고들며 묘한 파장을 일으켰다. 그러더니 점점 바람 속에 흩날려 갔다. 거센 바람이 빌딩 숲속에서 거칠게 불어왔다.

서평

소통, 접점으로의 스쳐 지나가기

조성권(문학 평론가)

1. 소통 슬프다

은유적 아니 반어적인 접근을 시도한다 해도 우리들이 가지고 있는 일상의 의와는 전혀 다른 말의 뜻을 이야기 한다는 것은 상당히 위험 부담을 내재하고 있다. 그것이 단순한 단어의 뜻이 아니라 문장 또는 작품의 의미로서 제시되어진다면 혼란 또는 갈등을 초래하기 때문이다. 그럼에도 그러한 시도는 다시 보기 또는 비틀어 보기 등으로 표현되는 '통징'의 한 부분으로서의 '다시 쓰기'가 될 수 있음에 즐겁다. 그럼에도 '소통'의 현재적 현장을 '슬프다'라고 표현함은 지나친 기쁨도 아니 그 현장성에 다가선 독자들의 감성적 체감이라 할 수 있다.

전철을 타고 4호선 명동 입구에 내렸다. 밀리오레와 맞붙은 새로 생긴 건물 앞에 대형 전광판이 보였다. 전광판 앞에 설치된 무대 위에 여자 가수가 나와 춤을 추며 행인을 유혹한다. 꽝꽝 소리 내며 귓가에 음악을 불어넣고 있다. 초미니 스커트가 둥글게 원을 그리며 무대 위를 오간다. 그녀의 가는 몸매는 환상적이다. 남자들의 눈길이 그녀의 허리에 머물고 있다.

〈연인에게 사랑의 엔도르핀을 선사하세요.〉

명동 의류 앞쪽으로 리어카 노점상이 일렬횡대로 보인다. 추억의 또 뽑기 장사도 보인다. 설탕과 소다를 섞어 만든 설탕과자. 달고나.

(중략)
"정현이 너 또 뽑기 했구나, 또 몽땅 잃었지 그러게 내가 뭐라든 하지 말랬지, 넌 운이 없어 그런 거 하면 안 돼."
(중략)
"정현이 너 요새도 또 뽑기 하니?"

'전철'을 통해 목적지로 향하다가 그 목적지인 '4호선 명동 입구'에 내리는 순간 우리가 맞닥뜨리는 현장은 아니 현실은 감각의 혼재 또는 감각의 질주를 경험하게 된다. 이것은 목적지로의 지향이 혼란의 틈으로 그 자리를 내주는 것이며 자리내주기는 끼어들지 못함과 추억의 또는 과거로의 회귀라는 '추억'이라는 이름의 작은 공간으로의 이동으로 나타난다. 현재와 과거가 혼재하는 이곳은 그래서 슬프다.

달고나 라는 다른 이름으로 불렸던 어쩌면 '또 뽑기'의 현장에서 우리는 '또 뽑기'를 시도하며 '몽땅 잃었던 기억과' '하면 안 돼'는 현재적 적용 그리고 습관처럼 내달려가는 '또'라는 현실 속에 서 있음으로 그래서 더욱 슬픈 모습으로 서 있는지도 모르겠다.

2. 소통 웃음 짓다

신외숙의 「또 뽑기」 (조선문학 2009년 9월호)는 그럼에도 웃음 짓고 있다. 아니 '행운'이라는 단어로 갈무리를 성급하게 시도하고 있다.

행운이었는지 모른다.
그렇게 이 년쯤 흐르고 났을 때였다. 퇴근 후 학원가를 지나는데 낯익은 얼굴이 스쳐 지나는 것이었다. 까맣게 잊고 지내던 모습이었다. 체조선수 같은 건장한 체격에 강인해 보이는 인상이 내 곁을 지나는데 하마터면 나는 그 자리에서 기절할 뻔했다. 그였다. 그가 지나자 거리에 있던 여자들의 시선이 한꺼번에 그에게 쏠렸다.
가슴에 통증이 시작된 때부터 나는 삶의 전의(戰意)를 상실했다. 무기력과 어둠의 세력에 휩싸이면서 전쟁터로 변해버린 정신은 투지와 무기력이 무한정 승패를 거듭했다. 결국 중압감에 패한 혼미한 정신이 세월을 낭비하고 말았다. 그 지나온 세월이 내 마음에 커다란 구멍을 뚫어 놓았다. 그 구멍을 메워 놓을 그 무엇도 나는 알지 못한다. 내 의식은 타성에 젖어 늘 현재를 고수하고 있다. 매양 똑같은 일상을 반복하며 살아가는 것이다. 마치 또 뽑기 하는 식으로.

살아 있는 시늉만 반복하며 똑같은 모양으로 또 뽑기 또 뽑기. 새로운 변화는 꿈도 못 꿀 또 뽑기 인생. 내 의식은 구태에 젖어 무기력과 야합해 끊임없이 중독현상을 일으키고 있다. 무책임으로 인한 부끄러움과 분노의 자의식이다. 그때마다 내 의식 저변에서 항변의 소리가 들린다.

그 성급함은 '잊고 지냄'에 대한 위안이었을 것이다. 아니 생채기에 대한 조용한 빗겨가기였을지도. 그러나 빗겨가기는 결국 '소통'의 접점으로 자석처럼 이끌리어 시간 또는 세월이라는 흐름을 역류하여 거세게 대항하다 그 지나온 세월이 내 마음에 커다란 구멍을 뚫어 놓음을 확인하고서야 매양 똑같은 일상을 반복하며 살아가는 것이다. 마치 또 뽑기 하는 식의 일상에서의 탈출로서, 그 탈출의 지향으로의 '소통'을 경험하게 되는 것이다. 이는 단순히 현재와 과거와의 대화 또는 접점의 해소가 아닌 '웃음 지음'이 될 것이다.

소통이 지향하는 궁극은 의지적 도는 강제적 함께 감이 아닌 '접점'으로의 지향과 더 나아가 '스쳐지나감'을 통한 인정하기가 될 것이기 때문이다. 살아 잇는 시늉만 반복하며 똑같은 모양으로 또 뽑기 또 뽑기. 새로운 변화는 꿈도 못 꿀 또 뽑기 인생으로부터 '그때마다 내 의식 저변에서 항변의 소리'로 시작되어지는 웃음 짓기이다.

3. 소통, 설레다

웃음 짓기는 세상과 만나는 또다시 만나는 세상에의 희망 품기 또는 설렘이다.

진짜 진짜 좋아해.

순진하다 못해 유치찬란한 영화의 한 장면 한 장면이 내 뇌리를 스쳐 지나간다. 기억의 회로를 리바운드 시키며 외친다. 과거는 흐을러어 갔다. 돌이킬 수 없는 시계바늘을 사람들은 과거라 부르며 회상의 영상카드를 꺼내든다. 탄식하며 말한다.

좋은 세월 다 흘려보내고선……

갑자기 여러 단어가 떠올랐다.

자포자기. 무기력, 미래포기. 무용지물. 나는 그 단어를 머릿속에서 지우며 극장 안으로 발걸음을 들이민다. 화면이 마음을 덮쳐 오면서 내 혼을 점령한다. 사랑의 룰 게임을 배우는 여자는 30대의 나이답지 않게 섹시미가 흘러넘친다.

"사랑은 감정에 대한 권력 게임이야."

'순진하다 못해 유치찬란한 영화의 한 장면'처럼 그러나 '이내 좋은 세월 다 흘려보내고선……. 으로 갈무리하려는 의식의 밑바닥에서부터 '자포자기. 무기력, 미래포기. 무용지물'이라는 장애물들을 하나씩 제거하기 시작함이 바로 소통의 시작이 되기 때문이다. 그러나 작가가 지향했던 의식과 무의식의 저변에의 끊임없는 접근으로서의 소통이 아닐 수도 있다.

간단한 과거로의 추억이 아닌 그로부터 출발되어지는 능동적이며 지향적인 선포로서의 '사랑은 감정에 대한 권력 게임'이라 표현함은 바로 기대와 지향에 대한 설렘일 것이기 때문이다.

4. 소통 묻다

그러나 우리는 묻는다. 무엇을. 그리고 누구를 향하여 아니 어디를 향하여 소통하며 , 스쳐지나감의 접점이 어디인가를.

"내가 네 눈에 흐르는 눈물을 씻을 것이며 네 얼굴에서 수치를 제하리라."

눈물과 함께 수치가 사라지고 있었다. 절대자와 사물(事物)에 대한 극한 불신과 분노도 함께 사라지고 있었다. 죽음의 카운트다운이 시작되는지 왼쪽 가슴에서 쩍! 하고 뼈 갈라지는 소리가 들려왔다. 나는 달려오는 버스를 향해 정신없이 뛰어갔다.

버스가 신호등 네거리 앞에 멈춰 서는데 창 밖에서 누군가 내게 손을 흔들고 있었다. 윤혜영이 딸과 함께 서서 내게 손짓을 하고 있었다. 그녀의 손에 달고나 뽑기 과자가 보였다. 그것을 양손에 쥐고서 내게 흔들어 보이고 있었다. 버스가 출발하자 그들의 모습이 뒤로 밀려나면서 두려움과 무기력이 내 속에서 빠져나가는 게 보였다. 순간 자유가 밀물처럼 내 마음에 몰려왔다.

그렇다. 성경의 말씀처럼 '눈물과 함께 수치가 사라지는' 그 순간의 스쳐지나감이 소통의 척 접점이 되는 것이며, 질주하던 '버스'가 어느 순간 약속되었던 그 시간과 장소에 다다른 것처럼 '신호등 네거리' 앞에 멈춰 서'는 현장 그곳에서 우리는 다시 한 번 물어야 한다.

'두려움과 무기력이 내 속에서 빠져나가는 게 보'이는가와 '자유가 밀물처럼 내 마음에 몰려'오는가 그리하여 지나감과 나아감이 스쳐지나감이 소통되어져 있는가를. 작가 신외숙의 '또 뽑기'는 그래서 접점으로의 스쳐지나가기가 될 것이고 또 다른 스쳐 지나감을 통해 채색되어질 것이다.

(2009년 조선문학 10월호 서평)

작가 소개

* 작가 신외숙은 기독교 심리작가로 알려져 있다.
* 등단 이후 2편의 장편소설과 110편의 중 단편과 시나리오를 창작 발표하였으며 주로 심리소설에 천착하고 있다. 일 년간 〈목사장로신문〉에 칼럼을 연재했으며 온누리교회 인터넷방송(cgntv.net) 행복토크 "책으로 여는 세상'에 출연한 바 있다.
* 저서로는 소설 창작집 '그리고 사랑에 빼앗긴 자유'와 '아스팔트 위의 개구리' '체크아웃'이 있고 장편소설 '여섯 번째 사랑'과 '징후'가 있다. 수필집으로 '산다는 게 기적입니다'가 있다.
* 수상: 순수문학상(소설부문) 엽서문학상(소설부문)
* 2000년도 문예창작기금 수혜자

객지의 꿈

2010년 5월 15일 1판 1쇄 인쇄
2010년 5월 20일 1판 1쇄 발행
저　자　신외숙
발행인　심혁창
펴낸곳 도서출판 한글
서울시 서대문구 북아현동 221-7
☎ 02) 363-0301 / 362-3536
FAX 02) 362-8635

E-mail : simsazang@hanmail.net
등록 1980. 2. 20. 제312-1980-000009호

----

* 잘못 제본된 책은 바꾸어 드립니다.

* 표지그림 - 이주현

정가 10,000원

ISBN 97889-7073-321-0-03130